LAWRENCE DURRELL

Cefalû

TRADUIT DE L'ANGLAIS
PAR ROGER GIROUX

BUCHET/CHASTEL

ŒUVRES DE LAWRENCE DURRELL

—

Dans Le Livre de Poche :

JUSTINE.
BALTHAZAR.
MOUNTOLIVE.
CLÉA.
CITRONS ACIDES.
VÉNUS ET LA MER.

« une existence spatiale ». Il a su déceler son air respirable. Il a « balancé le temps » et pris ses distances. Il a gagné ce qu'il appellera « l'Esprit des lieux ».
Sa carrière diplomatique lui laisse le temps d'écrire. De la poésie il passe au roman puis au témoignage. Entre 1957 et 1960 il entreprend une œuvre monumentale, *Le Quatuor d'Alexandrie.* Quatre livres composent cette suite romanesque, *Justine, Balthazar, Mountolive* et *Clea,* quatre livres pour faire apparaître la même histoire sous des points de vue « changeants ». Cette fois pas de durée bergsonienne comme chez Proust : « Je me suis tourné vers la science pour réaliser un roman à quatre étages dont la forme s'appuie sur le principe de la relativité. » Les quatre mouvements de son roman ne se suivent pas, ils s'entremêlent, se superposent, se répètent. Initialement le *Quatuor* devait s'appeler *Le Livre du Mort,* curieuse résonance pour un livre tourné vers la quête de l'amour. A chacun sa vérité dans l'espace. « La vérité m'a dit un jour Balthazar, en se mouchant dans une vieille chaussette, la vérité est ce qui se contredit le plus, avec le temps. » Toujours et partout dans l'œuvre de Durrell se dégagent cette subtile relativité, cette instabilité des choses et des êtres. On ne voit jamais « objectivement », on hésite entre le réel et l'imaginaire, dans une lumière incertaine à la surface de la conscience.
L'Orient, l'Egypte, la Grèce... aujourd'hui la Provence mais avec la présence indestructible de l'Inde et de ses effluves philosophiques. Lawrence Durrell a toujours été lié, d'une façon ou d'une autre, au taoïsme, depuis ses rêves enfantins sur la Cité Interdite du Tibet jusqu'à cette méditation parue en 1982 sous le titre *Le Sourire du Tao.* La lumière grecque a été remplacée par celle du Languedoc et de Sommières, un petit village du Gard, avec son marché, ses vendanges, ses moissons, un village calme, une maison au milieu d'un jardin sauvage. Le pèlerin s'est arrêté là. L'exilé, l'éternel errant va creuser les mystères de la Grèce et de l'Inde et percer « le regard serein du Tao qui renferme, en ses profondeurs, tout le sel de l'humour et de l'ironie complice ».
Exactement comme ce couple de *Cefalû* (ce beau roman, paru en 1947, que l'on pourrait presque qualifier de philosophique en débarrassant cette épithète de sa charge implicite de lourdeur et d'abstraction), qui, à la suite de l'éboulement du labyrinthe crétois, se retrouve coupé du monde, sur une plate-forme herbeuse au-dessus de la mer, et découvre un univers paradisiaque. Ailleurs, c'est-à-dire dans la villa blanche de l'archéologue Axelos, celui qui avait découvert le labyrinthe, la vie continuera aussi, avec le soleil, les oiseaux, le vin noir et sucré, l'attente de la mort. Ce livre n'est-il pas avant tout une réflexion sur l'attitude devant la mort ? Et à quelle figure emblématique rattacher Axelos, redoutable mystificateur, savant de génie qui observe à distance avec la classe et la neutralité sèche d'un gentleman tous ces êtres agités par « la crampe de l'âme » ?

Nicole Chardaire

Cefalû

A 23 ans Lawrence Durrell n'en peut plus de l'Angleterre — cette Angleterre des traditions et de la bienséance, de la logique et des demi-vérités ! Lui, Durrell, a besoin de lumière, de liberté. Il veut échapper à « la mort anglaise ». Son éducation britannique n'a été que révolte continuelle : « J'ai toujours rompu mes amarres quand j'étais malheureux. La liste des écoles que j'ai fréquentées aurait un mètre de long. » Des différents métiers qu'il exerce, photographe, journaliste, publicitaire, rien ne l'intéresse vraiment, à part celui de pianiste de jazz. S'il étouffe en Angleterre c'est qu'il vient de bien plus loin. Sa terre natale c'est l'Inde, son enfance c'est Julundur et son paysage quotidien l'Everest. « Ma vie, écrivait-il plus tard à Henry Miller, c'est comme un ver de terre coupé en morceaux. Jusqu'à onze ans, de merveilleux souvenirs. Blanc, blanc l'Himalaya de la fenêtre... les cols menant au Lhassa bleus de glace qui fond aux abords de la sainte ville interdite. » Puis, c'est l'arrachement, la transplantation douloureuse et jamais acceptée.

Alors, en 1935, à 23 ans donc, il décide de partir, entraînant avec lui sa mère veuve, sa sœur et ses deux frères. La Grèce l'attire. Et voilà toute cette famille de bohèmes à Corfou. On possède un récit charmant de leur installation dans l'île et de la vie qu'ils mènent durant ces cinq années de bonheur, d'insouciance, de découvertes, grâce à son jeune frère, Gerald, qui décrivit la vie familiale dans *Féeries dans l'île* avec humour et tendresse. On y voit Lawrence — dit Larry — au milieu de caisses de livres, rédigeant *Le Carnet noir,* fredonnant des chansons d'amour élisabéthaines d'une voix de ténor mélancolique, buvant de lourds vins grecs, se promenant au milieu des bruyères en fleur dans l'odorante pénombre des feuilles de myrte.

Le miracle a opéré. D'instinct, Durrell a trouvé le remède qu'il lui fallait. La Grèce va lui apporter la chose la plus difficile à conquérir : la découverte de soi et d'une multitude de vies en soi. « Les artistes, comme les chats malades, dira Pursewarden dans *Clea,* reconnaissent d'instinct l'herbe qui les guérira. » La Grèce va le plonger en somme dans le paradis de l'éternité. Il apprend à voir ses paysages avec les yeux de l'esprit, non comme une collection de ruines, de vestiges depuis longtemps disparus mais comme une présence et une actualité tangible baignant dans la lumière et la poésie. « Ici, écrit-il, le soleil paralyse la source même des idées et s'écoule lentement dans le corps... On pourrait mourir comme cela et ne pas savoir que c'est la mort. Ici, l'heure n'est qu'un mot vide de sens. Les paysans mesurent le temps et les distances en cigarettes. »

Corfou, Rhodes, Chypre, Patmos, Alexandrie, Le Caire... Quel long périple à travers la Méditerranée ! Durrell a trouvé son espace, même s'il a été par la suite le plus remuant des « attachés » d'ambassade. Ecrire c'est aussi élargir son espace et s'offrir ce qu'il appelle

(Suite au verso.)

« Mais n'y a-t-il pas un contraire à la vie, de même que le sommeil est le contraire de la veille ?

– Certes, dit-il.

– Et quel nom lui donne-t-on ?

– La mort », dit-il.

(Le Phédon.)

Pour Margaret, Gerald, Leslie.

PREMIÈRE PARTIE

L'ARGUMENT

I

DANS les premiers jours de juin 1950, un petit groupe de touristes visitant l'île de Crète se trouva bloqué dans le labyrinthe de Cefalû, dont la récente découverte avait été le couronnement de la longue carrière d'archéologue de Sir Juan Axelos. L'expédition s'était enfoncée dans le dédale de grottes et de galeries sous la conduite du guide d'une agence de tourisme avec l'intention d'explorer ce que l'on appelait « La cité dans le roc » ; mais le guide fit une chute qui lui coûta la vie, et un éboulement sépara de leurs compagnons plusieurs membres de la caravane. Ce fut tout à fait par hasard que l'un d'eux, Lord Graecen, finit par découvrir une issue.

Alors qu'un romancier se croirait obligé de justifier son choix d'un sujet aussi banal, le journaliste n'éprouve pas de tels scrupules, et cette aventure extraordinaire fut relatée en bonne place dans les journaux de Londres. La presse américaine ne fut pas en reste et, sous des titres tels que « Un Lord s'égare dans le Labyrinthe », démontra une fois de plus que la réalité dépassait la fiction. Le *Times* en profita pour retracer l'historique de la merveilleuse découverte par Axelos d'un labyrinthe considéré depuis longtemps comme un mythe pur et simple. Les mots « Labyrinthe » et « Minotaure » figurèrent dans le problème de mots croisés du *Daily Mirror* en date du 15 de ce même mois. La presse athénienne, ne pouvant s'offrir le luxe d'un correspondant spécial, reproduisit les comptes rendus de la presse américaine. L'un de ceux-ci allait même jusqu'à affirmer que le labyrinthe était encore habité par quelque monstrueuse créature – un minotaure, pour tout dire – à qui l'on imputait la mort de plusieurs bergers. Le récit de Lord Graecen lui-même, décrivant l'accident et le hasard extraordinaire qui lui avait permis de revoir la lumière du jour, mit un point final à l'incident.

Le jeune Américain but sa quatrième tasse de thé et ferma son calepin. Il était encore un peu impressionné par la dignité puérile de Graecen et la corpulente silhouette de son ami Axelos qui fumait nonchalamment un cigare, assis sur le cadran solaire de sa belle propriété, sans paraître accorder la moindre attention aux questions du jeune journaliste. L'air était immobile ; le cliquetis des cisailles le long des haies touffues avivait le silence. « Cefalû » était une grande maison en pierre blanche, séparée de la mer par un bosquet de lauriers-roses. Le jeune Américain pouvait voir les cimes enneigées des Montagnes Blanches se teinter de pourpre au soleil couchant.

« Eh bien, Lord Graecen, dit-il avec un soupir, je crois que je n'ai plus de questions à vous poser. »

Il voulut tourner une phrase à l'adresse de Sir Axelos pour le complimenter sur le site de sa maison et la beauté de son jardin, mais il ne put rien articuler. Avec ses jambes torses, son nez en bec d'aigle et son crâne chauve, Axelos était un personnage assez rébarbatif. Ses yeux avaient une impassibilité de reptile.

« Je dois vous quitter maintenant », dit le jeune Américain.

La voiture l'attendait au village. Il avait encore une longue route à faire jusqu'à La Canée. Lord Graecen lui serra la main avec une condescendance qui le déconcerta.

« Je vous remercie, monsieur », dit-il en descendant l'allée pavée jusqu'au chemin muletier qui menait à Cefalû.

Ce n'était pas fameux comme histoire.

S'apercevant qu'il avait oublié son calepin sur la table, il revint sur ses pas en coupant par la terrasse et l'allée pavée. Axelos était dans une chaise longue et venait de prendre une pêche dans la coupe. Graecen était assis sur une chaise, un bras sur le dossier, les jambes croisées. Ils levèrent la tête en entendant les pas du jeune homme. Il s'excusa et reprit son calepin.

« Monsieur Howe », dit Axelos d'une voix de basse un peu rauque.

Il s'était mis à peler sa pêche avec un petit canif d'argent. Sa voix était d'une insolence superbe et involontaire. La nature, qui lui avait octroyé les traits d'un pope dégénéré et la torpeur d'un crocodile, avait ajouté, pour la bonne mesure, une voix d'une sécheresse incroyable. Mais quand il le vit sourire, le jeune Américain comprit qu'il n'avait pas voulu se montrer blessant.

« L'entrée du labyrinthe a été obstruée par un éboulement de rochers. Tant qu'elle n'aura pas été dégagée, nous n'aurons probablement aucune nouvelle des autres. Je crois qu'il est de mon devoir de vous conseiller de ne pas aller rôder par là-bas, n'est-ce pas, Dicky ? »

Le visage de Graecen affichait son air habituel de suffisance puérile. Il approuva d'un hochement de tête indulgent.

« C'est extrêmement dangereux. »

Le jeune Américain éprouvait toujours une vague irritation lorsqu'il avait affaire à des Anglais.

« Il est regrettable, dit-il en filant les « r » autour de sa langue comme de la mélasse blonde, que vous ne puissiez me dire le nombre exact de personnes que comprenait le groupe. Les rapports sont contradictoires. Vous m'avez cité le nom de M. Campion, par exemple.

– Ah ! oui. Parfaitement exact, dit Lord Graecen. Il faisait partie de l'expédition.

– Il ne figure pas sur la liste des passagers de l'*Europa*. Par contre, le capitaine Baird...

– Le capitaine Baird est ici, dit Axelos. Il n'a pas pénétré dans le labyrinthe.

– Pourtant le commissaire de l'*Europa* avait inscrit son nom sur la liste des membres de l'expédition.

– C'est une erreur.

– Très déconcertant. »

Il empocha son calepin et se hâta de regagner le village par le sentier de chèvre qu'il avait emprunté à l'aller. La voiture l'attendait sous l'arbre où il l'avait laissée, et il reprit lentement la route de la plaine. Au dernier tournant, il pria le chauffeur de s'arrêter. Le soleil pesait de tous ses ors sur la mer. Il jeta un dernier regard à Cefalû et retint son souffle. C'était un site fantastique : un énorme conglomérat conique qui dressait ses trois cents mètres dans l'air bleu de la Crète. Un de ses flancs surgissait tout droit de la mer, comme taillé par la main d'un architecte dément. Les pentes étaient taraudées par les vents et parsemées très inégalement d'yeuses et de myrtes, le tout couronné d'une touffe verte de cyprès et d'oliviers. Le village de Cefalû s'accrochait à mi-pente, et ses antiques maisons aux teintes ingénues rutilaient dans le soleil évanescent. Des jardins, quelques champs ; puis la montagne s'élevait toute droite dans le ciel. Il pouvait voir l'allée de cyprès nains qui conduisait à l'entrée du labyrinthe, et, en contrebas de la route, la belle maison qu'Axelos avait baptisée Cefalû. Elle était bâtie dans une faille du rocher que venait lécher la mer. Un petit voilier blanc, frémissant comme un papillon, était amarré à la jetée, toute blanche elle aussi. De ce dernier tournant il distinguait, devant la pelouse, rapetissée par la distance, les deux silhouettes qu'il avait quittées quelques instants auparavant.

Katina, en réponse à l'appel d'Axelos, apportait l'échiquier et la boîte contenant les pièces. Elle plaça sur la table une bougie et une boîte d'allumettes.

« Comment la trouvez-vous, Dicky ? » demanda Axelos d'une voix presque indistincte.

C'était une splendide créature, au visage brun et anguleux ; elle portait une robe bleue et un fichu jaune. Axelos lui caressa nonchalamment les fesses tandis qu'elle se penchait pour enlever le plateau chargé de tasses.

« Noire comme le péché », dit-il en relevant les coins de sa bouche, tout en caressant la jeune femme comme on passe la main sur les flancs soyeux d'une biche.

Graecen se tortillait sur sa chaise, sentant peser sur lui le regard sardonique de son ami.

« Elle est très belle », dit-il poliment.

Axelos entrouvrit les lèvres en un sourire moqueur et expulsa une petite bouffée d'air.

« Katina est le produit d'un monastère idiorythmique, dit-il. Elle est veuve – du moins elle l'était. C'est cela qui la rend si idiorythmique. Si irréprochablement idiorythmique, hein, ma chérie ? »

La jeune femme emportait le plateau à la maison.

« Comme petit mot de tendresse on ne fait pas mieux... ma petite nonne idiorythmique, hein ? »

Axelos disposa les pièces sur l'échiquier.

« Mon cher Dicky, ne faites pas cette tête ! »

Graecen leva sa petite main inefficace en signe de protestation, comme pour dire : « Loin de moi l'idée d'émettre la moindre critique. » Axelos jouissait visiblement de son embarras.

« Ma mère arabe et mon père grec m'ont légué une vision claire du monde méditerranéen, où l'on juge les gens à leur... idiorythmicité, dirons-nous. A part le malheureux accident d'une nationalité dont mon père pensait qu'elle me serait utile, je n'ai presque rien de commun avec les produits de la grande table. Et vous, Dicky, après trente ans vous avez toujours l'air aussi ébahi. »

Graecen soupira.

« Silène, dit-il en employant le surnom qu'Hogarth avait donné à Axelos quand ils étaient en première, Silène, vous ne ferez jamais rien de bon.

– Elle a une petite sœur qui est encore plus jolie et plus idiorythmique, si le cœur vous en dit...

– Ecoutez, dit Graecen d'un air pincé, vous m'avez assez taquiné comme cela, Silène. Jouons. »

Axelos alluma la bougie ; ils se trouvèrent ainsi pris dans une flaque de lumière blonde, tandis que le soir immobile et bleuté se refermait autour d'eux. La jeune femme revint avec deux verres et une carafe qu'elle déposa près d'eux.

« Je suppose que Baird passera la nuit là-bas au monastère », dit Graecen d'un air absent.

Axelos ôta son cigare de sa bouche et ouvrit résolument la partie.

« J'ai remarqué que tous les patients d'Hogarth se précipitent dans des monastères : ils se font moines, ou ils acceptent un diaconat à Athos ; où veut-il en venir avec sa foutue psychanalyse ? Son dernier livre était illisible. »

Graecen se caressa le sourcil et marmonna quelque chose.

« Baird a opéré ici avec les maquisards pendant la guerre, dit-il en déplaçant une pièce. Il dit qu'il connaît bien une partie du labyrinthe. C'est curieux qu'il n'ait pas découvert votre temple. »

Axelos le fixa tout à coup d'un œil rond et brillant comme un bouton de jaquette. Puis il partit d'un rire profond et ineffable.

« Car le royaume des cieux est à eux, Dicky... »

Il semblait sur le point d'en dire davantage, mais il se ravisa, et poussa un soupir.

« Dicky, vous êtes un spécialiste... vous l'avez vue.

— Oui, dit Graecen d'un air surpris, et brusquement sur la défensive. Cela l'inquiétait de se voir traiter de spécialiste.

— La sculpture que je vous ai envoyée pour le Musée, et le bas-relief... affirmez-vous qu'ils sont authentiques ?

— Naturellement, dit Graecen.

— Eh bien, ils ne le sont pas. Si Baird n'a jamais découvert le temple quand il se cachait dans le labyrinthe, c'est qu'il n'existait pas encore. C'est moi qui l'ai bâti. »

Graecen ne disposait que d'une gamme d'expressions limitée, et la surprise se marqua chez lui par un air douloureux. Axelos ne put s'empêcher de sourire devant le mélange de souffrance et d'incrédulité qui vint assombrir le flegmatique et serein visage de son compagnon.

« La pierre provient d'anciennes fouilles du côté de Castro, dit-il. J'ai bâti le temple avec des blocs de marbre pêchés au large de l'ancienne digue. La plinthe et le bas-relief sont l'œuvre d'un vieux moine d'ici. Quant à la sculpture, elle est de moi. »

Et il se mit à rire jusqu'à ce que ses yeux disparaissent complètement et que son nez rejoigne presque son menton. Un vrai masque de tragédie grecque. C'était très gênant. Axelos était bien l'homme capable de monter de toutes pièces une magistrale mystification. En homme qui prenait les antiquités au sérieux, Graecen se sentit horriblement ennuyé.

« C'est donc pour cela que vous m'avez demandé de ne pas... », dit-il, très mal à l'aise.

Il se rappela la belle lumière dorée du soleil filtrant à travers la voûte et tombant sur le grand bas-relief.

« Cela couronne ma carrière, n'est-ce pas, Dicky ? Une belle victoire pour un érudit. J'ai dû attendre que le moine meure avant d'annoncer ma « découverte » au monde... « La Cité dans le roc. »

Ils restèrent un moment à se regarder par-dessus l'échiquier. Graecen poussa un soupir et hocha la tête. Axelos dit :

« A l'automne, la mystification aura vécu un an. Je me propose alors de révéler toute l'histoire à la presse. Et je prouverai ainsi de façon éclatante, primo : que les spécialistes ne connaissent rien, secundo : que l'archéologie est devenue une science aussi hasardeuse que la théologie. C'est à vous de jouer.

— Mais votre réputation... », dit Graecen, en songeant, tout en déplaçant une pièce, que, toute sa vie, Axelos avait rué dans les brancards. Dès qu'on lui décernait des honneurs il les repoussait ; non qu'ils lui fussent indifférents, mais il y avait un côté pervers de sa nature qui lui refusait d'en jouir. Cela avait commencé avec cette brillante conférence sur Nugatius quand il était encore en première année : un beau scandale. Puis la bourse de Trinité qu'il avait refusée. Son tuteur avait un jour dit de lui : « Il est très brillant, oui... quand les faits se plient à sa fantaisie. » Et maintenant il était en train de le battre aux échecs avec cette même désinvolture savante et peu orthodoxe. Ou peut-être était-ce lui qui ne faisait pas assez attention ? Une des imitations les plus drôles avait été celle de Mullins, le « bizuth » se penchant sur son lit en murmurant : « C'est l'heure de l'office, monsieur. » Et ajoutant : « M. Axelos est venu, monsieur, et m'a dit de vous dire qu'il avait encore des ennuis, monsieur, et qu'il ne savait pas de quel côté se tourner, monsieur. »

Comme s'il avait deviné les pensées qui traversaient l'esprit de son ami, Axelos posa son verre et dit :

« Ce n'est pas la peine de hocher la tête comme cela d'un air de reproche, Dicky. Je suis incorrigible. Avec mille ou deux mille livres de rente par an, on peut se le permettre. Mais vous vous êtes trop longtemps serré la ceinture pour comprendre à quel point nos amusements intellectuels peuvent paraître insipides à un homme qui se réveille un beau matin avec le feu platonique dans le ventre. »

Puis son visage se rembrunit et prit la teinte d'un pope déchu à la lumière de l'unique chandelle. Graecen comprit qu'il était malheureux, et sa sympathie toujours prête à se manifester fut aussitôt mise en éveil. Assis en face de Graecen, il le regardait sans le voir, ses grandes mains presque féminines immobiles sur ses genoux. « Échec ! », lança-t-il, et il souffla la bougie, prit le bras de son ami et l'entraîna lentement vers la maison où toutes les lumières étaient allumées.

A quelques kilomètres de là le reporter américain tira son calepin et tous les bouts de papier sur lesquels il avait pris des notes concernant cette affaire. Il avait toujours du mal à déchiffrer ses pattes de mouche. A la lumière d'une torche électrique il disposa ses papiers sur ses genoux et, s'efforçant de résister aux cahots de la voiture, essaya de rédiger son article. Il avait noté plusieurs faits intéressants qui lui permettraient de donner un tour pittoresque à son câble. Par exemple, Sir Juan avait signalé à plusieurs reprises aux autorités que le labyrinthe était dangereux, et qu'il était préférable d'éviter les excursions en groupes. Le consul britannique avait effectué une démarche personnelle auprès du capitaine de l'*Europa* pour qu'il dissuade ses passagers d'entreprendre cette excursion. Puis il y avait ce fait intéressant que plusieurs expéditions avaient déjà disparu dans le labyrinthe. Il avait les dates : 1839, 1894, 1903. Aucune n'était en mission officielle, et l'on n'avait retrouvé aucune trace de leur passage. Sir Juan estimait que les ramifications du labyrinthe devaient couvrir une superficie de plusieurs kilomètres carrés. La légende voulait qu'un animal d'une taille fabuleuse hantât le cœur du labyrinthe.

A La Canée, il s'apprêtait à s'attabler devant un morne dîner lorsqu'il reçut un télégramme de son bureau à Athènes lui donnant la liste des passagers de l'*Europa* — du moins les noms de ceux qui étaient partis pour le labyrinthe.

Mr. O. Fearmax.
Mr. V. Truman et Mrs. Truman.
Miss Virginia Dale.
Capitaine J. Baird.
Lord Graecen.
Miss Dombey.

Le nom de Campion ne figurait pas sur la liste. Il fit une croix devant les noms de Lord Graecen et du capitaine Baird. Pour ceux-là, l'affaire était réglée. Il se dit que les autres devaient être morts. Quelles chances avaient-ils d'en réchapper ? Mais, après tout, il ne s'était pas écoulé plus de vingt-quatre heures. Devait-il rester encore un peu pour voir s'il pouvait en tirer une meilleure histoire ? Un coup d'œil aux ténèbres rébarbatives de La Canée décida pour lui. Il prendrait l'avion pour Athènes le lendemain. Le reste de l'histoire pourrait tout aussi bien prendre corps à Londres. Son bureau dénicherait peut-être quelque chose d'intéressant en envoyant des reporters aux adresses de chacune des victimes. Il examina encore un moment la liste avant d'éteindre la lumière crue de l'ampoule nue qui pendait à un fil crasseux du plafond sillonné par des cafards. Le nom de Fearmax lui rappelait vaguement quelque chose...

A cette heure-là, le paquebot *Europa* était à l'ancre dans le port d'Alexandrie avec le reste de ses passagers. Le capitaine et le commissaire examinaient le télégramme que venait de leur câbler, de Londres, le bureau de la Compagnie. Il était aisé de fournir une réponse à la plupart des questions qu'il contenait. Par exemple, pourquoi le capitaine n'avait-il pas organisé une expédition de secours pour rechercher les passagers disparus ? C'était une question si stupide que le commissaire lui-même en fut ennuyé, lui que sa profession avait doté du caractère de l'agneau et de l'omniscience de Dieu. Primo, il n'y avait pas de transports pour conduire une expédition de secours à plus de cent kilomètres à travers la Crète ; secundo, l'entrée du labyrinthe avait été bloquée ; tertio, l'*Europa* avait un horaire à respecter, et devait consulter plusieurs centaines de passagers sur l'opportunité d'un retard.

« C'est assez clair, dit le capitaine d'une voix irritée en relisant sa réponse. Pour qui nous prennent-ils? »

Le commissaire prit le télégramme et se retira dans ses quartiers. Il dénicha une liste des passagers et un crayon indélébile.

Au fur et à mesure qu'il biffait les noms, il avait l'impression d'exorciser l'ombre de l'accident qui semblait peser sur l'esprit des passagers. La mort et les croisières étaient deux choses totalement incompatibles ; et il se rappelait qu'il avait été sur le point de se joindre lui-même à l'expédition qui avait quitté le navire par cette belle matinée de printemps. Le mot « labyrinthe » évoquait quelque chose de terrifiant et d'attirant tout ensemble. Pourquoi cela ? A la bonne vieille fête de Wembley, il y avait eu un labyrinthe aquatique. On traversait les ténèbres dans une barque, et à la fin on passait dans une galerie de glaces et de panoramas illuminés.

L'enquête était presque terminée. Il ne restait plus qu'à joindre au dossier les documents de l'agence de tourisme chargée d'organiser l'excursion. Des extraits du livre de bord, des coupures de presse et les effets personnels des disparus furent expédiés à Londres à la demande d'un agent d'assurances affolé. Rien de bien intéressant dans tout cela. Le nettoyage des cabines échut à une femme de chambre irlandaise. Dans la cabine des Truman, il y avait une vieille malle contenant quelques vêtements de confection sans grande valeur, deux immenses chapeaux ornés de plumes, une bouillotte, des paquets de lettres nouées par un ruban, et deux chandails tricotés à la main. La femme de chambre essaya les robes, et constata qu'elles ne lui allaient pas. Toutefois, un des chandails, en grosse laine tricotée à la main, était à sa taille, et elle le mit de côté. Elle plaça soigneusement les lettres dans la malle, avec le reste des objets. Elle fut tentée de les lire, mais son éducation lui avait appris à respecter la correspondance, sinon les biens, d'autrui. Les Truman avaient été un couple bien charmant, se dit-elle en raflant un peigne et un pot de crème non entamé sur la tablette du lavabo. De vieilles personnes bien tranquilles, un peu excentriques peut-être. Pas comme cette Miss Dombey, avec ses taches de rousseur, ses cheveux carotte et sa voix tranchante, dont la cabine était un véritable arsenal de tracts religieux et de brochures de la *Church Society.* Elle avait une aversion toute particulière pour Miss Dombey. Elle était à peine montée à bord que Miss Dombey l'avait sonnée. « Allons, dépêchez-vous ! » lui avait-elle lancé de sa voix claironnante et autoritaire, les mains sur les hanches, attendant qu'elle l'aide à défaire ses bagages. Et ensuite ? Vous ne devineriez jamais. Elle lui demanda son nom et lui fourra un petit livre dans la main en lui disant : « Tenez, lisez cela quand vous aurez le temps. » Le livre s'intitulait *Le Chemin de la Croix.* Cela lui parut du charabia et, chaque jour, Miss Dombey lui demandait : « L'avez-vous lu ? Voulez-vous que je vous explique certains points obscurs ? » Et son affreux petit cabot qui semait la pagaille partout. Elle l'avait introduit à bord au mépris de tous les règlements, et elle refusa catégoriquement de s'en séparer.

Tout en rangeant les affaires de Miss Dombey, la femme de chambre se rappela un autre incident qui l'avait bien surprise. Elle l'avait rapporté plus tard au commissaire qui s'en était fort diverti. A l'appel impératif de la sonnette elle s'était rendue à la cabine de Miss Dombey, pour trouver celle-ci en proie à la plus vive indignation. Sans un mot elle s'était retournée, et, pénétrant dans la salle de bain attenante à son salon, s'était écriée d'une voix outragée : « Et que peut bien être ceci ? » en tendant un doigt tremblant vers le bidet – car l'*Europa* était un de ces paquebots français qui avait changé de main après la guerre. « Ceci, madame, avait-elle dit, en éprouvant l'horrible sentiment d'être personnellement responsable de l'outrage, mais c'est un bidet. » C'en était trop pour Miss Dombey. Tournant les talons, elle s'était élancée dans le corridor. « Je vais voir le capitaine. Il faut qu'on m'enlève *ça* sur-le-champ ! » Et elle s'était frayé un passage jusqu'à la passerelle du capitaine. Ce qu'elle lui avait dit, nul ne le sait, mais lorsqu'ils descendirent de la passerelle ils avaient tous deux le visage empourpré de colère. Le bidet resta à sa place, mais une froideur polaire figea désormais la silhouette de Miss Dombey toutes les fois qu'elle croisait le capitaine parfaitement indifférent.

M. Campion avait emporté toutes ses affaires. Il avait toutefois écrasé une certaine quantité de peinture sur le parquet, et avait oublié un petit pliant. Il y avait un sac en papier plein de noix sous son oreiller, et un petit peigne sale. Une douzaine de toiles étaient dressées dans un coin, serrées par une bande élastique ; une étiquette portait une adresse à Marseille. M. Campion était presque trop familier avec elle. « Un penny pour connaître vos pensées », lui avait-il dit un jour ; et comme elle ne répondait rien : « Non ? Eh bien, une livre pour connaître votre corps. » Ce n'étaient pas des façons de parler à une honnête fille, même si elle n'était pas une dame. M. Campion avait laissé également un béret dans la penderie. Il portait toujours un béret et une chemise ouverte au col. Peut-être avait-il plusieurs bérets. Après une minute d'hésitation, elle décida de le garder ; une fois nettoyé, il ferait son petit effet. Les noix étaient presque toutes véreuses.

Qu'y avait-il encore ? Elle éprouvait toujours une agréable sensation de crainte superstitieuse à l'idée de pénétrer dans la cabine de Fearmax. C'était une cabine assez sombre, sur le pont A. Elle était dans un désordre indescriptible : des livres partout, des vêtements s'échappant des valises, et plusieurs paquets d'enveloppes ficelés et scellés à la cire. Elle les toucha légèrement, comme si elle craignait qu'un peu du magnétisme du médium subsistât dans ses affaires. Il y avait la cape qu'il portait pour le bal, par-dessus son habit de soirée. Une boîte de cigares et un rosaire gisaient à côté du lit. Elle retourna quelques enveloppes entre ses doigts. L'une d'elles portait ces mots, d'une écriture arachnéenne : *Coupures de presse, 1941, 1948 ;* une autre : *Articles sur le Médium,* et une troisième : *Mon testament et mes dernières volontés. O. Fearmax.*

Le steward entra pour l'aider à trier les affaires qui jonchaient la cabine. Elle lui fit part de son étonnement devant la quantité d'affaires que Fearmax laissait derrière lui.

« Il allait en Egypte, dit le garçon. Tous les autres devaient séjourner quelque temps en Crète et ont emporté leurs affaires. »

Miss Dale avait pourtant laissé une robe du soir derrière elle...

« Cette pauvre Miss Dale, dit-elle. Si calme et si gentille. »

Elle se mouilla le doigt et reboucla son accroche-cœur devant une glace. Le garçon mit les livres en tas et les rangea ensuite dans une valise.

« Il n'a pas laissé d'argent par ici ? » demanda-t-il d'un ton soupçonneux.

Elle ferma les valises et les plaça les unes sur les autres.

« Il ne devait pas avoir grand-chose à laisser, je parie », dit-elle.

Dans la cabine de Baird ils trouvèrent une paire de shorts kaki, et, dans celle de Graecen, un petit miroir à barbe maintenu à l'angle approprié à l'aide d'une demi-couronne.

« Lui, on peut dire que c'était un vrai aristocrate », dit la femme de chambre en empochant la demi-couronne.

Qui d'autre en effet aurait utilisé une pièce d'argent pour maintenir un miroir à barbe ?

La cabine de Miss Dale n'était pas aussi vide qu'ils l'avaient cru au premier coup d'œil.

« Tiens, vous voyez ? Quelle négligence », dit le steward d'un ton plein de réprobation.

Il avait une affection particulière pour Miss Dale, blonde et triste, et trop timide pour sonner les domestiques, parce que, disait-elle, elle n'avait pas l'habitude de se faire servir. Elle passait ses journées dans une chaise longue, enveloppée dans des couvertures ; elle relevait d'une grave maladie. Plus tard, on avait vu Lord Graecen lui faire la lecture.

« Eh bien, dit le steward avec un soupir, c'était un petit flirt, voilà tout. »

La femme de chambre remarqua son soupir et haussa les épaules.

Les divers périodiques qu'ils rassemblèrent furent à la fin remis au commissaire qui se trouvait sur le pont C en train de bavarder avec un ami ; de temps en temps il crachait dans les eaux grasses du port d'Alexandrie.

« Merci, dit-il ; cela me fera un peu de lecture pas fatigante. »

Il parlait comme s'il avait travaillé toute la journée sur les gros dossiers serrés dans les cartons jaunes qui s'empilaient sur le rayon au-dessus de sa couchette. Il prit le paquet de journaux, le mit sous son bras, et continua sa conversation. Il était en train de faire le récit de la tragédie qui avait emporté la petite expédition dans le labyrinthe. Après en avoir tiré le plus grand plaisir possible il alla s'asseoir sur une chaise longue, alluma une pipe et jeta un coup d'œil aux journaux. Il essaya un moment de deviner à qui avait pu appartenir tel ou tel journal — on imaginait mal par exemple Fearmax lisant ces *Bystanders*. Fearmax l'avait presque terrorisé. Ce petit homme décharné et fougueux avait des allures de prophète. Il avait refusé de donner une séance dans le salon des premières classes, alléguant sa mauvaise santé. Et cependant il parlait comme un volcan, en phrases brèves et percutantes. Il arborait des lavallières de soie noire – comme en portaient les élégants à la fin du siècle dernier. Son visage ressemblait aux derniers portraits à la plume de Rudolf Steiner, avec de grandes taches sombres sous les yeux, qui prenaient des tons violets sous les lumières crues du pont des premières. On le voyait faire les cent pas pendant des heures, les mains enfoncées dans ses poches, comme un halluciné.

Le commissaire joua pendant quelque temps avec ces fugitifs souvenirs, avant de sombrer dans le sommeil. Il remarqua qu'on avait ajouté des moustaches aux photographies de plusieurs personnages en vue, et il se demanda si c'était Graecen qui s'était rendu coupable de cette inconvenance. Le soleil descendait derrière l'enchevêtrement de mâts et de coques ; une légère brise s'était levée.

A Toulon, ils étaient tous descendus à terre, et au retour les Truman avaient paru quelque peu éméchés. Miss Dombey était assise en face d'eux dans le canot qui les ramenait à bord, avec cet air pincé et cette rougeur qui l'envahissait toutes les fois qu'elle se sentait outragée. M. Truman avait son chapeau de travers, et il tenait sa femme par la taille. Ils chantaient « *While Irish Eyes Are Shining* » avec une application qui semblait un peu excessive aux membres de l'équipage qui les observaient accoudés au bastingage. Graecen avait glissé une remarque à Baird qui les avait fait rire tous les deux. Il était clair que Miss Dombey n'appréciait pas beaucoup leur compagnie. Elle regardait obstinément ailleurs et se demandait comment des gens aussi répugnants pouvaient voyager en première classe. Comme le canot approchait des flancs de l'*Europa,* son regard avait, par inadvertance, rencontré celui de Truman qui, à sa grande horreur, lui avait fait un clin d'œil. « Cet homme, avait-elle sifflé à l'oreille de Baird en mettant pied sur le pont, il est ivre ! »

Le commissaire aimait bien le couple Truman. L'homme était petit, trapu, avec des cheveux grisonnants et une petite moustache. Il était d'un naturel extrêmement simple, et il n'éprouvait apparemment pas le moindre sentiment d'infériorité sociale à voyager en première classe. « L'argent », disait-il toutes les fois qu'il devait tirer des billets de sa poche au bar, « ça ne veut rien dire pour moi. Je ne pourrai jamais dépenser tout ce que j'ai. Tenez, gardez tout. » On disait qu'il avait gagné une fortune en faisant les concours de pronostics des matches de football. Miss Dombey le trouvait enrageant parce qu'elle ne pouvait tout de même pas s'abaisser jusqu'à lui : il était vif, poli, et très légèrement moqueur.

Mrs. Truman était une femme d'assez belle allure, mais toujours mal fagotée. Son rouge à lèvres débordait largement le dessin de sa bouche, et elle portait le plus souvent des savates avachies et sales. Entre elle et son mari régnait une entente faite d'humour et de complicité, et leur jeu favori était de juger les petits travers des gens qui les entouraient, des personnages du plus haut comique comme Miss Dombey, par exemple, ou sympathiques comme Graecen. Ce qui les réjouissait le plus, c'étaient les bruits qui couraient sur la manière dont ils avaient acquis leur fortune. En fait, leur fortune s'élevait tout juste à quinze livres. Truman avait gagné un concours dans un journal, et il avait eu le choix entre une rente à vie d'une livre par semaine ou une croisière en Méditerranée. Il n'avait pas hésité une seconde. « Une livre par semaine ? Je peux la gagner moi-même, tandis qu'une croisière, je ne pourrai jamais me l'offrir si je laisse passer cette occasion. »

Il ne faisait pas de doute qu'ils étaient très

épris l'un de l'autre, et Miss Dombey ne leur pardonnait pas leurs petites facéties intimes, ou la façon dont ils se chuchotaient des choses à l'oreille en se promenant sur les ponts humides, la main dans la main comme des collégiens. Quant à la femme de chambre, elle avait commencé à les prendre pour des excentriques le soir où elle avait surpris une conversation, alors qu'ils se déshabillaient dans leur cabine. La porte était restée entrebâillée ; Truman était en train de se brosser les dents – opération à laquelle il se livrait toujours avec des débordements sonores parfaitement incongrus – on aurait dit un cheval ruant dans sa stalle. Il ajoutait encore au bruit en fredonnant tout en se frottant énergiquement les dents. Un soir donc que la femme de chambre passait devant la porte, cette représentation quotidienne fut brusquement interrompue, et elle entendit sangloter dans le fond de la cabine. Le corridor était maintenant absolument silencieux, à part le doux ronronnement des ventilateurs. « Là, voyons, Elsie, disait M. Truman, je sais que les choses auraient été différentes s'il n'était pas mort. » Après quelques répliques indistinctes, elle entendit la voix mélodieuse de Mrs. Truman, retrouvant son calme, qui disait : « Je sais bien que c'est bête, mais je ne peux m'empêcher de penser que je l'ai tué, John. »

Plus tard, ce même soir, elle entendit Truman maudire l'exiguïté de la cabine. « Faire l'amour sur ces couchettes, autant faire ça dans une boîte d'allumettes », déclara-t-il avec son comique accent du Nord qui étirait les voyelles.

Mais la conviction de leur excentricité s'ancra définitivement dans l'esprit de la femme de chambre le jour où elle les surprit assis sur leur couchette, tous deux entièrement nus, et jouant au morpion, comme Mr. et Mrs. Blake.

« Entrez, ma chère », avait dit Mrs. Truman

avec une délicieuse insouciance ; puis, voyant son air médusé : « John, hors de notre vue. » Et Truman avait enfilé sa chemise en riant comme un fou. Elle avait confié cet incident au steward, en lui demandant très sérieusement si des vieilles gens comme eux faisaient encore l'amour ; cela lui paraissait vaguement indécent. Ils étaient assez vieux pour avoir des petits-enfants. Le steward avait réprimé un sourire et répondu qu'il ne savait pas, que c'étaient probablement des excentriques. Elle était entièrement satisfaite par cette explication. Des excentriques, voilà ce qu'ils étaient. Mais de braves gens, gais et peu exigeants ; et elle ressentit une petite vague de pitié en son cœur tout en pliant les robes bon marché et mal taillées, la vieille brosse à cheveux et les numéros de *Tit-Bits* dans la malle qui, d'après la marque de fabrique, était l'œuvre d'un certain Mr. Stevens, de Peckham Rye.

Ce n'est que quelques jours auparavant, lorsque la presse annonça la réapparition de Graecen, que le commissaire avait découvert que c'était un poète. « Le plus célèbre Poète-Pair d'Angleterre », déclarait un journal, qui donnait de lui une brève biographie, mentionnait son titre écossais, sa croix de guerre et sa citation, et son magnifique comportement lors du match des Gentlemen contre les Players à St. John Wood en 1936. Tout le monde regretta de ne pas l'avoir su ; il était si discret, si effacé qu'on l'aurait plutôt pris pour un agent de change. Il est vrai qu'on l'avait vu un jour griffonner dans un carnet, et qu'il faisait quelquefois la lecture à Miss Dale sur le pont A — mais nul n'aurait pu dire si c'était de la poésie ou non. Il paraissait juste qu'il ait pu s'en tirer. Quelques jours plus tard, le commissaire devait lire dans le *Times* le poème de Graecen commençant par ce vers : « Lorsque la mort jette son ombre, tel un cadran solaire. » Il remarqua que le poème était daté d'avril 1950, plusieurs semaines donc avant l'incident du labyrinthe, mais il y vit comme une prémonition, du moins le peu qu'il saisit du poème. Il le relut plusieurs fois, le découpa avec son canif et glissa le carré de papier dans son portefeuille, pour étude ultérieure. Parvenu à ce point, le cercle de ses spéculations se referma.

II

LE FIL D'ARIANE

C'EST à la mi-mai que Graecen ferma pour la dernière fois la porte de la salle où l'on avait installé provisoirement la statue de Cefalû et traversa, de sa démarche souple et décidée, la section gréco-romaine. Le crépuscule était descendu – cet étrange crépuscule marin que l'on ne voit que dans les musées – et les longues vitrines reflétaient sa sobre silhouette en lui conférant des tons d'aquarium. C'était le dernier jour d'une longue période de dix années qu'il leur avait entièrement consacrées, et il songeait, en descendant lentement les marches du grand escalier, que cela représentait une bonne portion de sa vie. Il essayait de charger cet instant d'un peu de nostalgie, mais il n'éprouvait en fait qu'un sentiment de vide, d'absence. L'air qui baignait les pierres et les vitres était moite. Il devait être sept heures. Dehors la lumière déclinait rapidement. Un Londres neutre, gris, qui n'avait pas encore reçu le printemps. Il affronta la marée des érudits qui émergeait de la vaste bibliothèque, s'écoulait par les portes centrales et se dissolvait dans la grisaille des espaces extérieurs, et il déposa sa clef avec un soupir de résignation, un peu étonné de n'en être pas plus affecté. Comme il prenait son chapeau et son manteau, Swan, le gardien, se précipita vers lui.

« Est-il vrai que vous nous quittez, monsieur ? » lui dit-il.

Oui, c'était vrai ; mais l'émotion sincère du vieillard n'évoqua aucun écho dans le cœur de Graecen. Il se tint sur une jambe, en rougissant. Dans son complet noir d'une coupe irréprochable et ses chaussures qui luisaient d'un éclat surnaturel, il était l'image du gentleman en proie à une confusion de gentleman.

« Pour quelque temps, Swan, dit-il. J'espère être bientôt de retour. »

La rougeur empourpra d'abord son visage, puis envahit le petit emplacement dénudé au sommet de son crâne qui lui donnait toujours l'air d'un saint couronné de son auréole. Il n'avait jamais réussi à se guérir de ce rougissement. Il vit que les yeux chassieux de Swan l'observaient avec curiosité et il mit son chapeau et glissa un billet de dix shillings dans la main du vieillard.

« A très bientôt », dit-il, et il traversa rapidement le hall et poussa le tambour de la porte.

Il s'arrêta un moment au sommet des marches de marbre, en proie à un sentiment de vide, de total désarroi, et il se dit qu'un prisonnier, voyant les portes de la prison se refermer sur lui pour y purger une longue peine, devait éprouver quelque chose d'analogue. C'étaient des adieux sans contrepartie sentimentale d'aucune sorte et, comme il était un homme sentimental, il en éprouva du regret.

« J'ai donné ma démission », dit-il à haute voix, et, regardant autour de lui, il vit que les statues de l'île de Pâques aux faces grêlées le regardaient avec leur cruauté habituelle sous le porche.

Museum Street était grise, décolorée. Décolorée

aussi Great Russell Street. Grisaille sur grisaille. Les dernières mousses de la lumière s'écoulaient derrière St. Pancras. Londres aspirait l'obscurité comme un buvard. *Syrinx* était sorti, cependant. Il le vit à la devanture de plusieurs librairies. Quelques notes nasillardes pour un printemps qui, comme toujours, était en retard. « Ah ! bien », dit-il, et il ôta son chapeau pour sentir l'air sur son front. Il acheta le *Times Literary Supplement* et un paquet de cigarettes au coin de la rue. Ce n'était pas la peine de lire les critiques des journaux de gauche – leur méchanceté et leur mauvaise éducation l'avaient toujours chiffonné. Puis il se rappela qu'il avait décidé d'acheter un exemplaire de *Syrinx* (comme d'habitude, il avait distribué tous ses exemplaires de presse) et il entra dans une librairie. C'était absurde d'avoir le trac, car il était un poète relativement peu connu. *Syrinx* était son septième livre, et il n'attendait rien de plus que les habituelles notes de lecture des critiques de service. Il y avait longtemps qu'il s'était résigné au fait que ses poèmes n'étaient ni très originaux ni très passionnants. Mais du moins étaient-ils publiés ; et il adorait être publié. La sortie d'un nouveau livre lui communiquait toute la vanité d'un auteur chevronné, et *Syrinx* était vraiment très joli, oui, vraiment très joli. La couverture était attrayante et raffinée tout à la fois. Les flûtes de Pan, les roseaux, le cygne à l'air un peu exténué – tout cela exprimait parfaitement, se disait-il, le caractère de ses poèmes, qui étaient eux aussi un peu maniérés, un peu vieillots, peut-être un peu banals. *(La Muse de Lord Graecen, devenue ménagère, bat une fois de plus ses ïambes comme un tapis usé.)*

Heureux de sentir le petit livre sous son bras, il entra dans un salon de thé pour le feuilleter encore une fois. La critique du *Times* serait, comme toujours, sépulcrale mais aimable. Le vieux Conklin admirait son œuvre, l'admirait sincèrement. Il évita le coin où le vieux Sir Fennystone Crutch dévorait des tartines beurrées. Sa calotte et ses pantoufles étaient des habituées de la salle de lecture. Il avait horreur d'être dérangé pendant qu'il prenait son thé – qui était en fait son seul vrai repas de la journée. Graecen, qui s'y était risqué un jour, avait été sévèrement rabroué. « Allez-vous-en, lui avait lancé le vieillard, vous ne voyez donc pas que je mange ? » Graecen se demandait si une passion dévorante pour le sanscrit et les tartines beurrées donnait vraiment à un homme le droit de manquer à toutes les règles de la politesse. Mais il n'avait pas oublié la leçon. Il passa très vite devant le vieillard et alla s'installer dans la pénombre d'une alcôve discrète. Il commanda du thé, des toasts et un œuf à la coque, et il ouvrit le journal.

Depuis une heure maintenant il avait oublié ce qui le hantait depuis plusieurs jours ; non, « hantait » était peut-être un mot trop fort, et il chercha un moment une expression plus conforme à ses sentiments. Son visage rond et innocent se plissait tandis qu'il cherchait dans les colonnes du journal, laissant une partie de son esprit se débattre avec des notions telles que l'angoisse et jouer avec les métaphores de la mort. C'était comme un trou dans une dent – on ne peut pas empêcher la langue d'y revenir sans cesse. Certes, la mort était une cavité considérablement plus vaste et plus intéressante. Après tout, se rappelait-il, il n'était pas *certain* qu'il mourût dans les prochains mois. Ce n'était là que l'opinion de certains médecins – et on ne peut pas accorder un crédit total à ces gens-là. Mais cette idée avait suffi pour disloquer sa vie jusqu'à un certain point. Passé le premier jour, la perspective de la mort avait pris une nuance de grisaille uniforme ; cette pensée était, somme toute, assez comparable aux angoisses qu'il éprouvait, lorsqu'il était enfant, la veille d'une composition. Et même ce sentiment n'était pas dépourvu d'un certain élément de plaisir ; cela lui donnait parfois une sensation d'isolement et de détachement du reste de l'humanité, et il était alors obligé de se rappeler que les autres aussi devaient mourir. Eux, cependant, n'étaient pas gênés par la proximité de l'échéance. Mais cette idée, qu'il n'avait confiée à personne, était tout de même gênante. Il avait honte de révéler cela – comme si c'était une maladie qui devait être tenue secrète. C'était pour cela qu'il avait donné sa démission. Ce serait par trop inconvenant de mourir en plein Muséum. « Cela peut arriver très brusquement », avait dit le docteur, ajoutant : « Pfft, comme ça. » Graecen avait été impressionné par l'expression. Et il s'était surpris le lendemain à dire à un conservateur-assistant, à propos d'une terre-cuite mal posée : « Elle pourrait tomber et se briser... pfft, comme ça. »

Une fois de plus la logique commença à s'interposer devant ses pensées plus claires. Regarde Sir Fennystone Crutch, se disait-il depuis ces trois derniers jours. Pas un médecin sensé ne lui donnerait plus de six mois à vivre. Plus une dent, enterré dans son sanscrit, oubliant chaque jour l'heure du lunch et jonchant le sol de miettes autour de sa chaise à la bibliothèque. L'idée de mourir à sa chaire le laisserait parfaitement indifférent, n'est-ce pas ? Et que feraient-ils si cela arrivait ? Graecen se dit qu'on le mettrait sur le chariot – qui gémissait déjà sous le poids des volumes de sanscrit – et qu'on déposerait sa serviette en tapisserie, sa calotte et ses pantoufles à côté de lui. Et on le roulerait ainsi tout au long des corridors. Passeraient-ils par la Bibliothèque Nord, afin d'éviter l'entrée principale ?

Graecen commença à être exaspéré de gaspiller

ainsi son temps... de suivre ces stupides enchaînements de possibilités. Qu'est-ce que cela pouvait bien faire qu'on l'emmène sur un chariot ? Il les imagina roulant le vieillard à travers la section gréco-romaine. Ce serait certainement le jeune Stubbs qui pousserait le chariot... Il fronça le sourcil pour chasser ces images oiseuses et revint à ses préoccupations.

Durant toute cette rêverie ses yeux parcouraient les sobres colonnes du journal, en quête d'une critique sur *Syrinx*. Il mangeait posément ses toasts beurrés, et son visage devint encore plus innocent et enfantin quand il sentit du beurre lui couler sur le menton. Il sortit un mouchoir et s'essuya distraitement. Pouvait-il dire que la vie avait acquis plus de prix à ses yeux depuis qu'il envisageait la possibilité de la quitter d'un jour à l'autre ? Il refronça les sourcils et décapita soigneusement son œuf. En un sens, oui. Tout prenait un relief plus sombre – comme s'il s'était éveillé un matin pour constater que les contours du monde avaient été noyés par une chute de neige. Elle avait aiguisé son sens critique – ce qui était une expression assez affreuse. Et pourtant cette idée ne soulevait en lui aucune émotion. Pourquoi ?

Même sa poésie... avait-elle marqué une tendance à rendre un son plus grave ? Non, c'était toujours la même tonalité. Il se rappela qu'un jeune critique avait parlé de sa poésie comme d'un « brouet pré-atomique, non radioactif, non conducteur ». Cela lui avait fait une peine considérable. « Lord Graecen s'en tient à son ornière de poésie pour rentiers », disait un peu plus loin le même impertinent. Honnêtement, était-il mauvais poète ?

Quand l'hiver engourdi recouvre
La ville et ses amoureux,
La froide irrévocabilité de la neige
Blanchit les poteaux et trace plus nette
La route que doit suivre toute la race mortelle.

C'était peut-être un peu simple comme idée, mais il aimait ce passage. Certes, l'élément démoniaque qu'il admirait tant chez Emily Brontë faisait défaut. Mais était-il, comme disait le jeune critique, un pudding sans raisins ? Il trouvait au contraire ce poème plein de saveur. En tout cas Yeats en avait fait figurer un dans son anthologie; et le vieux Lord Alfred l'avait invité à Hove pour, disait-il, apprendre les principes du sonnet. C'était assez cavalier de sa part, mais Graecen s'était confondu en remerciements.

« Ah ! », dit-il, car ses yeux, parcourant lentement l'avant-dernière page, avaient enfin accroché ce titre : *Le Poète Cricketteur d'Anglelerre.* Le vieux Conklin laissait certainement déborder toute son admiration. Il nota les habituelles références à son titre, sa bourse et ses exploits au cricket. Conklin n'aimait pas que ses poètes fussent des femmelettes. Mais avec une certaine indignation cependant, il lut : « Il devient de plus en plus évident qu'un nouveau Gordon Bottomley est parmi nous. Lord Graecen est incontestablement de la lignée de Lord Alfred Douglas, Roland Tuft, Canon Alec Smudge, et Loyola Tipstaff, et chacun de ses vers vaut bien tout un volume de ces cris discordants qui, pour les lecteurs mal informés, passent aujourd'hui pour de la poésie. » Graecen eut un geste d'irritation et laissa tomber un peu de beurre sur sa cravate. « Voyons ! murmura-t-il d'un ton plaintif à l'adresse de Conklin, on ne dit pas des choses pareilles. » C'était d'une stupidité grossière. Les critiques méchantes font mal, mais cette sorte d'éloges était encore plus nocive. Il poursuivit néanmoins sa lecture avec une amertume croissante...

La sonnette de la porte tinta, et il vit entrer Hogarth, portant de larges pantalons gris tire-bouchonnés et un gros paquet de livres sous le bras.

« Hogarth ! lança-t-il joyeusement. Hogarth ! »

Le nouveau venu baissa sa puissante tête grisonnante et se dirigea vers lui, avec les précautions d'un homme qui a peur de heurter quelque chose.

« Eh bien, dit-il, je pensais à vous. Je me demandais pourquoi vous ne m'aviez pas téléphoné. »

Graecen éprouvait une joie enfantine à la vue de son plus vieil ami.

« Asseyez-vous, mon cher ami, dit-il. Comme je suis heureux de vous voir. »

Hogarth s'assit lentement, comme s'il luttait contre la force centrifuge, déposa son chargement de livres sur la table et plaça son petit chapeau de feutre à côté. Puis il posa sur Graecen un regard plein d'une affection ironique. Et son petit œil pointu embrassa d'un même regard la tartine beurrée dans une main, le mouchoir dans l'autre et le livre ouvert sur les genoux de son ami.

« Richard, dit-il d'une voix sévère, vous relisez encore vos œuvres ? »

Graecen rougit comme une jeune fille. Hogarth adoptait toujours avec lui un ton de sarcasme, pour le simple plaisir de le taquiner.

Pour lui rendre justice, le caractère de Graecen exigeait quelque chose de plus mordant que les réponses conventionnelles ; et Hogarth, dont le caractère était presque l'exacte antithèse du sien, avait une bonhomie naturelle qui se manifestait dans ses sentiments comme dans son apparence. Ils s'entendaient à merveille ; ce qui semblait confirmer la théorie d'Hogarth sur l'union psychique de deux types complémentaires diamétralement opposés. Il leur avait donné les noms de « dominant » et « récessif ».

Il se contempla les pouces un moment en reprenant son souffle. Graecen le couva du regard avec affection, car il n'avait pas vu Hogarth depuis plusieurs semaines. Les larges épaules d'Hogarth étaient vêtues d'une vieille veste en tweed aux coudes garnis de pièces de cuir. Ses pantalons gris avaient rétréci au lavage, exposant ses grosses chevilles sur lesquelles ses chaussettes retombaient en accordéon. Son visage était taillé comme une grosse pipe autrichienne, avec de gros traits osseux et placides où pétillaient deux petits yeux scrutateurs et toujours en mouvement. Quand Hogarth riait, ils se plissaient en deux petites virgules, comme les yeux d'un cochon. Quand il les ouvrait tout grands, comme il le faisait pour poser une question, ils paraissaient rajeunir, et briller d'une beauté et d'une candeur très personnelles. Il commanda du thé, bourra sa pipe, et déclara :

« J'ai couru pour me débarrasser de Boyd. »

Graecen s'étonna, sans en rien laisser paraître. Boyd était un de ses amis.

« Boyd veut que j'écrive une préface pour son livre sur l'art et la psychanalyse. Il prend les deux choses très au sérieux. »

Hogarth s'échauffait en parlant, et laissait percer une irritation croissante.

« C'est un livre absolument grotesque. Il y a une analyse du *Corbeau* de Poe à vous faire dresser les cheveux sur la tête. Vous connaissez le rapport symbolique entre l'oiseau et le pénis ? »

Graecen l'ignorait, mais il battit des paupières et hocha rapidement la tête, tout en se passant la langue sur les lèvres.

« Eh bien, le *Corbeau,* avec son lugubre

« Jamais plus » est une terrible confession de l'impuissance de Poe. »

Graecen dit « Voyez-vous cela », par deux fois, avec sympathie. Il ne connaissait rien à la psychanalyse, mais il ne s'était jamais permis de tourner quoi que ce fût en dérision. Hogarth alluma sa pipe en lâchant quelques bouffées de fumée gargantuesques.

« Il a découvert chez Dickens un fort penchant à la masturbation ; les noms de M. Pickwick et de Sam Weller sont des symboles à peine déguisés... Dicky, que se passe-t-il ? »

Graecen se sentait de nouveau très malheureux tout à coup ; il s'était rappelé la sentence.

« J'ai donné ma démission de mon poste aux Antiquités », dit-il d'une voix faible.

Il aurait aimé confier un certain nombre de choses à Hogarth, et même lui parler de l'article de Conklin ; mais elles se bousculaient toutes à la porte de son esprit, et il ne savait pas par laquelle commencer. Son visage était plus rond et ingénu que jamais. Sa lèvre inférieure était en proie à un très léger tremblement.

« Vous êtes à plat », dit Hogarth.

Graecen approuva d'un hochement de tête et tendit le journal à son ami, en lui désignant le passage qu'il avait trouvé choquant. Mais il ajouta aussitôt, d'une seule traite :

« Il paraît que je n'ai plus que quelques mois à vivre. »

Cela paraissait absurde. Ils se regardèrent une seconde, puis éclatèrent tous deux de rire, Hogarth d'une grosse voix bourrue, Graecen dans un registre aigu de petit garçon.

« Me faire ça, à moi, dit-il tout à coup d'un ton enjoué.

– Je n'en crois rien.

– Oh ! si, c'est la pure vérité », dit Graecen avec l'accent de la sincérité.

Et il craignit tout à coup de n'être pas pris au sérieux.

« Me faire ça à moi, Dicky Graecen. »

Il avait l'habitude quelque peu irritante de s'objectiver, de parler de lui à la troisième personne, comme font les enfants. « Et alors, que fait le vieux Dicky Graecen ? » était une expression dont il émaillait invariablement le récit de ses propres faits et gestes. Il se voyait, comme il disait, très loin de lui-même, comme un double juvénile de sa propre personnalité. Dans le cas présent, c'était le très jeune Dicky Graecen qui allait mourir, tandis que lui, son alter ego, était immortel, ou du moins pouvait encore compter sur quinze ou vingt ans de bonne vie. Ce qui le ramena, par association d'idées, à *Syrinx*.

« Mon dernier livre est sorti », dit-il avec une certaine timidité pas désagréable, et il rougit.

Hogarth le regarda fixement, en s'efforçant d'éteindre la petite flamme d'amusement qui pétillait encore dans ses yeux. Tout ce qui arrivait à Dicky était drôle ; même l'idée que les médecins l'avaient condamné à une mort prématurée était drôle. Il y avait en lui quelque chose qui appelait irrésistiblement l'humour, même lorsque la compassion eût été de rigueur. Il lui tendit le livre par-dessus la table.

Graecen n'envoyait jamais ses livres à Hogarth, car ce dernier ne manifestait aucun intérêt pour la poésie en particulier et les beaux-arts en général. Hogarth, par contre, lui envoyait tous ses livres, si lourds et illisibles qu'ils fussent. Sur la page de garde, il écrivait toujours : « Dicky, faites de la réclame autour de vous. Pour faire marcher le commerce. »

Graecen se sentait toujours un peu irrité à cette idée de servir d'agent de publicité pour les travaux cliniques d'Hogarth, mais leur longue amitié, leur affection qui remontait aux beaux temps de l'université, avaient toujours raison de cette contrariété.

« Il n'y a aucune raison pour que vous ne mouriez pas, dit Hogarth en retournant le livre entre ses mains. Nous y passerons tous. Et je me demande si je ne préférerais pas être prévenu. J'aime mettre mes affaires en ordre avant de partir en voyage. »

Ce n'était pas du tout là le genre de considérations que Graecen appréciait. Il n'attendait pas de la pitié ou de la commisération, mais il lui semblait que...

« Alors j'ai fermé l'appartement, j'ai envoyé Garbett en vacances et j'ai rédigé mon testament. Je suis libre comme le vent. Et regardez. »

Il exhiba son billet de bateau sous les yeux d'Hogarth, qui feuilletait lentement le livre de poèmes, comme s'il s'agissait de quelque curieux fragment de poterie dont il ne parvenait pas à déterminer la fonction.

« Cefalû, dit Graecen, prononçant distinctement mais doucement ce mot, comme s'il était tiré d'un poème de W.J. Turner.

– Cefalû », répéta Hogarth sans la moindre intention cachée.

Son intérêt s'était maintenant reporté sur le billet. Le navire s'appelait l'*Europa.*

« Baird va en Crète lui aussi, dit-il. C'est un de mes patients. Vous voyagerez ensemble, et vous verrez...

– Silène, dit Graecen, comme un conspirateur. Je lui raconterai tout.

– Ce ne sera pas nécessaire, dit Hogarth d'un ton sarcastique. C'est sans doute lui qui vous le dira, ce vieil intrigant Phanariote. Et qu'est-ce que c'est que cette histoire de labyrinthe ? Je l'ai lue dans les journaux. »

Graecen tira une lettre de sa poche en tendant

l'autre main devant Hogarth pour l'empêcher d'en dire plus sur ce qu'il savait.

« Une lettre de Silène, dit-il. Tenez. »

Hogarth vit la petite écriture rouge bien connue, et le petit dessin, en tête de la lettre, représentant un village accroché au flanc d'un grand cône de pierre.

« Lisez-la », dit-il.

Hogarth savait que Graecen aimait lire à haute voix ; ce dernier se renversa donc contre son dossier et prit sa voix de conteur – la voix qu'il réservait à la lecture de ses propres œuvres à la radio.

« Le soleil, commença-t-il, se lève chaque matin comme l'éclair d'un canon. J'écris dans le jardin, assis sur un bloc de marbre. Les roses se portent bien, de même que l'archéologie, comme vous l'avez sans doute appris. Depuis ma dernière lettre, le labyrinthe a révélé une inscription sur pierre (pré-minoenne ?). En tout cas une nouvelle inscription que je ne peux pas déchiffrer, en partie hiéroglyphique. Le Muséum dit qu'il vous enverra ici si je le veux. Mon cher ami, si je le veux, vous pensez bien. Un été à Cefalû vous fera du bien. Mais je vous en conjure, suivez à la lettre ces instructions : ne faites aucune déclaration, par écrit ou en paroles, laissant entendre que j'ai découvert (comme je l'espère) la Nouvelle Ere. C'est bien d'accord ? »

Graecen s'interrompit, tout confus, et vit que les petits yeux d'Hogarth le fixaient intensément. Il plissa le front. « Mais je me demande bien *pourquoi* », dit-il d'un ton plaintif.

Hogarth creusa une fossette dans sa joue gauche et tapota le fourneau de sa pipe.

« Pourquoi pas une mystification ? » dit-il.

Graecen le regarda sans comprendre.

« Dicky, reprit Hogarth, vous connaissez notre

cher Silène ? Il est bien possible que la Nouvelle Ere soit...

– Une farce ? dit Graecen, inquiet tout à coup.

– Eh bien, c'est une hypothèse, dit Hogarth très à l'aise. Cela ne serait certainement pas très difficile.

– Mais la si jolie statue ? dit Lord Graecen.

– J'aimerais bien la voir. »

Graecen parut troublé et remit la lettre dans sa poche d'un air songeur.

« D'ailleurs comment pouvez-vous déterminer l'âge d'une statue ? dit Hogarth, à part les hypothèses ou la typologie ? »

Graecen était trop absorbé dans ses réflexions pour répondre. Il pouvait facilement faire appel à Firbank et à ses affreux produits chimiques pour tester la pierre.

« Mais je ne voudrais pas laisser planer le soupçon sur Axelos, dit-il.

– Des produits chimiques ? dit Hogarth. Alors munissez-vous de quelques fioles avant de partir.

– Oui, dit Graecen, oui, c'est ce que je ferai. »

Il ramassa une miette qui était tombée hors de son assiette et parut se perdre dans ses réflexions.

« Et maintenant, dit Hogarth en payant la note et en redressant sa pyramide de livres avant de les mettre sous son bras, je voudrais vous faire connaître ce jeune homme qui voyagera sur l'*Europa* avec vous. J'ai rendez-vous avec lui dans un pub de Shaftesbury Avenue. »

Comme toujours Graecen avait mille choses à faire. Il tira son petit agenda de cuir. Hogarth devrait vraiment venir déjeuner ou dîner ; mais comme toujours il était pris. Le lendemain il devait emmener Mrs. Sanguinetti voir le nouveau film de Disney, et le soir il dînait au « Savile ». Il parcourut rapidement la liste de ses rendez-vous. Hogarth remarqua que la mort n'avait en rien changé les habitudes de Graecen ; il était entendu qu'il ne mourrait pas avant samedi, date à laquelle l'*Europa* appareillait. Il baissa la tête comme un taureau et entraîna son ami qui protestait au coin de Tottenham Court Road. Lorsque Graecen fit mine de vouloir le quitter, Hogarth réussit à le raccrocher en lui donnant quelques-uns de ses livres à porter, et ils cheminèrent ainsi jusqu'au petit pub où Baird lisait un journal par-dessus sa bière.

Et bientôt, comme toujours, Graecen s'aperçut qu'il était trop tard pour respecter son emploi du temps de la soirée, et il invita Hogarth à dîner au petit restaurant espagnol d'Old Compton Street dont ils avaient pendant tant d'années apprécié le riz au piment. Baird, plein de tact, s'éclipsa et les laissa ensemble.

« Comment se fait-il, dit Graecen, quand il les eut quittés, que ce jeune homme à l'air si équilibré fréquente votre cabine de consultation, Hogarth ? »

Oui, en effet, comment cela se faisait-il ? Hogarth considéra un moment la question. Le motif du voyage de Baird en Crète était assez fantastique en un sens. Cefalû allait être la réponse à plus d'un problème.

« Par Dieu, dit-il, je crois que j'aimerais y aller aussi, pour l'aider à déterrer Böcklin. »

Et tout en dînant, il conta l'histoire à Graecen.

III

PORTRAITS

LE portrait de Baird qui se dessina par-dessus la nappe crasseuse du restaurant de Old Compton Street était assez conventionnel en un sens : son histoire était peu fertile en événements, et seule la calme vigueur de la description d'Hogarth parvint à retenir l'attention de Graecen. Hogarth portait un intérêt inlassable à ses patients, et il savait le faire partager lorsqu'il le voulait. Pourtant, songeait Graecen tout en l'écoutant, Hogarth était un personnage beaucoup plus attachant que ne le serait jamais aucun de ses patients. Mais sa réserve naturelle avait dressé un mur entre eux depuis un tiers de siècle. A l'université, Hogarth était un misanthrope qui ne s'exprimait que par monosyllables ; jour et nuit les volets de sa chambre restaient clos et il travaillait obstinément à la lumière d'une petite lampe de bureau. Plus tard il avait accepté une bourse d'étude dans une université allemande, où il passa une dizaine d'années à parler de philosophie et à se promener dans les montagnes avec les étudiants. Il était rentré à Londres avec une épouse allemande que Graecen n'avait jamais vue. Hogarth habitait Herne Hill, et dirigeait un service de psychiatrie dans un hôpital d'Etat pour un salaire de misère. A cette époque ils se voyaient souvent, mais Graecen ne fut jamais invité à prendre le thé chez lui ou à faire la connaissance de sa femme. Il découvrit un jour par hasard qu'il avait un fils, mais, quand il l'interrogea à ce sujet, il ne reçut pour toute réponse qu'un regard inexpressif. Hogarth ne confirma ni ne démentit la chose. Malgré cela, et bien que Graecen s'en étonnât parfois, leur amitié ne fut jamais altérée. Un jour, il avait été très étonné de voir figurer le nom d'Hogarth au catalogue d'une exposition de peinture à la galerie Leicester. Les toiles représentaient des paysages d'une exécution puissante où l'on ne décelait la trace d'aucune influence et qui révélaient un talent très personnel. Lorsqu'il lui en avait parlé, Hogarth avait balayé l'air d'un geste négligent. « J'ai fait cela en Allemagne quand j'étais étudiant », avait-il dit, sans marquer ni intérêt ni mépris particulier pour ces œuvres de jeunesse.

Plus tard Hogarth avait ouvert un petit cabinet de psychanalyste dans Harley Street, et le succès lui avait immédiatement souri ; il avait alors publié un ou deux livres curieux dans lesquels il exposait une sorte de philosophie de la maladie que Graecen avait renoncé à comprendre. Il avait lu un de ces livres, en espérant peut-être en faire une critique dans un journal, mais l'ouvrage était franchement au-delà de ses capacités de compréhension. Et maintenant Hogarth donnait tout son temps à la psychanalyse – quand il en parlait, il disait avec ironie qu'il s'agissait tout au plus de « ressemeler à moitié des âmes à moitié trempées » – et c'était dans cette toile d'araignée que des gens comme Fearmax et Baird venaient se prendre en nombre croissant.

Baird était fils unique. Son père appartenait à

cette aristocratie terrienne anachronique qui s'efforçait de maintenir son style de vie dans un monde où elle devenait de jour en jour plus incompréhensible ou inutile. Juge de paix dans le Herefordshire, excellent cavalier, il collaborait régulièrement à *The Field* et était l'auteur de plusieurs ouvrages sur les oiseaux ; la mère de Baird était morte lorsqu'il était âgé de trois ans, et son père ne se remaria jamais. Dans la maison au toit de pierre avec ses haies et ses arbres taillés et sa belle pelouse verte qui descendait jusqu'à la rivière, il avait mené une jeunesse calme et heureuse. Il reçut l'éducation appropriée à l'héritage que son père devait lui laisser : une tradition de douceur, de savoir-vivre, et une tête bien faite plutôt que bien pleine. En ce temps-là il semblait que les gens de bon ton hériteraient de la terre, et que Baird serait de leur nombre.

A Charterhouse et à Oxford il apprit tout ce que son père ne pouvait lui enseigner que par des préceptes bien frappés. Bon sportif, il reçut également un prix de musique. A dix-sept ans il commença à s'intéresser à la littérature, et il entreprit un roman sur les collèges, qu'il ne devait jamais achever. A l'université, comme tous les jeunes gens, il fit sa crise de communisme, et il en réchappa sans dommage. Il chassait à courre avec une ardeur infatigable et maniait le fusil avec élégance. Sa sympathie pour les classes laborieuses fit place, petit à petit, à une douce acceptation de l'ordre des choses. Son père était pour lui un admirable compagnon qui s'intéressait à tout, et ils explorèrent ensemble une foule de lieux et de sujets divers dans une entente parfaite. Leurs goûts littéraires et picturaux différaient considérablement, mais le principe de la tolérance était si fortement enraciné en lui qu'il ne critiquait jamais son père. Il était un fils respectueux.

Il vécut quelque temps à Londres, d'une petite

rente que lui avait laissée sa mère, et il songea sérieusement à « entrer dans la carrière des lettres ». L'expression résume admirablement les modèles qu'il s'était choisis. A Oxford, Pater et Ruskin avaient talonné de près Marx et Engels ; les années mil neuf cent offraient toute une gamme de maniérismes des plus variés, et ce fut le maniérisme qui guida sa plume plus que la manière – car il n'en avait point de reconnaissable. Membre de la *Wine and Food Society,* il composa un ou deux essais sur le Rallye Français pour A.J. Symons, dans lesquels il consacrait une terminologie critique, avec une délicate discrétion, à la description des œufs durs à la sauce Worcester... et autres sujets de même poids. Durant cet apprentissage il fut tenu pour assez prometteur, opinion qu'il était également enclin à partager.

Comme il ne pouvait encore se permettre d'appartenir à des clubs, ses goûts le portèrent à fréquenter un certain nombre d'artistes et de musiciens de sorte qu'il ne manqua jamais vraiment de compagnie ; et il s'arrangea pour être de tous les cocktails donnés entre les Seven Dials et Hammersmith. On le rencontrait partout, élégant et modeste, vêtu d'un complet veston de coupe irréprochable, disséquant l'art avec les artistes, la musique avec les critiques, et la vie avec des jeunes femmes d'âge et de goûts divers. Ce fut durant cette période de sa vie qu'il rencontra Campion, à un cocktail donné par un éditeur. Campion était alors tout à fait inconnu, mais déjà aussi direct que lorsqu'il le revit sur le pont de l'*Europa.*

« J'exècre, j'abomine, je hais et je méprise toutes ces flagorneries mondaines », avait-il déclaré à notre Baird, plutôt éberlué.

C'était un petit homme bâti en force, avec une masse de cheveux bouclés emprisonnés dans un béret. Il portait des sandales et une chemise ouverte au col. « Ecoutez-les », dit-il férocement. Il mangeait rapidement tout en parlant. Baird regarda un moment les invités qui allaient et venaient autour d'eux, sans voir ce que Campion leur trouvait de si répugnant ; il y avait même là plusieurs personnages célèbres. Mincon le musicien, par exemple, accoudé à la cheminée. Il se dit que Campion souffrait peut-être de quelque obscur complexe d'infériorité sociale, et il lui demanda d'un ton badin s'il aimerait faire la connaissance du musicien français qu'il connaissait très bien.

« Dieu m'en garde, s'écria Campion horrifié, je serais obligé de lui dire ce que je pense de son œuvre. »

Baird fut choqué. Mincon était considéré partout comme un génie.

« Vous ne l'aimez pas ? » demanda-t-il.

Campion lui jeta un long regard pénétrant :

« De la musique de bastringue, déclara-t-il tranquillement. Quant à tous ces gens... »

Son mépris était sans limites. Baird lui demanda alors pourquoi il participait à de telles réunions s'il détestait tant ce genre de choses. Campion lui jeta un autre regard pénétrant et répondit :

« A cause du buffet... vous ne voyez pas ? Je meurs de faim. »

Quand il fut rassasié, il s'en alla, et Baird trouva bientôt quelqu'un à qui confier son brûlant désir d'écrire un roman.

Il rencontra Alice Lidell au salon de thé de la Tate Gallery, et il en tomba aussitôt amoureux. Grande et belle, ses beaux cheveux blonds captaient les reflets lumineux des grandes glaces et scintillaient de mille étincelles quand elle se recoiffait. Sa timidité et son éducation étaient charmantes. Ils devinrent immédiatement amis.

Il admirait ses longs doigts fuselés et son joli teint de Nordique, et il apprit avec un frisson de plaisir qu'elle étudiait les beaux-arts à la Slade School et qu'elle maniait le pinceau avec grâce. Leur amitié survécut même au jugement qu'elle porta sur Whistler (« un pleurnichard », expression qu'il avait entendue dans la bouche d'un des amis d'Alice) et à sa défense de Picasso (« le seul peintre vivant »). Il résista cependant à ces tempêtes intellectuelles et l'emmena déjeuner chez sa tante – préliminaires classiques à l'annonce de leurs fiançailles. La tante approuva. Alice trouva sa collection de jades merveilleuse. Elle obtint le même succès auprès de son père, qui passa des heures à expliquer à une Alice qui commençait à s'ennuyer le maniement du fusil de chasse. A cette époque, naturellement, elle avait décidé qu'elle aimerait vraiment l'épouser – il était si intelligent et si bien fait de sa personne. Ses origines et ses antécédents étaient irréprochables. Les parents d'Alice étaient aux Indes et ne soulevaient pour leur part aucune objection. Ils se marièrent après de brèves fiançailles et s'installèrent dans un cottage Tudor à une quinzaine de kilomètres de la maison de son père. Elle se proposait d'y peindre, et lui d'écrire un livre sur l'esthétique.

Ce fut là une suggestion d'Alice, qui avait des idées assez peu orthodoxes sur la littérature contemporaine. « Le roman est un cul-de-sac » lui déclara-t-elle sans ambages. « Tout ce que l'on peut faire aujourd'hui, c'est définir l'esthétique de la Nouvelle Ere. » Elle croyait fermement en une sorte de Nouvelle Ere très vague, à partir du dadaïsme. Baird l'écoutait patiemment. Il lui semblait extrêmement important et nécessaire qu'un grand critique se révélât en Angleterre pour prendre en main les idées majeures de l'époque et en faire la synthèse. Et en secret, il n'était pas mécontent de laisser de côté son projet de roman qu'il se sentait incapable de mener à bien. « Le roman est un cul-de-sac, déclara-t-il à ses amis, ce qu'il faut, c'est canaliser les courants de l'esthétique à partir d'une idée-force. » Ce qu'était cette idée-force n'était pas très clair dans son esprit, mais du moins l'entreprise le séduisait-elle, et il allait lire tous les jours au British Museum pendant qu'Alice peignait.

Après leur mariage ils s'installèrent dans le cottage, où une petite voiture, des livres et des amis les confirmèrent dans leur bonheur et dans l'idée de l'importance de l'œuvre que chacun d'eux avait à accomplir. Ce fut à cette époque que Baird eut par hasard entre les mains un livre de Hogarth dont un passage sur la sensibilité de l'artiste l'avait beaucoup frappé. Alice trouva cela stupide.

« L'art est une chose avec laquelle il est dangereux de jouer, car il demande de la lucidité et une profonde connaissance de soi, deux vertus que bien peu de gens se soucient d'acquérir. Sa véritable fonction, en fin de compte, est d'insister sur l'existence en nous de facultés inutilisées en vue d'une expérience que l'habitude et les compromis avec l'ordre intellectuel de la société où nous nous trouvons ont étouffée. L'artiste n'invente ni ne découvre rien ; en aiguisant sa réceptivité dans des proportions inhabituelles, il se découvre, il se recrée. Nous avons tendance à évaluer les artistes à leur puissance de transmission, mais même les mauvais artistes souffrent de ce sentiment d'exil et de cette angoisse qu'éprouvent tout au long de leur vie les plus grands d'entre eux. Ce que Benjamin Hayden et Van Gogh ont de commun, c'est leur souffrance. Si leurs moyens d'expression furent différents, ils n'en étaient pas moins enfoncés dans le labyrinthe de leurs propres découvertes spirituelles. »

Alice fronça son joli nez en refermant le livre.

Non, dit-elle en réponse à sa question, ce n'était rien de plus qu'une nouvelle tentative de la part de ces psychologues pour enfermer l'artiste dans le corset d'une définition clinique ; elle ne voulait pas admettre que l'individualité du créateur n'était pas, de par sa nature même, au-delà de toute définition. John devrait trouver une nouvelle façon d'aborder le problème, sinon son livre sur l'esthétique ne serait qu'une plate étude de l'artiste à l'aide d'un vocabulaire exclusif. C'était précisément là ce que John voulait faire, mais son respect pour Alice le fit différer son jugement jusqu'à ce qu'il ait relu tout Ruskin. Plusieurs années furent consacrées à cette plaisante frivolité. John rédigea la majeure partie de sa *Nouvelle Esthétique* en une belle prose féminine, pour s'apercevoir en fin de compte que le livre avait tourné en eau de boudin. Plusieurs amis qui eurent son manuscrit en main lui adressèrent de vives critiques, et il devint manifeste que ce n'était rien de plus qu'une nouvelle production de ces jeunes universitaires qui leur vaut, tout au plus, une colonne dans un hebdomadaire. On pouvait toujours le publier, mais John Baird était résolu à sortir quelque chose d'exceptionnel ou à se taire. Alice trouva cela très sage. Elle peignait beaucoup entre-temps, et lisait quantité de livres sur la peinture. Moins subtile et beaucoup moins timide que son mari, elle accepta à plusieurs reprises d'exposer ses œuvres, et elle obtint de bonnes critiques dans le *Burlington Magazine*. A cette époque elle était prête à tous les sacrifices au profit de son art, et la vie de Vincent (comme elle l'appelait) était sa Bible. Elle pensa même qu'il leur faudrait un enfant.

« Je ne me sens pas entièrement éveillée, confia-t-elle un soir de mai à un Baird tout éberlué, et je m'aperçois que je ne peins plus que des

Madones à l'enfant. Mon subconscient doit être tourné vers la grossesse. »

C'était la Haute Renaissance de l'Art en Angleterre à cette époque, une Renaissance qui devait prendre fin avec Sloper et Frampton – et les gens avaient l'habitude de s'exprimer comme cela. Baird était assez étonné par sa logique particulière qui, lui semblait-il, était quelque peu incompatible avec l'état de femme mariée depuis plusieurs années, mais il ne dit rien. Et en effet, il n'y avait rien à dire. Il n'y avait aucune raison pour qu'ils n'eussent pas d'enfant. Ils avaient des revenus suffisants.

« Vous pourrez en avoir un en février », dit-il après s'être livré à un rapide calcul sur le bout de ses doigts.

Mais ils s'aperçurent alors que ce serait gênant pour leur voyage annuel sur le continent, et l'idée fut momentanément abandonnée. On avait promis à Alice de la présenter à Picasso (elle s'imaginait encore que les artistes devaient plus ou moins ressembler à leur œuvre) et elle ne voulait pas renoncer à cela pour satisfaire les vagues désirs de son subconscient.

Ils menaient une vie heureuse pour la simple raison qu'aucun obstacle ne se dressait devant elle ; mais cela ne pouvait pas durer éternellement. Au bout de quelques années John commença à éprouver un sentiment d'échec, et elle, de son côté, constatait que la banalité envahissait son œuvre. Ils ne semblaient pas avoir progressé vers les objectifs qu'ils s'étaient assignés. T.S. Eliot n'était pas encore détrôné, et Alice, malgré tous ses efforts, se sentait incapable d'aller de l'avant. Comme lui dit le jeune homme à la Oxhead Gallery : « Franchement, vous savez, quoi qu'on fasse, tout le monde est devenu non figuratif maintenant. Je veux dire, en Angleterre, voyez-vous, beaucoup se sont même faits hétérosexuels pour ne pas s'effondrer, si j'ose dire. » Ce n'était que trop vrai, hélas ! Sans le *Burlington Magazine,* Alice aurait entièrement perdu confiance en elle. D'autant plus que John se promenait toute la journée le long de la rivière en déchirant son manuscrit d'un air lugubre et en répétant, d'une voix caverneuse : « D'ailleurs, qu'est-ce que tout cela veut dire ? » Son père lui avait fait cadeau du *Parménide* pour son anniversaire.

Ils firent un rapide voyage en France et en Espagne, et le soleil les réveilla un brin. Les charmants paysages romantiques qu'ils contemplèrent leur firent croire un moment qu'ils avaient enfin trouvé leur véritable climat. Ils envisagèrent même d'acheter une maison à Venise, mais ce projet se révéla impraticable et trop onéreux ; l'entretien du petit cottage leur revenait déjà très cher. A Madrid, ils connurent leur première querelle. Alice se croyait enceinte et au lieu de se réjouir à la perspective que son subconscient allait enfin s'éveiller, elle fut prise de panique à cette idée. Il lui semblait maintenant qu'un bébé menacerait non seulement son art, mais sa liberté même, les années de passionnantes conversations, les voyages qu'ils n'avaient pas encore faits, les amis qu'ils pourraient encore se faire. Bien qu'elle souhaitât toujours avoir un enfant, l'idée de perdre du même coup sa liberté et sa silhouette était plus qu'elle n'en pouvait supporter. Elle piqua une crise de nerfs et, naturellement, John en fut tenu pour responsable ; de son côté, il la trouvait quelque peu ennuyeuse comme compagne de voyage. Après une brève escarmouche au cours de laquelle Alice lui brisa une assiette sur la tête, il partit bouder dans un hôtel voisin en attendant qu'elle reprenne ses esprits.

Ils logeaient alors dans une villa appartenant à Corèze, le petit Juif sud-américain dont on se rappelle peut-être la brève période de gloire et dont les bonds acrobatiques d'un style à un autre surprenaient et enchantaient Alice. « Chaque toile, avait-elle dit, à John, est marquée d'une vitalité faunesque », vitalité qui marquait aussi tout le petit visage sémite de Corèze. A une époque, Corèze avait mené le train du mouvement cubiste, et il leur avait fait grosse impression avec les innombrables anecdotes dont il avait fait provision au contact d'hommes célèbres. Son imitation de James Joyce écrivant avec un morceau de craie sur un tableau noir était particulièrement réussie. Il donnait même à entendre que certaines parties d'*Ulysse* n'auraient pas été écrites si lui, Corèze... L'histoire de Picasso et du Pernod aussi lui valait toujours un franc succès. La façon dont il mimait le Maître, retournant son verre en disant : « Tiens... un Pernod quoi ? » était plus désopilante que du Fernandel.

Quand John quitta la maison, après avoir eu soin de laisser le nom de son hôtel (afin qu'Alice puisse venir lui faire des excuses), Corèze fut tout attristé et se montra plein de compassion. Il avait longuement loué le talent d'Alice, lui avait même acheté deux dessins qu'il avait épinglés à son mur, et il lui avait affirmé qu'elle avait un grand avenir. Il était tout naturel que ce qui avait commencé comme un flirt des esprits allât un peu plus loin... du moins c'est ce que pensait Corèze. Alice se dit que John avait besoin d'une bonne leçon : quoi de plus simple que de faire semblant de tomber amoureuse de Corèze ? A vrai dire, au point où en étaient les choses, elle ne savait absolument pas où elle en était. Corèze était si charmant, si prévenant, si gentil. Il la prit dans ses bras alors qu'elle faisait son portrait au crayon et lui dit : « Ne me laissez pas tomber amoureux de vous, je vous en supplie, cela fait trop mal. » Il avait les larmes aux yeux. C'était très excitant, et assez touchant. « J'ai été tellement blessé par l'amour, murmura Corèze en glissant une main sous sa jupe, cela ne peut pas recommencer, non, je ne veux pas. » Sa passion était très convaincante. « Dites que vous ne m'aimez pas », s'écria-t-il et, avant qu'elle ait pu répondre qu'elle ne l'aimait pas il couvrit sa bouche de baisers.

Elle écrivit un billet à John pour lui demander une dernière entrevue. Assez alarmé par le ton de son billet, il descendit en toute hâte à la villa par la terrasse de l'hôtel. Il fut reçu d'une façon dramatique et inflexible. Elle lui déclara qu'elle avait une confession à lui faire. Elle allait le quitter pour Corèze. Il ne put s'empêcher de la trouver infiniment touchante et pathétique à ce moment-là ; les gens (ne cessait de lui crier la part irrationnelle de son esprit) sont les produits de leur expérience. Alice était maintenant en train de se conduire comme une petite Lilian Gish dans... quel était donc le titre de ce film ? Pendant un instant il fut tenté de dire quelque chose d'extrêmement dur pour Corèze, mais ce dernier était allé se réfugier à Barcelone pour laisser passer l'orage. Il avait une longue expérience des maris latins, et il ne tenait pas à se retrouver mêlé à une bagarre pour une femme dont il n'avait pas vraiment très envie. Il avait expliqué son brusque départ dans une lettre où il lui disait qu'il ne pouvait plus rester en présence d'Alice tant qu'elle ne couronnerait pas sa flamme.

John Baird était en fait trop paresseux pour se laisser aller à la colère. Il prit l'avion pour Paris et laissa Alice exhaler sa rage. Le seul reproche, très typique de son caractère, qu'il lui avait adressé était d'une nature plus sociale que personnelle – car il se sentait plus outragé dans sa vanité que dans son amour-propre. « On ne se conduit pas de la sorte, lui avait-il dit. Après tout, nous ne sommes pas des Bohémiens. » C'est cela qui amena Alice à se demander si vraiment elle l'aimait ou non. Si seulement il avait manifesté une violente jalousie, ou la détermination de la reprendre... Qui sait ? Elle aurait pu renoncer à Corèze par pitié. Mais non, il la traitait avec la désapprobation hautaine d'un tuteur pour sa jeune pupille plongée dans l'égarement. En somme, elle lui reprochait surtout de se retirer sous sa tente, à l'anglaise ! L'imbécile !

John parti, Corèze revint. En réalité, il s'était retiré chez un ami dans la banlieue pour célébrer une fête juive et se livrer à un examen intérieur et à la purification, laissant mijoter sa petite affaire au coin du feu en quelque sorte. La lettre d'Alice mit une semaine à lui parvenir, après avoir fait un détour par Barcelone. Ce qui leur donna le temps à tous deux d'examiner la situation.

Entre-temps Alice s'aperçut qu'en fin de compte elle n'attendait pas d'enfant ; mais les choses étaient allées si loin avec Corèze qu'elle ne se sentit pas le courage de revenir en arrière. De plus, Corèze la taquinait sans cesse sur sa jeunesse et son inexpérience, ce qui lui donnait des armes supplémentaires. Il la tenait pour naïve et irresponsable, de sorte qu'elle désira plus que jamais se montrer totalement émancipée ; et pourtant... Mais John avait emporté par erreur tous ses chèques de voyage, et elle n'avait plus aucun moyen d'échapper à cette situation. Et elle se dit qu'après tout, il y avait bien peu de chance pour qu'elle y trouvât du plaisir.

Il n'en fut rien. Corèze lui fit l'amour avec un art et une application qui ne pouvaient manquer d'être appréciés. Tout son orgueil, tout son amour-propre furent emportés en moins de quarante-huit heures. Dans ce même intervalle elle réussit à emprunter au consul le prix d'un billet d'avion pour Paris. Comme elle regrettait toute cette histoire. C'était à peu près ce que Lawrence voulait dire quand il parlait de ces sales vieux jouisseurs avec les pans de leur chemise noués autour de leur cou. Elle se dit qu'elle ne pourrait plus jamais être une bonne épouse, et tandis que l'avion survolait les Pyrénées elle étreignait ses mains glacées en songeant tristement aux fois reniées.

Quant à John, innocemment assis à la terrasse des *Deux Magots,* il avait l'impression qu'il se devait d'adopter une attitude précise, mais il ne savait pas laquelle. Comment réagit-on devant la séduction de sa femme par un étranger non chrétien ? De nouveau, il éprouva, obscurément, plus d'irritation devant le fait que cet acte avait violé les lois de l'hospitalité que devant la blessure infligée à son amour. Et ce fut un choc pour lui de découvrir que le sexe n'avait été pour lui guère plus qu'un problème abstrait, un sujet de conversation avec des romancières sur le retour. Peut-être était-ce parce qu'il avait atteint un certain « détachement intellectuel » – comme il se plaisait à appeler cela. Il se dit avec fermeté que Corèze s'était conduit en hôte impardonnable. Ces choses-là ne se faisaient pas en Angleterre.

La petite pile de soucoupes s'élevait rapidement devant lui. Devait-il essayer quelque chose... se soûler à mort, ou appeler Chloe ?

La boisson le rendait seulement malade, ou l'endormait. De plus, son amour pour Alice était si profondément et confortablement basé sur l'habitude et l'intérêt qu'il avait du mal à remonter à la surface pour se poser des questions aussi ennuyeuses et stupides. Il bouderait, et se laisserait probablement pousser la moustache. Jusqu'alors Alice lui avait toujours refusé une moustache sous prétexte que cela accentuait la ligne légèrement fuyante de son menton. Ces considérations ne l'arrêteraient plus désormais.

Il envisagea quelque chose comme un mois de congé, après quoi ils pourraient reprendre leurs habitudes. Mais c'est une Alice furieuse, non repentante et assoiffée de drame qui fit irruption à l'hôtel.

Il lui fallut toute son indulgence pour éviter une sérieuse escarmouche durant le premier quart d'heure. Alice lui reprocha tout à trac d'être un mauvais mari, d'avoir emporté tous les chèques de voyage et de n'avoir même pas le courage de lui reprocher ce qu'elle avait fait.

Il paraissait inconcevable à son esprit égaré que John eût l'audace de lui présenter un front serein et vide de tout reproche. Son crime lui paraissait d'autant plus grand qu'il n'avait pas encore encouru son juste châtiment. Mais non, il restait là, planté au milieu de ce drame, et refusait de se laisser entraîner hors des limites permises telles que les a définies Kipling dans *Si*. Il lui paraissait presque inconvenant qu'il pût rester assis devant une pile de soucoupes, avec son chapeau de feutre, sa cravate à pois bleus, son gilet jaune canari et ses pantalons de flanelle grise. Elle remarqua même qu'à une ou deux reprises, il effleura d'un doigt furtif une moustache naissante.

Ils continuèrent à dormir dans le même lit, mais là encore la prudence de John la frustra des scènes dont elle éprouvait un tel besoin. Il n'essaya même pas de faire l'amour avec elle. Elle avait pourtant préparé une belle scène dramatique en prévision de la chose. « Ne me touche pas, avait-elle décidé de s'écrier d'une voix étranglée, tu ne vois donc pas par quelles épreuves j'ai passé ? »

Mais ils n'avaient pas encore bu le calice jusqu'à la lie. Alice s'aperçut qu'en fin de compte elle attendait un enfant, et tout indiquait qu'il était de Corèze. Cette pensée les terrorisa tous les deux. Même John parut se réveiller un peu. Quant à elle, elle fut remplie d'un violent dégoût pour le mauvais tour que lui avait joué son corps. Baird étouffa sa répugnance et alla porter son inexpérience dans les cabinets de consultation de plusieurs gynécologues douteux du boulevard Raspail. Une opération fut décidée, et Alice, très intimidée, songea un instant que le poison vaudrait mieux que le déshonneur ; elle se soumit néanmoins à la science du docteur Magnoun, un petit bonhomme de Français tout frétillant, dont la boutonnière s'ornait des palmes académiques et la lèvre supérieure d'une moustache relevée en crocs bien cirés. « Vous connaissez, madame, dit-il avec un air fripon en plaçant les chevilles d'Alice dans les boucles des sangles qui pendaient du plafond et en relevant tout le système, vous connaissez l'épigramme du grand génie Pascal qui dit : *Le cœur a ses raisons que la raison ne connaît point.* »

Alice revint au petit studio que John avait loué et qui donnait sur le parc Montsouris. Elle se sentait vieille, toute chiffonnée, et totalement impuissante. Toute sa colère contre John était tombée, pour faire place à un sentiment de patience et de tendresse. Il veilla sur elle avec un dévouement total, et il n'émit pas un seul reproche. S'il l'avait fait, elle se fût plus vite rétablie, tandis qu'elle resta un mois alitée. Cet incident brisa effectivement leur vie. Le cercle de leurs amis parisiens ne leur parut plus aussi « amusant » et « dynamique » qu'auparavant. Alice abandonna entièrement la peinture, et elle n'éprouva même plus le désir de visiter les galeries pour juger les œuvres de ses contemporains. Quant à John, même les concerts à la salle Pleyel lui paraissaient mortellement ennuyeux; un gouffre semblait s'être creusé entre la vie et l'art.

C'est à cette époque, alors que le sentiment désespérant d'un conflit insoluble le rendait très malheureux, qu'il revit Campion. Celui-ci commençait à se faire un nom parmi les peintres ayant quelque chose à dire. Il habitait un petit atelier derrière Alésia et peignait avec sa fougue habituelle.

Campion vivait depuis plusieurs années déjà en exilé, et il avait découvert que la vie de Paris, qui à cette époque semblait le phare magique de tous les artistes, convenait beaucoup mieux à son tempérament que les brouillards et les rigueurs du climat londonien. Baird prenait un cognac au *Dôme* quand il le vit s'approcher entre les tables, de sa démarche féline. Il avait souvent aperçu Campion à Paris, il avait visité ses expositions et avait même acheté un de ses nus pour Alice, mais ils n'avaient jamais eu l'occasion d'échanger une parole, et il fut surpris de voir que Campion le reconnaissait et lui adressait un sourire. Baird, en voyant la petite silhouette vêtue d'une chemise bleue et de pantalons gris parsemés de taches, se dit qu'il cherchait peut-être à gagner un repas. Il se souleva légèrement de son siège pour l'accueillir et le prier de s'asseoir à sa table.

Campion était un peu ivre ; ses yeux étincelaient. Il sortait précisément d'un cocktail et il cherchait une victime dans l'oreille de qui déverser toute la bile et les rancœurs que la société anglaise semblait toujours entretenir en lui.

« Baird, dit-il avec un sourire, il y a bien longtemps que nous ne nous sommes pas vus. »

Baird fut surpris de constater que Campion, non content de se souvenir parfaitement de lui, avait encore lu deux brefs articles de lui dans lesquels ses toiles étaient favorablement commentées. Mais ce n'était pas pour cela qu'il était venu le saluer, et Campion se lança presque immédiatement dans une description féroce de son cocktail. Baird reconnut aussitôt sous ses portraits pittoresques et mordants le même thème lancinant : ce sentiment d'infériorité sociale qui rendait nombre d'artistes qu'il connaissait d'une fréquentation difficile. Il se rappela ce moment affreux où D.H. Lawrence, bouleversé par quelque affront imaginaire, refusa de lui parler autrement que dans un bizarre dialecte du Derbyshire – pour mettre l'accent sur ses origines paysannes. Il éprouva un malaise analogue en écoutant discourir Campion, et il se dit qu'il devait être originaire de Camberwell, et qu'il avait probablement abandonné ses études à l'âge de seize ans. Son accent était d'une correction suspecte, dû probablement à une étude attentive de la prononciation des speakers de la B.B.C.

A ses débuts, Campion avait été protégé par un mécène titré, et maintenant la réaction se faisait sentir. Sa description de Lady Sholter aboyant comme un fusil de chasse et laissant tomber son monocle pour lui serrer la main était un chef-d'œuvre de férocité.

« Ah ! les Anglais, Seigneur, les Anglais, dit-il, heureux de trouver un auditeur qui ne contestait pas ses opinions. L'idiotie la plus bornée alliée à une suffisance écœurante. Cette façon d'être imbus de leur personne qu'ils emportent partout avec eux dans le monde... c'est atterrant. »

Il agitait ses orteils dans ses sandales tout en parlant avec une satisfaction manifeste. Il était visiblement heureux de son numéro.

« Ce sens du rituel qu'ils ont mis au point pour masquer leur néant, leur impuissance ! »

Baird écoutait poliment, observant l'homme avec intérêt. Le visage rond de Campion prenait des reflets dorés à la lueur des réverbères. Tout en parlant il esquissait des petits gestes précis de ses mains blanches et soignées, comme s'il dessinait dans l'air les scènes qu'il décrivait.

Campion était doublement vexé parce qu'en se rendant à cette réception il avait failli à la règle qu'il s'était imposée. Il avait pensé que cette fois ce serait différent, mais non. Il était parti au bout d'un quart d'heure, furieux, et avec le sentiment d'être amoindri. « Être flatté, être admis dans un cercle pour mon talent et non pour moi-même, voilà ce qui m'enrage. »

Baird lui demanda pourquoi il y était allé. Campion émit un rire sans joie.

« Je m'étais laissé dire par Mme Dubois que Lady Sholter souhaitait me rencontrer, non seulement parce qu'elle me tenait pour un artiste de valeur mais parce qu'elle voulait charger quelqu'un de décorer une pièce de son château. Quel idiot je suis. J'y suis allé en partie parce que j'étais flatté et aussi parce que, dans ma situation, je ne peux pas me permettre de cracher sur deux cents livres. »

Il vida son verre d'un trait et en commanda un autre.

« Jetant un regard sur mes vêtements, elle me dit : « Oh ! mais il doit y avoir une erreur ; vous ne « pouvez pas être l'ami d'Archie Worm ? Etiez- « vous à Eton avec Archie ? » Mme Dubois me susurra à l'oreille « Lord Worm » d'une voix extatique. Si j'étais à Eton avec lui ? On m'avait tout simplement confondu avec Campion le couturier ! »

Baird déclara que ce genre de méprise pouvait arriver à tout le monde, mais Campion ne voulut rien entendre. Il n'y avait que des Anglais, à l'en croire, pour être aussi grossiers et ignorants.

« C'est parce qu'en Angleterre on méprise l'art, dit Campion. Là-bas l'artiste doit être une sorte de garçon de café ou de commis voyageur. (Il se mit à rire.) De la décoration architecturale pour Lady Sholter ! L'architecture anglaise, comme le caractère anglais, est basée sur le dessin. Si vous les aviez vus ! Quel idiot je fais ! »

Baird commençait à en avoir assez.

« Schwabe dit que l'Anglais ne mérite ni sa littérature ni son pénis... il accorde trop peu d'importance à l'une comme à l'autre », dit-il, pour tenter un peu à contrecœur, de se montrer badin.

Campion le regardait fixement d'un air impudent et candide à la fois.

« En tant que victime d'une éducation anglaise, je suppose que je dois me défendre », ajouta Baird.

Mais Campion n'écoutait plus. Il se grattait la plante des pieds dans ses sandales.

« Un monde de druides et de raseurs », dit-il doucement.

Puis sa hargne s'évapora et il redevint le compagnon charmant qu'il était en temps normal.

Les deux hommes bavardèrent encore un moment à bâtons rompus, et Baird avoua qu'il avait envie de changer d'air, de voyager.

« Et où en est la peinture de votre femme ? » demanda Campion, qui avait vu Alice une fois et l'avait trouvée très belle.

Baird fit une réponse évasive et ils se séparèrent.

Il rentra sans se presser et trouva Alice déjà couchée, en train de lire.

« J'ai décidé de partir quelque temps », dit-il, et il en fut le premier surpris car il ne savait pas qu'il avait pris aucune décision. « J'ai besoin de repos. »

Elle ne leva même pas les yeux de son livre.

Depuis quelques semaines elle s'entraînait à une réserve muette et stoïque.

« Très bien », dit-elle d'une voix très légèrement teintée d'inquiétude.

C'était la première fois depuis leur mariage qu'il prenait la moindre initiative.

C'est ainsi que Baird entreprit de voyager, attiré vers le Sud, visitant l'Italie et la Grèce, vivant l'une après l'autre toutes ses ambitions dans le lent sillage d'une vie qui, chose curieuse, ne semblait que commencer. Une année à Athènes, un hiver en Syrie lui confirmèrent ses premières impressions fugitives sur le bonheur d'être seul. Ce fut avec une profonde indifférence qu'il lut, sous un olivier, une lettre d'Alice lui demandant le divorce. Un ami de Paris rencontré à Beyrouth lui dit qu'Alice allait épouser Campion – du moins le laissait-elle entendre. La vieille Mme Dubois, qu'il rencontra en Egypte, lui dit que Campion n'épouserait jamais personne et lui demanda poliment s'il était heureux. Assis à la terrasse du café *Moka,* il avoua qu'il était très heureux.

« Vous êtes devenu un vrai Méditerranéen, n'est-ce pas ? dit la vieille dame en le fixant sous son absurde chapeau de paille. Cela arrive parfois, voyez-vous. »

Baird tenta de lui parler de ses récents voyages, mais il s'aperçut qu'ils étaient totalement dépourvus de ces petites anecdotes qui meublent une conversation mondaine. Non, il n'avait pas vu les Adler à Jérusalem, ni les Habib à Beyrouth. En fait, il n'avait rien fait de ce qu'on lui avait conseillé. Il n'avait pas présenté une seule lettre d'introduction. Il avait erré de-ci de-là et était devenu petit à petit un homme des tropiques. La vieille dame aspirait son café glacé avec une paille sans cesser de le fixer intensément. Il n'y avait qu'une légère étincelle d'ironie dans ses yeux.

« Vous avez grossi et vieilli, lui dit-elle à la fin, tout en essuyant avec un petit mouchoir de dentelle la fine moustache de crème qui s'était formée sur sa lèvre supérieure. Je parie que vous commencez aussi à aimer faire l'amour, sans vos ridicules préjugés anglo-saxons ? »

Il avait en effet grossi et pris un visage plus mûr ; cela venait en partie de la moustache. Mais il cherchait un moyen de rendre le changement plus concret afin de pouvoir s'exprimer par des mots. Que pouvait-on dire ? L'élément essentiel ne pouvait s'exprimer, semblait-il, que par des négations, comme le premier principe des religions hindoues.

« Presque plus rien n'a de sens », dit-il, et il ajouta aussitôt, pour que ses paroles ne soient pas mal interprétées : « Je veux dire par là que je suis très heureux et plein de vie ; mais je n'essaie plus de sentir à travers les livres ; je ne peux pas. »

Elle sourit, de son beau visage de petite fille, et lui posa tendrement la main sur le poignet.

« Le monde est si vaste et la vie est si courte, et les gens si aimables, si cruels et si passionnants. »

Il était vaste, en effet, songea-t-il en laissant son esprit passer en revue le kaléidoscope de ces dernières années : la cour de la diseuse de bonne aventure à Fez, les journées passées sous un figuier à Poros ; un visage reflété dans une cruche d'eau à Damas, un café à Homs.

« Je crois qu'il n'y a que dans le Sud qu'on se chauffe au soleil de la vie au lieu d'en faire de la mauvaise littérature », dit la vieille dame.

Baird alluma une cigarette.

« Je songe à un roman, dit-il ; cela me demandera cinq ans d'expérience et un an pour l'écrire. Ce sera ma seule justification pour avoir pris de si longues vacances loin de moi. »

Il fut surpris de constater à la suite de cette déclaration qu'il se considérait (qu'il considérait son moi anglais) comme quelqu'un de tout à fait distinct, et sa vie présente comme autre chose que le simple prolongement de son passé, cette existence fade et prétentieuse.

Mme Dubois se caressa les doigts à travers ses gants.

« Laissez-moi vous dire pourquoi je viens chaque année en Egypte, dit-elle avec un soupçon de malice. Il y a quinze ans, au printemps (elle prononça ce mot avec une petite inflexion de plaisir, comme font les Parisiens), je suis tombée amoureuse. J'étais déjà mariée. J'étais allée au temple de Baalbec et j'ai rencontré un jeune officier grec. Il était marié lui aussi. Nous décidâmes de ne rien gâcher, ni notre foyer, ni cette... expérience – et la nôtre fut cette inévitable succession de rencontres qui se développait spontanément et que l'on recouvre de ce mot inadéquat que je viens d'employer pour l'expérience de l'amour ; c'était *cela* qui devait être respecté, mais les formes habituelles de la vie le furent elles aussi. Il avait deux enfants. J'avais un mari si charmant et si bon que je ne pouvais pas supporter l'idée de le faire souffrir. Je viens tous les ans en Egypte, laissant Georges à ses affaires, et je revis l'expérience qu'une habitude quotidienne aurait tuée, mais qui n'est pas encore morte depuis tout ce temps. Il a un petit studio dans le quartier arabe. Nous nous retrouvons en secret. C'est plus beau chaque année. Oh ! mon ami, il y a quinze ans de cela, et je suis une vieille dame maintenant. Mais cette amitié secrète, si superficielle qu'une semaine de mariage l'aurait tuée, est une des plus belles choses de ma vie. »

Elle s'excusa un instant et alla acheter quelques gâteaux au comptoir. Elle avait laissé son livre et son sac sur la table. Quelque part une radio dévidait les quarts de ton lancinants d'une mélopée arabe. Baird prit le livre et le feuilleta d'un doigt nonchalant. C'était une petite anthologie d'aphorismes. Il remarqua qu'elle avait marqué un de ces aphorismes d'un point d'exclamation : *L'amour maternel est le seul bonheur qui dépasse ce qu'on en espérait.* Mme Dubois, naturellement, n'avait que cette fille adoptive qui était toujours à Montreux au couvent. Le crayon avait presque transpercé le papier. *L'amour maternel !* Eh bien, nous avions tous nos chaînes de montagnes à traverser ; assez paradoxalement, voyager n'était qu'une sorte de parcours métaphorique – le symbole extérieur d'une conquête intérieure de la réalité.

Mme Dubois revint avec un paquet de fruits confits et quelques gâteaux à la crème d'une couleur écœurante.

« Nous nous offrons des orgies de gâteaux glacés et de thé russe dans le petit studio. Et je lui raconte une fois de plus le sujet du roman que je n'écrirai jamais ; et il m'offre les cadeaux qu'il a eu six mois pour choisir. »

Bénis soient les heureux !

Il songeait que la guerre se rapprochait tandis qu'il s'enfonçait vers l'Est à travers le delta égyptien mortellement vert en direction d'Alexandrie. Encore un an peut-être, et les barrières se refermeraient. Il se leva et scruta son visage dans le petit miroir du wagon, en écartant les jambes pour ne pas perdre l'équilibre. Le visage qui le regardait était certainement celui d'une personne. C'était bon, très bon, de se sentir enfin responsable de son corps et de son esprit, d'accroître son revenu.

Mme Dubois avait dit, ce dernier soir : « Je crois, voyez-vous, que vous avez découvert le Midi, et vous savez que la seule vie pour vous est une vie de curiosité – de curiosité sexuelle et de spéculation métaphysique. »

A Haïfa, comme il faisait cirer ses chaussures, il aperçut Miss Dombey, qui lui fondit littéralement dessus. Les cheveux roux, la peau hâlée, et bouillonnant perpétuellement de rage contre les noirs péchés d'autrui, Miss Dombey voyageait pour le compte d'une société missionnaire.

« C'est drôle de vous trouver ici, dit-elle. On m'a dit que vous alliez de-ci de-là par toute la Méditerranée. »

« De-ci de-là », songea Baird. C'était exactement

cela ; comme un émigré ; dans la bouche de Miss Dombey l'expression prenait une signification nettement péjorative. Mais il était impossible de lui échapper. Ils prirent le thé et se mirent à rassembler les fragments de ce passé chargé de nuages où Miss Dombey venait à Thorsham tous les samedis à bicyclette pour changer ses livres à la bibliothèque et aider le vicaire à faire le catéchisme. La pluie, les champs qui fumaient. Il avait assez régulièrement des nouvelles de son père. Une petite pluie se mit à tomber dans la rue assombrie, comme pour se mettre au diapason des tasses à thé et de la voix aigre de Miss Dombey. « Plus couverte de taches de rousseur que la queue d'un paon », se surprit-il à penser. Chaque tache était un œil, chaque œil une question insidieuse. Elle désirait maintenant parler d'Alice. Il changea brusquement de sujet et lui parla de sa petite maison maure à Fez, en évitant toutefois de mentionner les paires d'yeux sombres cernés de khôl qui le regardaient passer le long de la route bordée de cyprès, qui l'appelaient, avidement. Miss Dombey avait été envoyée en Orient pour accomplir ce qu'elle appelait « les œuvres du Seigneur ». Quitter l'Angleterre avait été une révélation pour elle. Elle avait toujours entendu parler des races « arriérées », mais elle ne s'était jamais doutée à quel point elles étaient arriérées et *sauvages*. « Cette *crasse* », dit-elle d'un ton sans réplique alors qu'il tentait de défendre Le Caire et Jérusalem. Miss Dombey lui cita deux exemples typiques de la vie égyptienne. En descendant Kasr El Nil elle avait vu un petit homme vêtu d'un complet et d'un chapeau noir s'approcher d'elle. Il n'avait pas de nez, mais dans le trou était planté un bouchon de liège sur lequel reposaient ses lunettes. Une autre fois, voyageant en troisième classe pour étudier de plus près sa « documentation » (le fellah), elle avait remarqué qu'une étrange odeur de roussi émanait de l'homme assis à côté d'elle. La cigarette qu'il tenait allumée à la main lui avait brûlé la chair de l'index. Il ne sentait rien. Elle comprit que l'odeur était celle de la chair brûlée. L'homme était un *lépreux* ! Elle contait ces anecdotes avec des gestes triomphants, et Baird dut admettre que le Moyen-Orient était sale. Mais comme il était divers aussi, et combien merveilleux !

« C'est la même chose partout, déclara Miss Dombey, partout les *mêmes* gens qui disent les *mêmes* choses. »

Cela aussi était vrai. C'était partout la situation latine traditionnelle : des milieux provinciaux débiles s'évertuant à parler le français appris au lycée et couchaillant en vase clos. Mais partout aussi il y avait la séduction de l'eau bleue et des îles, et parfois le regard oblique d'une personne brune ne réclamant qu'une brève dévotion du corps, étant incapable de toucher le cœur, ou peut-être même ne le désirant pas. Comment faire comprendre cela à Miss Dombey ? Il imaginait sa tête s'il lui disait qu'il était devenu un véritable homme des tropiques.

« Je dois vous quitter, dit-il ; le taxi pour Beyrouth part dans quelques minutes. »

Il lui serra cordialement la main et la planta là, dans son vieil imperméable, ses mèches rouquines fouettées par le vent.

Il avait passé plusieurs mois au Liban dans les petits villages druses, et il retournait à Gaza dans un compartiment de seconde classe bondé quand il apprit que la guerre était déclarée. Un couple d'Egyptiens en tarbouchs rouges lisaient avidement un journal arabe ; en face de lui un vieux Juif et son fils discutaient en français des risques de voir la guerre s'étendre au Moyen-Orient. Et tandis que le train s'éloignait lentement des bosquets en fleurs pour s'enfoncer dans le désert crépusculaire qui s'étendait entre eux et l'Egypte, le vieillard répétait : « Une guerre, ce n'est rien du tout. » Comme tous les Orientaux, il était muni d'un énorme rosaire dont il pétrissait voluptueusement les gros grains d'ambre tout en parlant. Baird vit la vieille face vénale aux yeux soulignés de lourdes poches s'animer à la pensée de la guerre et de ses profits ; les mouvements d'hommes et d'armées, les millions de tonnes de marchandises – ciment, acier, tabac et médicaments – qui seraient vomis et gaspillés sur tous les théâtres d'opérations. « Ce n'est rien », répétait-il; il avait connu tant de guerres, d'expulsions, d'évacuations, qu'une guerre en Europe n'éveillait sans doute rien d'autre en lui que l'inlassable cupidité de sa race. Il pressait son fils de s'engager à la première occasion. « La Syrie sera un bastion », répétait-il. Mais il était clair, à l'expression de son visage, qu'il songeait qu'un fils en uniforme l'aiderait à obtenir des contrats pour des stocks de fruits, de laine ou de bois. Leur discussion s'échauffait. « Mais la guerre ne viendra jamais jusqu'ici », dit le jeune homme, et le visage de son père s'assombrit, tandis que celui d'un des Egyptiens en uniforme rayonnait immensément.

Baird s'enveloppa dans son manteau et essaya de dormir. Il avait l'impression de n'avoir jamais été si bien armé pour affronter la mort. Il envisagea cette idée avec un calme total. Mais il ne savait pas qu'une guerre est beaucoup plus terrible que la mort toute simple, car elle diminue la sensibilité et la fait sombrer dans le vide. Il ne pouvait pas prévoir ce que deviendrait l'effroyable monde d'après-guerre : une poursuite effrénée, non des valeurs, mais des sentiments élémentaires sur lesquels se base tout sentiment de communauté. Non. Cette révélation devait lui être faite, dans des couleurs apocalyptiques, par

Hogarth, dans la petite chambre remplie de fumée de Harley Street.

A l'époque où Graecen offrait ses timides services à son ancien régiment et écrivait un poème pour le *Times* qui se faisait l'écho de tous les sentiments décents, à l'époque où Fearmax décidait d'entreprendre une « retraite d'expiation » et où Mr. Truman devenait mitrailleur, Baird, sans but bien déterminé, s'aperçut que sa connaissance de trois langues et ses références de collège lui donnaient le droit de porter le confortable uniforme de sous-lieutenant. Il échappa assez vite à la banalité mortelle du Caire et à son climat. Il était heureux. Le terrible sentiment d'insensibilité morale – la *Gleichgültigkeit* dont parla plus tard Böcklin sur la montagne de Crète, avant qu'il le tue – n'était qu'un ennemi invisible caché dans le futur.

Il assista à une brève action en Libye, et à la retraite à travers la Crète ; phénomène plus réjouissant qu'effrayant pour un tempérament qui a fait sa loi du sens commun. Mais les premiers signes de malaise apparaissaient déjà. Il devenait difficile de supporter la routine contraignante de la vie militaire, d'une idiotie stupéfiante, et qui ne laissait place à aucune intimité, aucun confort. Cherchant quelque chose qui lui offrirait plus de liberté, il découvrit un service de contre-espionnage embryonnaire qui avait besoin de linguistes.

Axelos, au cours d'un interrogatoire épuisant, sonda à fond ses connaissances de grec, d'allemand et de français. Il ressemblait plus à un brigand turc qu'à un colonel anglais derrière l'abat-jour de sa lampe, ses grandes mains posées sur le tapis vert de la table. Il était chargé de mettre sur pied la petite section où Baird devait se montrer particulièrement efficace. Les petits yeux d'Axelos, enfoncés et furieux comme ceux d'un rhinocéros, savaient parfois, il le découvrit, briller de malice ; il ouvrait alors la bouche et expulsait un petit rire silencieux. Mais en général il présentait le physique massif d'un fourmilier aux dents parfaites, assis devant une table qui paraissait trop petite pour lui, sur une chaise aux pieds trop rapprochés pour qu'il y case à l'aise ses mollets gras et poilus. Il portait des jugements cyniques sur tout, depuis le caractère anglais, qu'il trouvait prétentieux et ennuyeux, jusqu'à la politique du Foreign Office, qu'il jugeait frivole et dénuée d'imagination.

C'est ainsi que Baird se trouva un beau jour, au début de 1942, sur une colline de Crète en train de se débattre avec un parachute bousculé par le vent. La nuit précédant son envol, il était tombé sur... Campion ! Un petit Campion à la mine austère, vêtu d'un uniforme de commandant, qui franchissait l'enceinte de barbelés du G.Q.G. avec une raideur militaire presque affectée.

« Baird ! s'écria Campion avec chaleur en lui saisissant le bras ; enfin quelqu'un à qui parler ! »

Ils allèrent dans un restaurant syrien du centre du Caire. Campion brûlait de lâcher tout ce qu'il avait sur le cœur, et Baird lui offrait précisément une oreille compatissante.

« Maintenant, cela va être l'enfer et son train, dit-il, comme ils attaquaient leur caille au riz. Un million d'imbéciles qui vont se faire sauter bras et jambes avec une incroyable bravoure, et qui se décoreront les uns les autres avec les membres qui leur resteront. Tirer sur tout ce qui bouge. Le laissez faire, l'idiotie. » Il était blanc de rage et de dégoût. « En quoi la guerre nous concerne-t-elle, vous et moi ? » C'était une question que Baird ne s'était jamais posée. Campion insista. « Vous, par exemple ? C'est la mort de tout ce en quoi nous croyons. Même l'excuse qu'Hitler nous tient à la gorge ne peut nous faire oublier le fait que nous avons aussi nos Hitler et notre fascisme organisé. A propos, Lady Sholter est arrivée au Caire. Elle a obtenu une grosse subvention du Trésor pour développer les relations anglo-arabes. Toutes les semaines elle offre des brioches et de la limonade à tous les Egyptiens assez serviles pour se conduire selon les canons établis de la politesse anglaise.

– Attendez une minute, dit Baird, qui, comme d'habitude, avait du mal à soutenir le train des divagations de Campion; comment se fait-il que vous soyez commandant ? »

On put entendre l'énorme rire de Campion se propager jusqu'à l'autre bout de la salle.

« Mon cher Baird, dit-il d'un ton de reproche, comme si son compagnon lui demandait de répondre à une question qu'il ne connaissait que trop bien pour se l'être trop souvent entendu poser. Mon cher ami, quand la guerre a éclaté j'ai fait le sacrifice suprême. Je me suis engagé au « ministère de la guerre politique » ! Plus tard j'ai compris que si j'avais le choix entre recevoir une balle dans la cervelle ou patauger dans ces eaux grasses, je choisirais la balle. »

Il but quelques gorgées de vin.

« Mais je vous le dis tout net, je n'ai pas l'intention de me faire tuer dans cette affaire insensée, et j'ai fini par dénicher ce petit boulot à la Commission des Sépultures de Guerre. C'est le dernier boulot vraiment académique qui reste dans ce monde aujourd'hui. Nous recherchons tous les emplacements des tombes laissées par la dernière guerre. Le travail est si lent et le salaire si élevé que nous n'escomptons pas avoir terminé nos recherches avant l'armistice de 1999. Naturellement, en une ou deux occasions je me suis trouvé dans des passes difficiles. Nous avons failli être capturés au cours d'une opération en Libye, à cause de notre curiosité pour dix-sept héros qui ont été enterrés dans une dune près de Siwa en 1917. Ça met un peu de piment dans ce métier, Baird. »

Baird l'examina longuement, en se demandant pourquoi il fallait qu'il fût sans cesse en révolte. Il se refusait perpétuellement un des plaisirs les plus doux de la vie en communauté : celui de la participation.

« Eh bien, dit-il lentement, je suppose que vous vous défendez en disant que vous étiez peut-être un lâche, mais pas tout à fait un imbécile. Mais à part la justification morale de la guerre – et si partial que cela soit – je crois qu'elle peut se justifier à l'intérieur d'un cadre étroit de références. Les gens seront plus heureux si nous gagnons... en fin de compte. A part cela, peut-être, la différence entre vous et les autres, c'est que vous avez une sensibilité à ménager et une œuvre à faire, tandis que la plupart d'entre nous en sommes encore à chercher... quelque chose que certains trouveront peut-être dans cette guerre, grâce à elle... »

Il s'interrompit, tout confus ; Campion le regardait d'un œil goguenard.

« Ainsi donc vous avez tout plaqué, dit-il. L'artiste anglais, avec son fardeau de sentiment, comme toujours... »

Pendant un moment il parut chercher une expression.

« On demande poète guerrier pour m'aider à justifier leurs conceptions de petits rongeurs... celui qui saurait tourner un sonnet et faire l'effort de se faire tuer aura la place. Même les civils amateurs se jettent dans la mêlée en brandissant des poèmes de guerre, tandis que tout un troupeau de jeunes officiers agitent leurs drapeaux dans le style noble. Le genre « ah-voyez-vous-comme-nous-savons-souffrir-bravement ». Répugnant ! Tout ce qu'on peut espérer c'est qu'ils se retrouveront tous dans la chronique nécrologique du *Times Literary Supplement.*

– Bah, dit Baird, les gens se conduisent de façon tout aussi douteuse en temps de paix. La question est de savoir si vous êtes heureux. »

Campion se croisa les bras.

« Ah ! oui, dit-il d'une petite voix. Ah ! oui. Non, je n'ai jamais été heureux. Je ne crois pas. Pas une seule fois dans toute ma vie. Ou peut-être seulement quand j'étais tout gosse. »

Le lendemain matin, il se retrouvait sur une colline de Crète en train de se débattre avec les sangles de son parachute. Baird songea souvent à Campion durant les premiers jours de sa mission en Crète. Il avait oublié de lui demander des nouvelles d'Alice ; mais cela valait peut-être mieux.

Baird se trouva partager le commandement d'un petit groupe de francs-tireurs avec un autre jeune officier et l'abbé Jean, un vénérable vieillard dont la presse des deux continents relata largement les faits d'armes contre les Allemands durant l'occupation de la Crète. L'abbé Jean était un personnage imposant avec sa lourde tête de patriarche, ses sourcils broussailleux, sa barbe frisée et ses boucles d'oreilles. Ayant renoncé au brigandage pour se retirer au monastère de St. Luc, il avait trouvé que la soudaine invasion de l'île n'était pas entièrement dépourvue d'intérêt. Cela lui rappelait l'ancien temps. La vie était bien calme depuis quelque temps, et il n'était pas mécontent de se reposer un peu de sa quête inlassable de la sainteté. Comme tous les Grecs, il n'éprouvait aucune difficulté à combiner le mysticisme et l'action. Dans sa ceinture byzantine à gros clous de fer carrés, il serrait non seulement un pistolet et plusieurs grenades à main, mais encore un petit livre de prières attaché à la boucle par une chaîne. Il se montra d'abord d'une brusquerie qui frisait l'impolitesse, et Baird commença à regretter sa décision d'avoir accepté cette affectation en Crète, lorsqu'un petit incident fit d'eux les meilleurs amis du monde. L'abbé Jean avait un corbeau apprivoisé, un vieil oiseau amusant et impertinent appelé « Koax ». C'était le lutin familier du quartier général où vivait l'abbé lorsque le temps était trop mauvais ou que les présages déconseillaient une sortie en territoire allemand ; Koax sautillait toute la journée dans les vastes grottes qui marquaient l'entrée du labyrinthe, se rendant aussi insupportable qu'un bouffon de cour. Il savait lancer des jurons grecs, et il apprenait maintenant leurs équivalents anglais. Il venait sans cesse voler des morceaux de nourriture qu'il allait manger dans l'ombre, et il s'était même bâti une espèce de nid miteux tout en haut de la voûte, dans le conduit naturel qui leur servait de cheminée. Mais Koax tomba un jour brusquement malade, sans doute par excès de gourmandise, et il ne dut sa guérison qu'aux tendres soins dont l'entoura le petit groupe ; mais ce fut Baird qui eut l'idée lumineuse, alors que l'oiseau était près de mourir, de lui donner une cuillerée de cognac. Koax sembla aussitôt renaître, et deux jours plus tard il avait retrouvé toute sa forme. Cet exploit lui gagna la solide amitié de l'abbé Jean. « Dis merci, dit-il à l'oiseau comme il se posait sur son épaule, dis merci à l'officier. » Et Koax poussa un petit cri et battit des ailes comme un enfant.

Le petit groupe de saboteurs vécut presque deux ans dans une camaraderie et une bonne humeur qui ne se démentit jamais. Baird apprit les danses crétoises, et devint un expert en matière de vins du cru. Il avait pour tâche essentielle de mettre sur pied une petite armée de francs-tireurs, et il y consacra toutes ses énergies, efficacement secondé par l'abbé brigand. Ils avaient installé leur base à l'entrée du labyrinthe, au-dessus du village de Cefalû, où Axelos devait plus tard faire sa découverte, et où les ténèbres devaient se refermer sur Fearmax, Campion et la pauvre Miss Dombey. En dépit de certains moments horribles, la vie ne fut d'abord pénible qu'au sens physique, tandis que le sentiment de liberté (la solitude de ces immenses montagnes blanches en hiver et en automne) et l'absence de contrôle sur ses propres mouvements l'exaltaient. Prise sous l'angle des embuscades et de l'intimidation, la guerre était quelque chose de nouveau, qui lui enseigna la concentration et la maigreur sans entamer les sources d'une nature déjà formée à l'automatisme irresponsable de l'armée. Ce ne fut qu'après une longue période que la lassitude se fit sentir.

« J'en ai assez, dit-il un jour au vieillard. Mes dix jours au Caire ne m'ont fait aucun bien. Je me sens l'esprit tout engourdi. Je vais chercher autre chose. »

L'abbé lui lança un regard pénétrant sous ses sourcils en broussaille, et hocha la tête.

« Je sais ce que vous ressentez. C'est toujours pareil. Au bout d'un certain temps, on en a assez de tuer. On ne sent plus rien... ni haine ni pitié. C'est comme si on avait des crampes dans l'âme. »

L'expérience semblait en effet se révéler un pur échec ; il tuait maintenant avec une indifférence qui passait pour de la grandeur d'âme ; il avait l'impression d'agir comme un somnambule lorsqu'il dressait une embuscade avec une petite patrouille ou qu'il inspectait de nouvelles installations. C'est alors que survint la mort de Böcklin, qui pourtant ne marqua d'abord qu'un terme à une existence trouble, essentiellement basée sur des valeurs animales : la peur, la ruse, les poux, les couvertures humides, la neige.

Böcklin était le dernier survivant d'une mission

allemande en inspection dans l'île et qui était tombée dans une embuscade tendue par l'abbé. C'était un homme timide, presque efféminé, et qui se prépara à mourir d'une manière si pure lorsqu'il fut capturé, que l'abbé, qui était d'ordinaire impitoyable pour les Allemands, en fut tout désarçonné. Son anglais était presque parfait, et Baird apprit qu'il avait fait toutes ses études en Angleterre et en France. Bavarois d'origine, ses manières douces et sa politesse surent gagner le vieillard.

« Puisque nous ne l'avons pas tué tout de suite, dit l'abbé en parcourant lentement du regard le petit groupe de corps entassés dans les feuilles mortes sous les oliviers, nous ne pouvons pas le tuer maintenant, hein ? »

Ce n'était pas une décision à prendre à la légère. S'il s'évadait ? Il devenait cependant de plus en plus difficile de rappeler à l'abbé qu'il était sous les ordres du Q.G. du Caire, et que les décisions concernant tout le groupe de francs-tireurs revenaient aux officiers anglais présents. L'abbé n'avait jamais été au Caire. Il situait cette ville quelque part du côté de Singapour. S'il aimait les Anglais et acceptait leur aide, il n'entendait pas recevoir d'ordres concernant son propre pays. Baird ouvrait la bouche pour protester contre la grâce accordée à Böcklin quand il vit qu'il était tombé avec les ânes portant les bagages ; sa jeune silhouette mince frissonnait dans son uniforme gris. Ils entreprirent la longue marche de retour vers le labyrinthe.

Durant la brève quinzaine que Böcklin vécut avec eux, il sut se faire accepter par sa gentillesse et son humeur paisible. Il aidait les autres à faire la cuisine et le ménage du camp, savait bricoler, jouait avec Koax et gagna la sympathie de tous ces rudes montagnards crétois ; ils l'avaient pris en telle affection qu'ils lui faisaient même monter la garde, le fusil à l'épaule, pendant que les autres dormaient ! Un jour que Baird rentrait au camp à la nuit tombée, il vit la silhouette d'un soldat allemand en armes, et faillit lui tirer dessus. Böcklin lui tendit la carabine et se retira dans son coin sans un mot. Le lendemain il dit :

« Capitaine, ne grondez pas vos hommes. Ils m'ont accepté comme un des leurs, et les lois de l'hospitalité m'interdisent de m'échapper ou de leur faire du mal. »

Une autre fois il vint lui apporter son repas au petit poste d'observation qui dominait la plaine et d'où Baird surveillait les mouvements d'une patrouille allemande dans ses jumelles.

« Qui vous a envoyé ici ? s'écria-t-il fort en colère, car le prisonnier devait en savoir le moins possible sur leurs faits et gestes.

– L'abbé. »

Baird poussa un soupir et se remit à observer les petites silhouettes gris-fer qui traversaient la plaine en ordre de marche. Ces fous de Grecs, avec leur irrésistible besoin d'amitié et leur naïveté, causeraient leur perte à tous. Ils aimaient bien Böcklin et l'acceptaient immédiatement comme un des leurs. Et après tout, pourquoi pas ?

Il observa les traits fins et les cheveux blonds de l'Allemand assis près d'un buisson, les mains croisées autour de ses genoux.

« Böcklin, dit-il, que faisiez-vous avant la guerre ? »

Böcklin se pencha un moment et parut embarrassé.

« J'allais être prêtre, capitaine », dit-il en se raidissant maladroitement comme pour faire le salut dû à un officier.

Baird resta un long moment silencieux. La patrouille se déplaçait lentement dans la vallée à travers les champs détrempés ; ils cherchaient leurs cadavres, et le repaire de l'abbé Jean par la même occasion.

« Croyez-vous à cette guerre ? » dit-il en allumant une cigarette.

Böcklin, qui était retombé dans sa rêverie, se raidit de nouveau.

« Je ne croyais ni à la paix ni à la guerre, capitaine », dit-il.

Et il se mit à rougir, craignant d'avoir été impertinent. Baird grommela.

« Je suppose que les Allemands seront aussi heureux que nous quand tout cela sera fini », dit-il.

Et à sa grande surprise, Böcklin hocha lentement la tête.

« Vous êtes encore frais, dit-il. Vous pourrez vous réjouir. Nous avons déjà beaucoup d'années derrière nous, et il ne reste que... je ne sais pas comment dire cela en anglais. »

Baird se retourna vers lui et lui dit en allemand :

« Dites-le en allemand. »

C'est alors qu'il entendit, des lèvres de Böcklin, ce mot qui, plus tard, devait résumer de façon bien plus précise qu'aucun autre mot anglais ou français, son attitude devant le monde : *Gleichgültigkeit*.

Le lendemain, des villageois firent cadeau à l'abbé Jean d'un agneau et, malgré les protestations de Baird, les montagnards s'empressèrent de le mettre à la broche et de le rôtir au-dessus d'un grand feu qui rougeoyait dans la cheminée.

« Les patrouilles allemandes pourraient nous repérer », fit observer Baird.

L'abbé lui jeta un regard dédaigneux.

Il en fallait plus que cela pour qu'il se refuse un vrai repas de viande qui changerait leur ordinaire. Ce fut peut-être la fumée qui les trahit.

A l'aube une patrouille allemande ouvrit le feu

sur la sentinelle qui était en train d'armer la mitrailleuse légère à l'entrée de la grotte. Eveillée par les détonations et le claquement sec des balles contre les rochers, toute la troupe bondit et comprit que leur quartier général secret ainsi que tous leurs plans d'opérations étaient en danger.

Leur seul espoir était de s'enfoncer dans le labyrinthe par la galerie principale, qui était connue de deux des hommes, des bergers. Et dans une petite caverne il y avait le petit poste émetteur qui leur permettait de garder le contact avec Le Caire. Böcklin ne pouvait pas venir avec eux. Dans l'agitation et les échanges de balles Baird prit sa décision.

Böcklin devait avoir parfaitement suivi son raisonnement, car il s'assit à l'entrée des grottes sur une vieille caisse de munitions, les mains dans les poches, essayant d'afficher une pathétique indifférence. Baird s'approcha vivement de lui. Il tenait à la main un gros Lüger qu'ils avaient récemment pris sur un Allemand. Appuyant le canon contre la tempe du jeune homme, il fit feu. Le corps, déséquilibré, fut projeté contre la paroi de rocher et tomba sur le dos avec grâce, comme un acteur sur la scène. Et comme Baird le regardait, il l'entendit pousser un long soupir parfaitement calme.

Maintenant la poursuite était engagée, et toute la troupe s'enfonça dans le labyrinthe, l'abbé tenant dans sa main droite un cuissot d'agneau et proférant de terribles menaces contre les « sales fils de chiens » qui avaient interrompu leur sommeil. Mais il riait aussi, car l'odeur de la poudre le rendait toujours un peu hystérique.

Quand les patrouilles se furent retirées, ils purent regagner leur quartier général. Rien n'avait été touché, et l'ennemi n'avait pas découvert l'entrée du labyrinthe. Le corps de Böcklin gisait à l'endroit où il était tombé, et ils l'enterrèrent sous un cyprès. L'abbé déplorait que l'Allemand ait dû être tué, mais il ne dit rien. Deux jours plus tard, Baird reçut un message le rappelant au Caire pour organiser un autre théâtre d'opérations, et l'incident lui sortit de l'esprit. Il était heureux de quitter la Crète. Il se sentait déprimé.

La guerre déroulait ses anneaux ; un ennui profond s'appesantit sur lui ; les stimulations de l'action ne parvenaient même plus à le distraire, et ses nerfs commençaient à le lâcher. Il sentait autour de lui l'agitation croissante des armées qui avaient enfin compris que cette guerre n'était que la pierre de fondation d'une guerre encore plus grande et plus ennuyeuse... la guerre atomique. La paix vint si tard qu'elle fut accueillie avec lassitude, sans joie véritable. Baird se retrouva dans cette immense et sale banlieue industrielle qu'était devenue l'Angleterre. Son père était très vieux et très las. Il fut heureux de le revoir, mais ils étaient restés éloignés si longtemps qu'ils n'avaient plus grand-chose en commun. Ils n'avaient plus rien à se dire.

Ce fut durant l'hiver glacial qui suivit la paix que Baird commença à rêver de Böcklin. Une nuit il le vit distinctement devant lui, lui présentant une allumette allumée devant sa cigarette. Il le vit une autre fois placer lui-même le revolver contre sa tempe et appuyer sur la gâchette. Pendant un certain temps il lui fallut faire un effort de mémoire pour dissocier Böcklin des autres souvenirs de ses amis et ennemis morts. Puis il se rappela. Après cela il rêva fréquemment de lui. Parfois il venait juste de tirer, et le corps de Böcklin tombait contre le rocher – comme s'il prenait la fuite. D'autres fois il voyait simplement le visage blême se détacher du fond et, sous l'insistance de son regard, deux filets de sang mêlé de cervelle se mettaient à couler de ses narines et à envahir silencieusement l'obscurité. Il s'éveillait toujours dans une grande angoisse, et ne parvenait pas à se rendormir. En tant que souvenir conscient cela ne signifiait rien pour lui... Il avait assisté à bien d'autres scènes horribles. Pourquoi sa mémoire choisissait-elle donc celle-ci en particulier pour troubler son sommeil ?

Ce fut cela qui l'amena un jour dans le cabinet de consultation d'Hogarth, pour lui exposer non seulement le rêve de Böcklin, mais aussi l'autre problème – la préoccupation qui semblait liée à son image – sa *Gleichgültigkeit* : ce sentiment d'effroyable insensibilité morale et de détachement qui est l'héritage particulier des guerres. Il lui paraissait alors bizarre que la psychanalyse ait une réponse à lui donner, mais Hogarth lui plut, avec son crâne massif à la Bacon et ses mains carrées. Il se disait cependant que ses insomnies devaient bien avoir une cause mécanique.

A cette époque, Hogarth n'était pas, comme aujourd'hui, le billot pour jeunes filles du monde ; il ne recevait pas encore des comtes et des financiers venant lui déballer leurs petits drames sexuels. Sa réputation, qui allait encore croissant, reposait sur une longue pratique à l'hôpital et deux volumes sur la nature du subconscient que la *Medical Year* avait qualifiés de « beaucoup trop audacieux dans leurs hypothèses révolutionnaires ». Le physique de leur auteur ne suggérait pourtant aucune idée d'audace ; si son esprit était un reflet de sa physionomie, alors ce devait être une arme en forme de massue plutôt qu'un scalpel.

Hogarth était immense et lourdement charpenté, et il avait la gaucherie d'un buffle en mouvement. Ses épais cheveux noirs, taillés en brosse et tondus ras autour des oreilles, tombaient sur un front bas et blanc ; un gros nez court et un menton presque fuyant complétaient ce profil néronien. Un de ses yeux était bleu ; l'autre était parsemé de petites taches blondes tout autour de l'iris. Ses mains aussi étaient dissymétriques, trait d'acromégalisme que l'on ne remarquait pas aisément car il les gardait le plus souvent enfoncées dans les poches de ses pantalons. Ses vêtements étaient aussi vastes et lâches que ceux d'un Hollandais, et il dégageait une forte odeur de tabac. Quand il se leva pour lui serrer la main, Baird remarqua ses oreilles, couvertes d'une fourrure blonde et largement décollées, qui lui donnaient une expression curieuse et légèrement comique. Sa voix aussi augmentait dans une certaine mesure cette impression, car elle était désagréable, avec de bizarres inflexions. S'il lui arrivait de l'élever trop brusquement, elle se cassait d'une façon très déconcertante.

Hogarth avait alors pour cabinet une petite pièce assez vétuste au coin de Harley Street et de Marylebone Road. Mais il avait cependant une porte personnelle qui ouvrait sur une impasse, et d'autres médecins exerçaient dans l'immeuble. Il arrivait tous les jours de sa banlieue avec un paquet enveloppé dans un journal contenant son déjeuner et une boîte verte remplie de thé froid.

Dès que Baird le vit, il comprit que ses habitudes et ses prétentions allaient se voir soumises à un examen implacable et gênant. Il tenta de se montrer aimable, mais Hogarth ne répondit pas à son sourire et lui posa brutalement cette question :

« Pourquoi êtes-vous venu me voir ? »

Cela n'était pas fait pour le mettre à l'aise, pas plus que les autres questions qu'Hogarth lui posa de sa voix aux intonations étrangement changeantes, mais il se sentit soulagé quand il comprit que c'était sa façon d'éprouver les résistances de son client sur tous les points élémentaires. Baird se sentit vraiment, et pour la première fois de sa vie, observé comme une sorte de spécimen. Les yeux d'Hogarth restaient fixés sur ses doigts. Suivant la direction de son regard, Baird se surprit à considérer ses propres mains comme si elles appartenaient à un autre. A quoi pouvaient-elles bien servir ? Etaient-ce les mains d'un artiste, d'un écrivain, d'un criminel ?

Il remarqua une grosse pipe au museau de taureau déjà bourrée sur le bureau du psychanalyste. Sur la bibliothèque, dans le coin, au-dessus d'une pile de revues médicales, il aperçut un chapeau tyrolien en feutre vert avec une belle plume de faisan plantée dans le cordon.

« Je remarque, dit Hogarth d'un ton négligent, que sur votre tunique il y a une petite tache verte à l'endroit où vous avez certainement porté quelques décorations... le tissu est légèrement décoloré. Les avez-vous ôtées avant de venir me voir ? »

Ce matin-là, la fantaisie l'avait pris de mettre sa tunique propre ; il avait oublié ses décorations de campagnes et sa croix de guerre. Hogarth redressa la tête et dit d'un air quelque peu sentencieux :

« Dans notre métier, des fantaisies comme celle-là peuvent revêtir une grande signification. Dites-moi pourquoi vous avez fait cela. »

Baird se mit à parler de sa voix profonde et bien timbrée, et le médecin se recueillit pour écouter. Comme toujours, il faisait appel à sa longue expérience clinique et s'efforçait de l'associer à cette partie de son esprit qu'il appelait dans ses livres le « Moi profond ». Il s'attachait à cerner les contours de la personnalité de ce nouveau venu, son physique, la texture et la couleur de sa peau. Ses premières questions ne constituaient en réalité que le plus élémentaire des gambits. Il était nécessaire de voir si Baird pouvait parler, quelle conscience il avait de lui-même et comment il objectivait sa pensée à l'aide des mots. En même temps, une petite voix intérieure lui chuchotait insidieusement que l'on ne peut jamais prétendre connaître grand-chose d'un autre être humain. Hogarth était souvent la proie de cette nausée que le plus faible succès provoque chez un homme sensible. Il attachait plus d'importance à la voix, à ses agréables modulations, qu'aux paroles qu'elle prononçait. Son amertume lui était naturelle, et non le reflet d'une détresse intérieure.

« Rêvez-vous beaucoup ?

– Il y a un cauchemar qui revient fréquemment.

– Etes-vous marié ?

– Divorcé.

– Service dans l'armée active ?

– J'ai signé un nouvel engagement de trois ans. »

Lentement, à travers ces préliminaires, il semblait voir le type et la couleur de l'angoisse de Baird se déplier comme une fleur japonaise dans l'eau. Il entrouvrit un tiroir de son bureau et y glissa la main. Il avait toujours près de lui un paquet de caramels qu'il suçait quand il travaillait. Il en posa rapidement un sur sa langue et se carra un peu plus en arrière dans son fauteuil. C'était une tâche difficile et cruelle, se disait-il, que de forer à travers la carapace de l'orgueil, de l'amour-propre, de l'apathie ; de fouiller dans les déchets de l'expérience d'un homme pour en ramener quelque chose de précieux, oublié là ou rejeté par négligence. Surtout lorsqu'il ne s'agissait pas d'administrer un remède mécanique – s'appliquant à une lésion, une angoisse ou un incident particulier – mais une technique et une attitude. Et comment cela pouvait-il se réaliser ? Sa propre volonté n'y était pour rien – comme s'il mettait son moi conscient en veilleuse. Non. Cela arrivait comme par miracle – par une conscience extra-sensorielle à laquelle il faisait appel maintenant, du fond de lui, prête à pénétrer et à saisir. Tout en écoutant, il se sentait tout à fait léger et vide, entièrement dénué de toute volonté, de toute ambition, de tout désir – et même de tout intérêt pour son patient.

Baird semblait avoir une bonne culture et connaître les théories générales de Freud et d'Adler. Tant pis. En tout cas il s'exprimait librement et sans difficulté, et il paraissait assez honnête. Cela suffisait pour le premier « moulage », comme il appelait cela. Il ne lui restait plus qu'à voir quelle impression il avait faite sur le jeune homme.

« Eh bien, ce sera une guinée, dit Hogarth avec un soupir comme la pendule sonnait. Maintenant rentrez chez vous et pensez à moi. Si vous estimez que je peux vous venir en aide, revenez demain à neuf heures. Ce soir, j'aimerais que vous sortiez et que vous vous soûliez, si cela est possible. Une bonne cuite relâche l'esprit, et permet de se dissocier plus aisément. Voulez-vous faire cela ? Bien. Si vous ne voulez pas continuer avec moi, téléphonez-moi demain avant huit heures et demie. »

Le soleil brilla brusquement à travers la vitre obscure et donna à ses oreilles une teinte corail tandis qu'il se tenait gauchement sur un pied. Il avait déjà placé sa pipe entre ses dents et cherchait une boîte d'allumettes sous ses papiers. Baird ne lui avait pas encore parlé de Böcklin. Mais cela pouvait attendre au lendemain. Il éprouva une légère déception d'être ainsi congédié sur la sonnerie de la pendule.

« Eh bien, docteur Hogarth, dit-il, je vous remercie beaucoup. »

Hogarth plia son chèque et le glissa dans sa poche, hocha la tête et tira deux ou trois bouffées de sa pipe.

Dans la salle d'attente, Fearmax faisait les cent pas avec une régularité de métronome, les mains derrière le dos. Il tenait quelques journaux pliés. Il avait déposé son chapeau et sa canne sur le sofa. Il paraissait malade et fatigué. Baird sortit en se demandant de quelle utilité pourrait bien lui être Hogarth, et si le rêve de Böcklin allait revenir.

Son traitement progressa moins vite que son amitié, car Hogarth, ce spécialiste de la sensibilité, trouvait souvent que la meilleure façon d'amener un malade à la guérison était de s'en faire un ami. Baird vit en lui un personnage fascinant avec son lourd bagage médical soutenu par une intuition presque féminine et sans aucune référence à la morale. Ils travaillèrent ensemble sur le fantôme de Böcklin comme on s'avance à travers les débris d'une vie que Baird lui-même n'avait jamais cessé d'examiner lucidement. La technique analytique d'Hogarth était impitoyable : non seulement elle passait au crible les événements purement positifs de la vie, mais encore elle faisait prendre au sujet conscience de ses responsabilités devant eux. « Pourquoi êtes-vous ici à votre avis ? » « Quel but croyez-vous avoir dans la vie ? » « Pensez-vous avoir jamais contribué au bien d'une autre personne ? » Telles étaient quelques-unes des questions qui se trouvaient insérées entre d'autres plus ou moins significatives comme : « Pourquoi avez-vous oublié votre clef ? » « Que vous évoque la vue d'un encrier renversé ? » « La souffrance vous procure-t-elle du plaisir ? »

Ensemble ils exhumèrent Böcklin de sa tombe de fortune. Ils retrouvèrent, sembla-t-il, toutes les pensées et tous les actes liés à l'incident et à ces mille autres incidents qui parurent avoir quelque rapport avec lui dans sa mémoire. Ils devinrent grands amis, et lorsque le travail devenait trop douloureux pour être poursuivi — lorsque les gros cendriers de métal débordaient de tabac de pipe calciné et de mégots de cigarettes – ils mettaient leurs manteaux et allaient flâner pendant des heures le long du fleuve. Hogarth lui exposait ses théories sur la structure de la psyché et lui donnait des aperçus sur son état qui n'étaient pas toujours compréhensibles. Mais derrière tout cela, dans tout ce qu'il disait, Baird le sentait, il y avait un but et une intention précise ; c'était un homme qui s'efforçait de saisir non seulement une philosophie de la maladie mais aussi de la vie.

« Très bien. Vous avez tué Böcklin. C'est un meurtre absurde et bestial. Mais n'êtes-vous pas au service du meurtre ? Dans l'abstrait, le meurtre est commis en votre nom partout sur la terre. Mais cet acte-là vous remue. Maintenant, bien que le fait de l'avoir tué soit à l'origine d'un sentiment de culpabilité, j'aimerais savoir s'il illustre simplement la culpabilité à l'égard de ce seul acte particulier, ou s'il a réveillé un sentiment de culpabilité plus profondément enfoui, touchant votre rôle dans la société ? Böcklin pourrait n'être qu'une simple illustration. Mais en fait votre vie indique un autre trouble plus... dirai-je fertile ? Vous n'étiez pas heureux même avant la guerre, m'avez-vous dit ? Vous étiez en quelque sorte un puritain menant une vie non puritaine. Vous étiez incapable de jouir parce que votre éducation ne vous avait enseigné que des interdits. Parfois... (et là Hogarth posa affectueusement la main sur l'épaule du jeune homme), parfois, Baird, je me dis qu'il ne vous reste que la politique, cet ultime refuge des personnalités malades. Vous remarquez comme tous les jeunes gens sont avides de réformer le monde ? C'est pour échapper au terrible néant, au vide et au sentiment de culpabilité de ces six dernières années. Ils vont maintenant tout nationaliser, y compris la joie, le sexe et le sommeil. Il y aura maintenant assez pour tout le monde parce que le gouvernement le contrôlera. Ceux qui ne pourront pas dormir, on les enfermera. »

Ils marchèrent en silence pendant quelques centaines de mètres au bord de l'eau ; leurs pas résonnaient dans l'air vif de la nuit.

« Et cependant, poursuivit Hogarth, je vois aussi chez vous les symptômes d'une angoisse purement métaphysique qui est en train de se développer ; vous n'êtes pas le seul, vous savez ; seulement elle a choisi un seul incident de votre vie pour illustrer ce qui est commun à toute votre génération. Il y a actuellement un peu partout dans le monde des jeunes gens qui ne peuvent pas dormir dans le noir. Vous êtes venu me consulter à propos de Böcklin, et je dis que c'est moins intéressant que cet autre sentiment dont vous m'avez parlé, que le vieux Frère John appelait « une crampe de l'âme », et que Böcklin lui-même nommait la *Gleichgültigkeit*. Il me semble que cette acuité de la vision, cette sécheresse de la sensibilité, ce sentiment de frustration intérieure doivent conduire à une sorte de maturité au bout de laquelle se trouve l'expérience mystique. Mais voilà qui vous fait rire de nouveau. »

Il rajusta son feutre sur sa tête et fit quelques pas en silence.

« Il me semble que lorsque vous avez épuisé l'*action* (qui est toujours destructrice) et les gens et les choses matérielles, vous vous trouvez alors devant un grand vide. C'est à ce point que vous en êtes : devant cette grande barrière qui se dresse à côté de la véritable vie joyeuse du moi profond. Alors vient l'illumination... oui, oui, je sais que ces mots paraissent absurdes, mais c'est la pauvreté de notre langage qui en est cause. En quels termes pensez-vous que la science médicale définirait le cas de William Blake ? Hystérie euphorique ? C'est trop bête. Les prochaines années seront des années de crise, non seulement pour vous, mais pour toute votre génération. Vous approchez de la puberté spirituelle... le monde tout entier en approche. C'est une dure épreuve, je sais... mais j'ai compris que le plus dur est toujours devant soi. Par bonheur il y a une loi clémente qui veut que le fardeau qui vous est imposé n'excède jamais vos forces. Rappelez-vous cela ! Ce n'est pas le fardeau qui fait souffrir – le fardeau d'une sensibilité excessive – mais votre refus d'en accepter la responsabilité. De là viennent toutes les tensions et les conflits. Cela a l'air idiot, n'est-ce pas ? Eh bien, saint Jean de la Croix aussi, j'imagine. »

Ils s'arrêtèrent dans un café et commandèrent des saucisses à la purée, plat dont Hogarth raffolait ; ils burent leur café brûlant en se souriant et en appréciant mutuellement leur compagnie, et ils se disputèrent gentiment l'addition.

« Avouez-le, dit Hogarth, je vous parle de choses auxquelles vous ne comprenez rien du tout. Pour vous, tout ça c'est du vent, non ? »

Baird hocha la tête.

« Cela paraît sensé... dans une quatrième dimension. Cela me rappelle beaucoup les prophètes californiens, Huxley, Maugham et consorts.

– Ah ! dit Hogarth, l'équipe de propagande.

– Le groupe de la sphère et du nombril. Les Taoïstes du Nouveau Monde.

– Eh bien, vous n'êtes pas très loin de la vérité ; quelques-uns d'entre eux ont peut-être une réponse, mais cela a souvent moins de valeur que le pragmatisme originel. Occupés de révélation, ils manquent à tous les coups la véritable illumination. Pourquoi ? Parce que s'ils possédaient le secret ils s'accommoderaient parfaitement du christianisme, et ils n'auraient pas besoin d'aller chercher du côté des religions orientales et de leurs pratiques athlétiques. Une attaque en règle contre la Gita n'a d'autres effets que d'en voir imprimer des passages dans le *Reader's Digest*. Et pour quel résultat ? Ce n'est rien de plus qu'une théorie non créatrice. Si nous pouvions comprendre l'Occident en étudiant le Kama Sutra, cela aurait plus de sens. Si nous pouvions dégeler le sang de l'homme moyen... Oh ! mon tram ! Au revoir ! »

Hogarth vivait toujours dans la terreur de manquer son dernier tram.

« Non, ce n'était pas lui, dit-il en revenant sur ses pas. Et puisque nous parlons de crampes, je vous demanderai de me dire ce que vous comptez faire au juste de votre vie. »

Baird haussa les épaules.

« Il fut un temps où je voulais écrire. Je suis né petit propriétaire, je crois, et poussé trop tôt à la science des armes. Vous avez raison de dire que je suis trop attaché à ma classe. Tous ceux de ma génération ne croient à rien, hormis donner la mort, pour rien. Nous avons été vendus comme des esclaves avant d'avoir appris à vivre. Et maintenant nous ne sommes d'aucun lieu et nous ne souhaitons avoir ni foyers, ni familles, ni racines. Nous sommes une espèce de jeunesse hitlérienne, rompue aux armées, aux batailles et aux petites aventures. J'ai songé un moment à aller faire la guerre en Chine quand j'aurai fini mon temps. Enfin, si elle n'est pas terminée d'ici là.

– Voilà un merveilleux remède, dit Hogarth ironique. Vous fuyez votre propre guerre civile pour aller fourrer votre nez dans celle des autres. Pourquoi ne vous suicidez-vous pas pour en finir une bonne fois ?

– J'y ai songé. Plus que vous ne pouvez l'imaginer.

– Cette fois, voilà mon tram », dit Hogarth pour la dixième fois.

Il s'élança lourdement, comme une oie grasse, le cou tendu en avant. Mais ce n'était pas encore le bon tram. Il revint tout penaud, redressa son chapeau et épousseta des deux mains les revers de son veston constellés de cendres de pipe.

« J'ai une idée, dit-il. A quelle sorte de mérite sur terre attachez-vous de l'importance ? Êtes-vous fier de vos décorations ? De vos prouesses avec les femmes ? Aimeriez-vous avoir des enfants ? Etre docteur et sauver des vies humaines ? A quel trait de votre caractère tenez-vous le plus ? Non, ne me le dites pas, ajouta-t-il vivement en apercevant enfin son tram de Balham. Je m'en fiche. J'essaie simplement de vous amener à faire votre autoportrait. »

Il saisit la main courante et se hissa dans le monstre grondant. Puis, se rappelant encore quelque chose, il retourna son corps massif et cria, en se penchant hors du tram :

« Ou ne serait-ce pas encore autre chose ? »

Il élevait la voix à mesure que la distance augmentait. Les autres voyageurs lui lancèrent des regards inquiets.

« Croyez-vous que cela se trouve quelque part dans la région que l'on appelle Dieu ? Posez-vous la question. Hein ? Posez-vous seulement la question. »

Baird le vit encore gesticuler un moment, mais il n'entendait plus ce qu'il disait. Les voyageurs se lancèrent des regards entendus. Il était clair que c'était encore un de ces maniaques de la religion.

Cela ressemblait un peu à la mise en scène d'un film très long et très effrayant, songea Baird en retraversant Londres pour rentrer chez lui. D'immenses bobines de souvenirs se déroulaient à chaque séance – des souvenirs sans intérêt le plus souvent ; d'une insignifiance dérisoire. Mais l'expérience lui avait cependant fait du bien ; du moins avait-il pu s'exprimer jusqu'aux limites de ses possibilités d'extériorisation. Et, comme disait Hogarth, la fonction essentielle de la psychanalyse semblait consister à revivre et à redigérer l'expérience. Il se sentait plus léger, plus optimiste. Mais le rêve de Böcklin revenait toujours.

Un mercredi, Hogarth, qui s'intéressait beaucoup à la peinture, l'emmena dans une galerie où, entre autres, il vit plusieurs grandes toiles magnifiques de Campion, et une qu'il reconnut pour être d'Alice ; Hogarth étudia les premières avec beaucoup d'attention et un grand respect. « C'est le seul peintre anglais », dit-il. Baird fut ravi de voir l'effroi mêlé d'admiration qui se peignait sur le visage d'Hogarth quand il lui dit qu'il connaissait Campion.

« Encore un candidat à votre clinique.

– Sans doute, dit Hogarth doucement, sans doute. »

Il se recula pour admirer le paysage puissant qui devait devenir célèbre, l'*Arbre près d'Arles* de Campion.

« Mais tant qu'il peut se retenir de le cracher dans sa peinture, tout va très bien », ajouta-t-il.

Il ne fit aucun commentaire sur la toile d'Alice. En revenant par Oxford Street, Baird dit :

« Toutes les femmes anglaises embrassent la bouche fermée. Eh bien, si votre axiome psychologique est vrai...

– Quel axiome ?

– L'identification de la bouche avec l'organisme le plus intime... alors vous avez une théorie...

– Quelle théorie ?

– Eh bien, elle explique l'emphase sexuelle anormale du mâle anglais qui se manifeste dans son habillement – ses cravates de collège, ses chapeaux melons, ses grosses pipes – comme la vôtre, Hogarth, si je puis me permettre – et des blagues à tabac comme des amnios.

– Jeune homme, dit Hogarth, ce n'est guère aimable à vous de décocher des flèches à votre analyste comme cela. D'après les manuels, je dois représenter Dieu pour vous... je dois être au-dessus de toute critique.

– Eh bien, je ne ressens rien qui ressemble à de la vénération religieuse, mais je veux bien que vous représentiez mon père. S'il m'avait donné la moitié des conseils que j'ai reçus de vous, j'aurais le caractère mieux trempé. Seulement, Hogarth, vous avez gâché toute l'analyse en me permettant de devenir votre ami. En tant que père, par exemple, vous êtes charmant et touchant. »

Hogarth devint soudain rouge comme une pivoine. Baird se rappela que tous les mercredis ils descendaient ensemble, après quoi Hogarth lui permettait de l'accompagner à Balham où il habitait avec son fils et une gouvernante âgée. Après le déjeuner, ils allaient se promener dans le parc en tenant chacun une petite main malpropre. Quand il était avec son enfant, Hogarth était des plus attachants ; tout l'hiver ils allaient visiter le petit parc misérable avec ses arbres dénudés et ses eaux gelées où trois canards lamentables caquetaient au-dessus de leurs reflets. Le fils d'Hogarth avait neuf ans et était passionné pour le bateau que son père lui avait fabriqué. C'était un vaillant petit cotre qui arborait le nom d'*Europa* en lettres rouges sur sa coque blanche. Hogarth était lui-même un fervent de la voile, et il n'était pas moins enthousiaste que son fils pour proposer de nouvelles manières de gréer la voile, ou réclamer un nouveau tour autour du bassin. Baird, un genou contre le bord en ciment, regardait tanguer et dériver le petit bateau dans des cercles d'eau immobile sous un saule, ou s'incliner, prendre le vent et traverser le bassin en laissant derrière lui un sillage impeccable.

« Papa, le gouvernail n'est pas mis comme il faut.

– Mais si ; un peu de patience. »

Ils retiennent leur souffle en le regardant hésiter, trembler dans le vent. Hogarth adresse des gestes grotesques au bateau comme pour l'amadouer. Il tire si fort sur sa pipe que le culot rougeoie. Ses pantalons, dont les plis ont depuis longtemps disparu, sont maculés aux genoux. De temps en temps l'enfant glisse une main nonchalante dans les vastes poches de son père pour en extirper des caramels gluants. L'instant est pathétique, car l'esquif donne fortement de la bande et menace de couler. Hogarth et l'enfant s'accroupissent et se mettent à pagayer avec leurs mains dans l'espoir de créer des remous qui l'attireront vers le bord. Hogarth gémit. Leurs efforts semblent inutiles. L'enfant commence alors à retirer ses chaussures, mais son père, craignant de le voir se mouiller les pieds s'avance résolument dans le bassin en dérapant gauchement vers l'endroit où gît le bateau, la quille en l'air.

« C'est le troisième sauvetage qu'il fait ce mois-ci », dit l'enfant en secouant l'*Europa* et en aspergeant les deux hommes.

Ensuite, tout en rentrant pour prendre le thé, le nez et les doigts bleuis de froid, le père et le fils commentent interminablement l'accident, l'un prétendant que le mât est trop grand et la voile trop large, l'autre maintenant énergiquement qu'un peu plus de plomb à la quille lui donnerait plus de stabilité.

Hogarth habite une de ces petites villas jumelées comme on en voit partout dans la banlieue. Dans le petit salon confortable brûle un grand feu de charbon. Mrs. Gregory a préparé un excellent thé et des toasts rôtissent doucement dans un coin du foyer. Ils se changent et avancent les chaises. Et l'enfant, poussant un soupir, dit avec satisfaction :

« Comme c'est bon. Je suis content de ne pas avoir de mère, papa. »

Hogarth le regarde d'un air indulgent. Il se sent en sécurité et parfaitement heureux dans cette intimité, cet univers mâle où souffle un paisible esprit de création et d'entreprise.

« Les femmes gâchent toujours tout », dit-il.

Voilà justement Mrs. Gregory qui revient avec ses histoires stupides de mains sales et de chaussettes mouillées. Hogarth sourit.

« Qu'en pensez-vous, Baird ? » demande-t-il.

La femme d'Hogarth, dont la photo orne la cheminée, était beaucoup plus jeune que lui quand il l'épousa. Elle a un visage typiquement germanique, lisse, rond et innocent ; elle suivait les cours d'Hogarth.

Il prend ses lunettes et les met sur son nez. Son visage rayonne de bonheur. Il a les pieds dans de vieilles pantoufles de tapisserie, dont une a un trou très pratique dans la semelle : pratique, parce qu'il aime présenter au feu son pied chaussé de sa pantoufle, dans laquelle une fourchette à rôtir a été astucieusement glissée !

Baird envie le vieil homme quand il le voit prendre ses aises ; sur le tapis l'enfant ôte la voile de l'*Europa* pour la faire sécher.

Le 1er avril, Hogarth renonce.

« Baird, dit-il, nous avons atteint un point à partir duquel nous ne faisons que grossir le problème. Nous sommes trop complaisants à l'égard de ce sacré rêve. J'ai obtenu tous les faits dont j'avais besoin ; vous avez accompli tout le travail. Mais j'ai dû gâcher les choses quelque part, à moins que vous n'ayez besoin de vous cramponner à ce rêve jusqu'à ce que quelque chose vous arrive... je veux parler d'un changement intérieur.

Voyez-vous, le rêve n'est peut-être là que pour vous pousser à un changement intérieur ; il est possible qu'il vous soit nécessaire... jusqu'à ce que vous changiez. Cela ne sert plus à rien maintenant de remonter le cours du temps. D'ailleurs notre méthode est loin d'être parfaite. Revenez dans mille ans, quand la psychologie sera devenue une science adulte. En attendant, je vais vous suggérer quelque chose. »

Baird prit une cigarette et écouta attentivement.

« Pouvez-vous partir à l'étranger maintenant ?

— Je pense que c'est faisable. Je peux prendre un congé de maladie. Pourquoi ?

— En Crète ? »

Baird parut surpris, et quelque peu irrité.

« Cela fait-il partie de votre système de proposer de longs et coûteux voyages à vos patients les plus pauvres ? » dit-il d'un ton ironique.

Mais Hogarth poursuivit le plus sérieusement du monde.

« Je suggère quelque chose que pourrait accomplir n'importe quel Hottentot intelligent : que vous retourniez comme un bon criminel sur les lieux de votre crime. Que vous déterriez Böcklin de vos propres mains. C'est une idée qui m'est venue. Je sais qu'elle peut paraître choquante. Mais enterrez-le dans un cimetière ou quelque chose comme ça. Prenez vos responsabilités. Cela en vaut la peine ; vous en finirez peut-être avec lui, qui sait ? Et puis j'en ai assez d'écouter votre génie littéraire estropié. Réfléchissez-y. »

Baird resta assis un moment sans rien dire. Ils se regardaient dans les yeux.

« C'est drôle, dit-il, mais il y a un mois on m'a offert une mission pour faire cela précisément : aller en Crète pour essayer de dénicher quelque chose pour l'Intelligence Service. »

Hogarth posa les mains à plat sur son bureau.

« Eh bien, voilà. Que vous faut-il de plus ? Acceptez, mon cher. »

Cela était plus facile à dire qu'à faire ; l'idée était assez ahurissante, et Baird avait besoin d'y réfléchir.

« A propos, dit Hogarth, en mettant son imperméable, prévenez-moi quand vous partirez ; et n'oubliez pas que vous me devez encore dix livres... le garçon va bientôt entrer au collège, vous savez. »

Dans le vestibule, Baird rencontra Fearmax. Il était venu remettre un chèque à Hogarth. Ils se rencontraient parfois dans le salon d'attente d'Hogarth et ils avaient pris l'habitude d'échanger quelques politesses. Ce jour-là Fearmax accompagna Baird jusqu'au coin de la rue. Il était pâle et semblait particulièrement fatigué. Sa démarche élastique paraissait tout à fait excentrique à côté du pas mesuré du jeune homme ; il fit remarquer que le printemps n'était pas loin, mais il était évident qu'il avait d'autres préoccupations que l'état de l'atmosphère. Il dit qu'il partait à l'étranger pour prendre de brèves vacances... en Egypte probablement. Il espérait qu'il n'y ferait pas trop chaud. Baird, qui connaissait la chaleur torride qui pouvait régner au Caire aux mois de juin et de juillet, ne dit rien. Ce n'était pas la meilleure saison pour visiter l'Egypte, et il se demandait si Hogarth était au courant de son voyage.

« Hogarth est un homme remarquable, dit Fearmax avec fougue, un homme très remarquable. Il m'a été d'un très grand secours, à la fois comme ami et comme médecin. »

Baird trouva étrange qu'Hogarth ne les ait jamais présentés.

« Il a assisté à toutes mes séances cette année ; j'ai essayé de le mettre en communication avec sa défunte femme, vous savez. »

Voilà qui était un aspect nouveau et assez intéressant du caractère d'Hogarth. Fearmax hocha la tête et soupira, en contemplant la pointe luisante de ses chaussures qui sautillaient au-dessous de lui.

Baird lui dit qu'il trouverait au Liban ou en Grèce un climat plus frais et plus propice au repos qu'en Egypte à cette saison, mais Fearmax hocha résolument la tête.

« J'ai une ou deux observations à faire sur les Pyramides, dit-il. Et je pense que la traversée sera assez rafraîchissante... Voyons... »

Il chercha dans son portefeuille et sortit un ticket vert qu'il montra à Baird.

« C'est un grand paquebot très confortable pour les croisières d'été, l'*Europa*. Et il n'est qu'à moitié plein, m'a-t-on dit. »

Ce fut ce renseignement qui décida Baird, plus que toute autre chose, à louer une place sur l'*Europa* avant même d'avoir revu Hogarth. Le fonctionnaire dans son petit bureau crasseux de Whitehall avait été très accommodant. Le Foreign Office désirait obtenir un certain nombre d'informations sur la situation en Crète. Un stock d'armes légères expédiées par une organisation sioniste de Palestine avait été rassemblé et caché dans des grottes, peut-être même dans le labyrin the dont la découverte par Axelos avait été récemment annoncée par la presse. Le Foreign Office désirait savoir de quoi il retournait. Cela pouvait être dangereux pour la monarchie grecque que l'Angleterre était résolue à maintenir en place. Baird pourrait-il entreprendre cette enquête et en rendre compte le plus tôt possible ?

Baird eut l'intuition que le vieil abbé Jean avait de nouveau abandonné sa quête des vérités éternelles pour se lancer dans la politique, histoire de ne pas se rouiller. Ce serait peut-être un voyage plus passionnant qu'il ne l'avait pensé tout d'abord. Il irait voir ; et le cadavre de Böcklin s'insérait très bien dans ce contexte. Il se demanda, tout en sonnant chez Hogarth, si Axelos se souviendrait de lui après toutes ces années.

Hogarth était sorti, mais il lui avait laissé un billet pour lui proposer un rendez-vous, dans un pub qu'ils connaissaient tous deux, vers la fin de l'après-midi. Baird consacra le reste de sa journée à faire ses bagages et à visiter quelques librairies pour faire provision de lecture en vue de la traversée. Il ne se doutait pas que la conversation de Fearmax serait assez distrayante pour rendre presque tous ces achats superflus.

Il fut surpris de rencontrer Graecen. Il connaissait un peu ses œuvres, qu'il n'aimait pas du tout ; mais l'homme était plaisant et sympathique, et il semblait connaître Hogarth de longue date. Le psychanalyste se montra ravi d'apprendre que Baird s'embarquait. Il avait été tenu au courant de ses démarches par téléphone, et il connaissait tous les détails.

« Graecen vous présentera Axelos, dit-il ; il vous intéressera beaucoup. C'est un vrai personnage de cinéma... de cinéma allemand. Vous pourrez certainement séjourner à Cefalû. »

Graecen eut la bonté de faire écho à ces déclarations. L'invitation qu'il avait reçue était assez implicite ; et il éprouva de la sympathie pour ce jeune officier qui, une fois n'est pas coutume, semblait assez cultivé, et que son sevrage ne paraissait pas avoir privé de ses bonnes manières. Et il se félicitait aussi en secret de retrouver un visage de connaissance à bord de l'*Europa*. La soudaine perspective de quitter l'Angleterre — c'était déjà pour lui une première façon de mourir — le troublait. Londres, qu'il détestait en temps normal, lui paraissait tout à coup une capitale charmante qu'il était bien regrettable d'abandonner. Il traversa Green Park, son chapeau à la main, en soliloquant à voix basse, se demandant ce qu'il pouvait bien attendre d'un avenir si nettement et si brusquement limité. Il fut un peu blessé aussi de voir qu'Hogarth n'avait manifesté aucune tendresse, aucune considération particulière pour son cas. Il avait simplement déclaré tout net qu'il ne croyait pas que son ami fût condamné ; lorsque Graecen avait insisté et lui avait fourni ses preuves, Hogarth s'était contenté de renifler bruyamment et s'était mis à rire en disant :

« Eh bien, si c'est la mort, Dicky, c'est la mort. Et vous aurez beau partir devant, nous finirons bien par vous rattraper, vous verrez. »

Il y avait aussi ce problème des statues qui le tracassait. Il avait réussi à persuader l'expert du Muséum de se séparer d'une petite fiole de réactifs sans éveiller, pensa-t-il, ses soupçons quant à l'authenticité des découvertes d'Axelos. Le nouveau procédé à l'oxyde nitreux permettait de dire, dans le cas de la taille des pierres, non seulement l'âge approximatif de la pierre, mais aussi la nature de l'instrument utilisé pour la tailler. Avec cette arme, il espérait tenir en échec les excentricités de son ami.

Mais dans sa grosse voiture qui les emmenait tous vers Southampton, il se sentit pris d'une sombre nostalgie. Il quittait l'Angleterre... pour toujours peut-être. Baird était assis à l'avant à côté du chauffeur, tandis qu'à l'arrière Hogarth et son fils s'étaient lancés dans une interminable discussion sur les performances de la voiture. Graecen voyait s'enfuir les rangées d'arbres avec un regret aussi aigu qu'inutile ; chaque tournant de la grand-route éveillait en lui des souvenirs... souvenirs de grandes maisons de campagne enfouies dans les arbres, des maisons où il avait passé tant de jours à musarder, à flirter et à cultiver les cinq sens. Là-bas, derrière Winchester, se trouvait Bolster, où il avait eu cette lamentable aventure avec Anne Granchester. Quelle garce ! Comme il avait souffert, et avec quelle maladresse il s'était conduit ! La route s'incurva vers le nord sous une immense allée de chênes poussiéreux. C'était là que se trouvait la maison, invisible derrière les hautes frondaisons. Elle appartenait maintenant au National Trust. Et qu'était-il advenu d'Anne ? Elle aussi appartenait de droit au National Trust, songea-t-il avec indignation. Elle était devenue depuis peu une sorte de lieu touristique visité par les adorateurs de la beauté ; une femme aussi célèbre que les chutes du Niagara. Pourquoi ne lui avait-elle jamais permis de l'aimer ? Il fit une grimace et rentra le menton dans le col de son manteau. Du moins lui avait-elle inspiré deux sonnets pas trop mal tournés. Quelle vie, songea-t-il — ou plutôt quelle mort ! Leopardi ne put en soutenir l'approche. Et lui, le pourrait-il ? Il retint son souffle une seconde et ferma les yeux, essayant d'imaginer ce que l'on éprouvait quand on perdait son identité. Rien. Il ne sentit rien, n'entendit rien, sinon le petit battement doux et uniforme de son cœur. Hogarth lui parlait.

« Vous savez, Dicky, c'est très romantique de votre part cette idée de disparaître comme cela, brusquement... très romantique. »

Graecen fut flatté. C'était cela, à bien considérer les choses. Un poète en route pour les Champs Elysées. Curieux qu'il n'ait jamais écrit un poème sur la mort.

Baird se retourna et proposa un arrêt dans une auberge voisine pour déjeuner. Ils sortirent dans la pluie et se précipitèrent dans la salle accueillante. Il faisait encore froid.

« Ah ! dit Hogarth, vous avez de la chance d'aller dans le Sud.

— Oui », dit Baird dont l'enthousiasme allait

croissant à la pensée des ciels toujours bleus et des vents doux de la Méditerranée. Comme si une pellicule s'était déposée sur toutes choses... la magie de la Grèce, de l'Egypte, de la Syrie. Il pressentait qu'il retrouverait le bonheur qu'il avait connu avant la guerre.

Ils firent un excellent repas dans une auberge avant de reprendre leur route. Graecen, qui avait toujours tendance à être frugal quand il composait son menu, fit honneur à tous les plats. Son étui à cigares était plein, si bien que lorsqu'ils remontèrent en voiture ils se sentaient des âmes de millionnaires en pèlerinage à Carlsbad.

« Fearmax, dit brusquement Baird, qui est-ce ? »

Hogarth le regarda une seconde sans rien dire, puis ferma tranquillement un œil.

« J'aimerais que Dicky fasse sa connaissance, dit-il. Il est le fondateur d'une société psychique – c'est presque une confrérie religieuse. Dicky, il vous dressera votre horoscope, lira les lignes de votre main, et vous terrifiera. »

Graecen prit un air inquiet. Il était très superstitieux.

« Je crois que vous êtes injuste », dit Baird, et Hogarth en convint.

« Fearmax est un personnage très intéressant, dit-il. Il tient un bout de la corde magique de la connaissance. C'est sans aucun doute un type très curieux, et qui souffre beaucoup. J'espère que le ciel bleu lui fera du bien. »

Ils traversèrent les docks et arrivèrent à la jetée où l'*Europa* attendait, comme un riche banquier fumant un cigare. Le fils d'Hogarth fut impressionné par sa taille et par l'opulence de ses lignes. Il était trop tard pour prolonger la conversation, et lorsque Hogarth et l'enfant redescendirent à terre après avoir admiré la cabine de Graecen, il ne restait plus qu'à leur adresser de grands signes de la main et à les regarder monter dans la grosse voiture. Fearmax ne se montra pas. Baird remarqua un couple appuyé contre le bastingage adressant de grands signaux à une vieille dame sur le quai et qui pressait un mouchoir sur ses yeux en reniflant.

Une petite pluie fine de printemps s'était remise à tomber. Les pavés mouillés scintillaient entre les mâts et les cheminées. Graecen contempla un instant ce paysage avec un sentiment de désespoir. Le train de Londres venait d'arriver, et une file de passagers s'avançait vers la passerelle de l'*Europa,* suivis par leurs bagages entassés sur des chariots.

« Je pense que nous lèverons l'ancre ce soir, dit-il.

– Oui », dit Baird, tout joyeux à cette pensée, et il leva la tête, sentant le col humide de son manteau contre sa nuque, et répétant à mi-voix, pour lui seul : « Oui, nous partons ce soir. »

Ils fendraient ce rideau blême de brouillard où tournoyaient des mouettes, s'enfonceraient lentement dans les horizons bleus de l'Espagne, puis feraient escale aux Baléares. Il se demandait pourquoi Graecen paraissait si abattu.

« Vous semblez triste de quitter l'Angleterre », dit-il d'un ton neutre.

Ce n'était là qu'une politesse banale, car en fait il ne s'intéressait à rien d'autre qu'à ce sentiment de joie qui gonflait lentement au fond de son être à la perspective de tout laisser derrière lui.

« Oui et non », dit Graecen prudemment.

Il était triste de n'avoir personne à qui confier l'arrêt de mort prononcé contre lui. Il se sentit tout à coup terriblement seul. Il se demanda s'il y avait un médecin à bord à qui il pourrait parler franchement – pour créer ce sentiment de dépendance sans lequel son bonheur ne pourrait chasser l'ombre qui planait sur lui. Baird était assez sympathique, mais peu communicatif. Il descendit dans sa cabine pour veiller à ce que ses bagages soient correctement défaits.

C'est alors que Miss Dombey déboucha sur le pont, entraînée par son fox-terrier, qui bondissait en s'étranglant à moitié à la poursuite de quelque chat imaginaire sans doute.

« John ! » s'écria-t-elle d'une voix perçante en reconnaissant Baird au passage.

Et elle aurait bientôt disparu si la laisse du chien ne s'était accrochée à quelque chose, interrompant momentanément la poursuite. C'était là une fâcheuse rencontre. Miss Dombey était toujours la fille du pasteur aux mèches rouquines qu'il avait connue jadis ; mais elle était devenue plus stridente, plus échevelée, et moins soucieuse de sa toilette à mesure que les ambitions de sa Mission s'étaient accrues : le Second Avènement, se rappela-t-il, avait été prédit pour l'année suivante. Miss Dombey avait travaillé avec acharnement à préparer le plus d'âmes possible au jugement qu'elles auraient à affronter. Sa voix était plus aigre, plus emphatique et plus grinçante que jamais. Elle parlait comme une personne qui a quarante degrés de fièvre. Elle se rendait en Égypte pour préparer les infidèles à l'événement attendu. Baird cacha son dépit et échangea pendant un quart d'heure des propos anodins sur le village. Miss Dombey avait vu son père ; elle dit cela sur un ton de reproche à peine déguisé. Il avait beaucoup vieilli et ne paraissait plus s'intéresser à grand-chose. Tobin était cloué au lit, et sa femme avait été blessée d'un coup de corne par un taureau. Miss Tewksbury, la receveuse des postes, avait été condamnée à six mois de prison pour avoir envoyé des lettres empoisonnées à la femme du vicaire ; c'était curieux, elle qui avait toujours eu beaucoup de sympathie pour le vicaire.

A la fin, Baird s'excusa et descendit, très ennuyé à la pensée qu'il lui faudrait subir sa présence pendant le voyage. Par une porte ouverte il aperçut Fearmax qui se débattait avec une malle de cabine. Il était donc arrivé tout de même. Il fut vite installé, car il n'avait emporté que le strict nécessaire pour ce voyage. Il mit de côté pour le moment les deux anthologies. Son petit exemplaire du *Phédon* sur papier bible semblait être le genre de chose qu'on emporte toujours en voyage et qu'on ne lit jamais. Allongé sur sa banquette et feuilletant vaguement l'ouvrage, il ne tarda pas à s'endormir ; quand il se réveilla il perçut la faible tension intérieure, la légère immobilité anxieuse du grand navire tourné vers la haute mer et il comprit que le voyage avait commencé. Une bande de mer sombre se déroulait entre eux et les falaises d'un gris blême parsemées de petits groupes de maisons aux reflets bruns et gris dans le crépuscule finissant. L'*Europa* se déplaçait sans que la moindre vibration fût perceptible – il glissait comme sur des rails. Une sonnerie retentit quelque part, et les ventilateurs des couloirs commencèrent à émettre leurs petits cônes de sons feutrés. Puis ils se turent eux aussi ; et du fond même de sa rêverie, il distingua le pouls régulier et lointain des machines du navire qui les emportait vers le sud.

Baird entra dans le salon en redoutant de rencontrer Miss Dombey, car tôt ou tard il serait obligé de la présenter à Graecen qui n'avait rien fait pour mériter un tel châtiment. Mais, à sa grande surprise, ils parurent s'entendre très bien.

« Des milliers de personnes vivent dans l'ombre de la mort, déclara-t-elle à Graecen dès que les présentations furent faites. Et j'ai mission de les préparer à la mort, de les réveiller, de les confesser si cela est nécessaire. »

Ces paroles pincèrent une corde au cœur de

Graecen. Il avait médité sur son état tout en défaisant ses bagages, et ces affirmations péremptoires lui parurent répondre exactement à ses dispositions d'esprit. Avait-il suffisamment pensé à la mort jusque-là ? S'y était-il préparé ? L'idée avait répugné au poète, à l'hédoniste. La véhémence de Miss Dombey lui donna une secousse. C'était comme s'il rencontrait un prophète. Elle repoussa de son front une mèche rebelle et lui donna un bref aperçu de ce qui allait se passer lors du Second Avènement. Graecen l'écouta avec une incrédulité mêlée d'une certaine crainte pas déplaisante : cela lui rappelait son enfance à Rickshaw Hall – les histoires de feux de l'enfer et de soufre que lui contait sa mère et auxquelles il croyait. Miss Dombey de son côté fut enchantée de trouver un auditeur aussi influençable. Elle ne lui fourra pas moins de cinq brochures dans la main, qu'il promit de lire à loisir. Baird assistait avec curiosité à cette petite scène, en se demandant si c'était la seule bonne éducation de Graecen qui le rendait si indulgent ; mais, à sa grande surprise, lorsque Miss Dombey les eut quittés, il se tourna vers lui et lui dit :

« Baird, quelle femme extraordinaire ! Je vous remercie de me l'avoir présentée. »

D'une obscure façon, il était heureux d'être en bons termes avec quelqu'un qui s'intéressait d'aussi près à la mort – même s'il ne s'agissait pas spécialement de sa mort à lui. Les brochures, cependant, étaient épouvantables. Il essaya de les lire, mais il dut y renoncer. D'abord, la prose en était exécrable. On ne pouvait vraiment pas accorder grand crédit à ces histoires de Second Avènement rédigées dans un pathos aussi lamentable. Mais Graecen s'attacha néanmoins à Miss Dombey.

Quant à Fearmax, il était occupé par des problèmes d'un autre ordre. Il restait allongé dans sa cabine pendant des heures, les yeux fixés au plafond. Sa porte restait ouverte en permanence, de sorte que, toutes les fois qu'il passait, Baird pouvait le voir, les mains croisées sur sa poitrine, les yeux fixes. Il ne parut à aucun repas pendant les premières vingt-quatre heures, et Baird se demandait vaguement si c'était le mal de mer qui le tenait ainsi immobile sur sa couchette. Poussé par la curiosité autant que par la courtoisie, il se décida à venir frapper à sa porte et, passant la tête à l'intérieur, il demanda à Fearmax, de sa voix harmonieuse, s'il pouvait lui être de quelque utilité. Pendant un moment il ne parut pas entendre... mais à la fin, avec effort, il se retourna lentement sur sa couchette et se souleva sur un coude.

« C'est très aimable à vous, dit-il d'une voix rauque, très aimable. Non, je me repose, simplement. Je n'ai pas le mal de mer. Mais je déteste les voyages. Entrez donc. »

La cabine était déjà imprégnée d'une lourde odeur de cigare. Il y avait quelques livres à reliures épaisses épars à terre, un rosaire, et un certain nombre d'enveloppes jaunes bourrées de papiers. Fearmax était pâle et paraissait fatigué.

« C'est la première fois que je quitte l'Angleterre, dit-il. C'est un peu une aventure pour moi – comme de commencer un nouveau chapitre ; et j'essaie de lire les présages. Ils sont très étranges, très étranges. »

Entre le mur et la cloison, il y avait un recueil d'Ephémérides, et un carnet bourré de notes.

« Les présages ? dit Baird.

(« Des présages ? » dit Graecen plus tard, d'un ton beaucoup plus inquiet, lorsque Fearmax fit devant lui la même remarque.)

– Vous ne croyez probablement pas à l'astrologie ? » dit Fearmax.

Que pouvait-on dire ? Baird fut sur le point de

répondre : « Pas, depuis qu'on a découvert la bombe atomique », mais il se retint. Fearmax poursuivit de sa voix enrouée :

« Moi non plus je n'y croyais pas; c'est peut-être une science inexacte, mais j'ai découvert qu'elle pouvait m'apprendre certaines choses : les tendances de mon caractère par exemple ; les forces inhérentes au monde qui m'entoure. En tout cas, j'ai dressé une carte hier, dans le train, des quelques mois à venir. Elle montre un certain nombre de choses curieuses. Pour autant que je sache, je cours le danger de m'égarer dans un des tunnels de la Grande Pyramide. »

Baird dissimula son amusement. Il émanait de Fearmax quelque chose de curieusement impressionnant. Il ne parlait pas comme un charlatan, mais comme un homme qui cherche sérieusement quelque chose, un principe de vérité ou d'ordre dans le monde, et qui avait échoué dans sa quête. D'un doigt osseux le médium montra les planètes et les maisons sur la carte qu'il avait dressée, signalant les conjonctions et les oppositions. L'influence de Saturne, notamment, lui causait de grosses inquiétudes. Il n'avait aucune appréhension pour la traversée elle-même, les influences étaient favorables. Mais quelque part sur terre, en compagnie d'autres personnes, un accident devait se produire. Il ne pouvait pas encore en déterminer la nature — pas plus qu'il ne pouvait dire s'il serait fatal. Il savait simplement que cela l'aiderait dans sa recherche de l'« Absolu ».

C'était un mot qui sonnait étrangement à un tel moment et dans un tel lieu, songea Baird. Mais Fearmax, Hogarth le lui avait dit, était un personnage étrange. Se lancer à la quête de l'Absolu était cependant une belle idée médiévale. Il se demandait ce que cela pouvait signifier !

IV

LE VOYAGE

FEARMAX ne sortit de sa retraite que quelques jours plus tard ; il ne fut d'ailleurs pas le seul passager que le soleil attira sur le pont. Mais Graecen trouva quelque peu déprimant le spectacle de cet homme décharné allant et venant comme un automate, l'œil aux aguets comme s'il voulait être le premier à surprendre les signes avant-coureurs de la catastrophe annoncée par les astres. Et quand la marche l'avait épuisé, Fearmax se jetait sur une chaise longue et restait immobile des heures entières, le menton sur la poitrine, sortant parfois brusquement de sa torpeur pour griffonner quelques notes hâtives dans un carnet à reliure de cuir. Ses préoccupations paraissaient si éloignées de celles des autres passagers que Miss Dombey elle-même ne savait quelle attitude adopter en sa présence. Un jour il dit qu'il pratiquait un peu la chiromancie et, prenant la main de Graecen, en étudia soigneusement les lignes. Au bout d'un moment, il déclara :

« Vous avez le cœur en mauvais état. »

Rien de plus. Graecen eut l'impression qu'une main de glace lui étreignait la gorge.

Les Truman, en dépit de leurs manières frustes,

gagnaient à être connus en fin de compte. Ils se moquaient totalement de l'opinion d'autrui, et ils étaient bien décidés à tirer de leur voyage le maximum de plaisir. Truman chantait des chansons comiques en s'accompagnant au piano du salon, et il était ravi quand il avait un public. Il disait qu'il avait autrefois fait partie d'une société artistique (« J'étais un fameux luron dans ce temps-là ! »), et son répertoire était inépuisable. Baird appréciait notamment une pièce comique intitulée « Un martyr de la chasteté », qu'il sortait toutes les fois qu'il apercevait Miss Dombey dans les parages. Les plaisanteries en étaient si grivoises qu'elle se sauvait en rougissant jusqu'aux oreilles. Il n'y avait pas de meilleure façon de se débarrasser de Miss Dombey que d'inviter les Truman à prendre part à la conversation ; elle ne pouvait pas les supporter depuis le cuisant échec qu'ils lui avaient infligé quand elle avait tenté de les intéresser au Second Avènement.

Par contre, Fearmax avait toutes leurs faveurs. Le jour où il fit son apparition sur le pont, Mrs. Truman poussa son mari du coude en se trémoussant d'aise, et ils se dirigèrent vers lui. Ne les remettait-il pas ? Non, il ne les reconnaissait pas. Un jour, il y avait longtemps de cela, il avait parlé à la sœur aînée de Mr. Truman lors d'une séance à Shrewsbury. Le médium se passa les mains sur le front en murmurant qu'il avait rencontré beaucoup de gens dans sa carrière ; mais il parut flatté. Mrs. Truman avait même lu un de ses livres sur le corps astral.

Dans l'ensemble les passagers n'étaient pas désagréables, songeait Graecen allongé sur sa couchette à l'heure de la sieste (thérapeutique prescrite par les médecins les plus en vue de Londres). Pour la première fois de sa vie, il tenait son journal ; le dos appuyé contre trois oreillers, son stylo ouvert à la main, il se préparait à relater les événements de sa journée dans le superbe volume acheté à cet effet. Il feuilleta lentement les pages, en relisant quelques passages au hasard (la vue de sa grande écriture féminine lui causait toujours un certain plaisir).

« Je ne me suis guère soucié, lut-il, de laisser un témoignage précis de mes actes sur cette terre avant de prendre congé d'elle (la terre). J'éprouve une impression de vide très étrange. Que suis-je ? Qu'ai-je été ? Je ne vois rien qui soit digne d'intéresser un ange-greffier. Je n'ai été ni bon ni mauvais. Les quelques péchés de ma nature la plus grossière (Anne, Mrs. Sanguinetti, etc.) seraient, je n'en doute pas, amplement rachetés par mes petites qualités : vie honnête, bonté envers mes amis, etc. Je ne me vois pas damné... »

Il entendait vaguement au-dessus de sa tête le piano du salon qui sautillait sous les doigts de Mr. Truman lequel, de son ineffable voix nasillarde, attaquait le premier couplet mi-parlé mi-chanté d' « Un martyr de la chasteté » :

Je suis un martyr de la chasteté,
Une victime de la laxité,
Je fus maudit quand j'étais bébé.

Graecen reprit pensivement sa lecture. « Je ne me vois pas damné, ni exalté d'aucune façon. Quel est donc le destin spirituel d'un homme très ordinaire après la mort ? » Quel destin, en effet ? Il avait l'impression que toutes ces questions qui tourmentent l'esprit des hommes s'accumulaient autour de lui depuis quelques semaines, et qu'il était impatient de leur donner une réponse ; ou, sinon une réponse, du moins une ébauche de croyance. L'immortalité de l'âme ? La nature de la Trinité ? Le progrès était-il une illusion ? Il n'avait tout simplement aucun argument à présenter en face de ces problèmes. « En un sens, poursuivait le journal, je me sens très insuffisamment mûri, car il semble que je ne me sois fait aucune opinion sur les problèmes essentiels du jour. A moins que mes poèmes révèlent, d'une certaine façon, une certaine attitude devant les choses ? » Il ferma les yeux et pensa à sa poésie ; tout ce que l'on pouvait en tirer était une sorte d'hédonisme à la Homar Khayam, adapté à l'atmosphère post-victorienne. « Je suppose, concluait le journal, que je suis en réalité un être insatisfait. »

Graecen remonta un peu plus haut dans le journal et ouvrit la page à la date correspondant à sa décision de donner sa démission et de partir pour Cefalû. Les rendez-vous pour le thé, le dîner et le déjeuner se succédaient sans interruption. Il n'y avait presque aucune réflexion le concernant directement, faisant allusion à ses préoccupations. « Je me sens un peu déprimé », lut-il au bas d'une page. « Rien encore pour compenser le cœur. » A la page suivante il s'arrêta sur cette réflexion : « Si Hogarth n'était pas mon plus vieil ami je me demande si je pourrais le tolérer une seconde de plus. Dur, insensible. Et pourtant réconfortant à sa manière. »

Il fit une grimace impatientée. Ce n'était pas là un bel héritage littéraire à laisser derrière soi. Et il avait acheté un « journal » excessivement cher : vingt et un shillings. Il se voyait écrivant furieusement à l'approche de la fin : les formules géniales d'un Rimbaud anglais écrites sur le bord de l'abîme. Mais Rimbaud n'était qu'un enfant. Cela lui fit se ressouvenir de son âge, depuis quelque temps cette idée qu'il vieillissait commençait à le tracasser – il avait gaspillé jusque-là toutes ses énergies à... quoi ? Rien d'autre que se maintenir en vie. Mrs. Sanguinetti lui avait dit que ses cheveux commençaient à s'éclaircir au sommet de son crâne. Graecen se leva et tenta de vérifier la chose dans son petit miroir à barbe. Mais il eut beau se tordre le cou, il n'y parvint pas et retourna sur sa couchette. Il soupira et reprit son stylo. Il essaierait d'écrire quelque chose de simple et d'honnête ; quelque chose d'émouvant. Il tira un bout de langue et écrivit avec application :

« Aujourd'hui première belle journée. Nous faisons route vers le sud le long des côtes d'Espagne. » (Après un instant de réflexion il biffa les mots « faisons route » pour les remplacer par « filons ».) « Des falaises brunes émergent vaguement de la brume pour nous faire signe ; une chapelle, un phare ; puis un homme minuscule, portant une grappe d'oignons autour du cou, qui agite un minuscule bras – comme une patte d'insecte – en réponse à nos signaux. L'air est devenu brusquement plus chaud, le ciel plus clair, bien que la mer soit toujours aussi forte. Ce matin, j'ai remarqué que la jeune fille à qui je parlais hier semblait malade ; emmitouflée dans une couverture, elle dormait sur sa chaise longue, au soleil. Le vent agitait ses fins cheveux blonds sur son front. En passant près d'elle je remarquai qu'elle tenait un livre ouvert sur ses genoux, et la curiosité que j'ai toujours portée aux livres m'incita à me pencher par-dessus son épaule : par la plus étrange des coïncidences, c'était l'anthologie de Gréville, *Poètes Modernes,* et elle était ouverte à la page d'un de mes poèmes intitulés « Les Vents de la Folie ». On imaginera ma surprise, et mon ravissement. Il est si rare qu'un écrivain inconnu rencontre une personne en train de lire ses œuvres ! Je me promis de lui adresser la parole quand je repasserais près d'elle pour savoir ce qu'elle pensait de ce poème et de tous ceux contenus dans ce livre, mais quand je revins elle n'était plus sur le pont. Cela ne fait rien. Je réserve cette petite conversation pour un moment plus propice. »

Graecen alluma une cigarette, ferma son journal, et prit une position plus confortable, en lissant ses oreillers. C'était ennuyeux de rester allongé tous les après-midi quand on détestait cela ; c'était comme cette interdiction de fumer. Le docteur aurait dû savoir qu'il ne pouvait pas vivre sans une cigarette. Mais si l'on s'accordait une cigarette, pourquoi pas une autre, et ainsi de suite. S'il désobéissait sur ce point, pourquoi ne renoncerait-il pas aussi à la sieste ? L'air était doux. Il serait bien plus profitable de faire une promenade sur le pont. Pourquoi pas ? Il se leva et enfila sa veste, en murmurant de légers reproches à l'adresse des médecins et de leurs œuvres.

Il faisait bon sur le pont ; le vent ébouriffait les vagues ; on apercevait à l'est des sommets montagneux. Graecen constata avec plaisir que la jeune fille avait repris sa place dans sa chaise longue. Elle dormait, avec le même livre ouvert sur ses genoux. Il s'approcha à pas de loup, comme un chasseur, pour s'en assurer. Oui, c'était bien l'anthologie de Gréville. Il s'assit sur un bossoir pour attendre son réveil, en observant les flocons de fumée grise qui s'échappaient des cheminées et la profonde cicatrice blanche que l'*Europa* creusait sur la mer derrière lui. Il se sentait le cœur léger tout à coup. Miss Dale (il avait consulté la liste des passagers pour apprendre son nom) dormait dans une parfaite immobilité. C'était à peine si on voyait sa poitrine se soulever. Le vent agitait ses doux cheveux où brillaient de temps en temps des fils d'or et des points de lumière. Elle avait une beauté un peu fade peut-être ; sa pâleur et son visage aux traits peu accusés étaient d'une convalescente sans doute. Graecen la regarda dormir, et se mit à échafauder un vague roman.

Elle venait peut-être de quitter Newham, où elle enseignait la littérature. Elle écrivait probablement des vers, elle aussi. Peut-être venait-elle d'achever une thèse de doctorat sur lui. Elle serait surprise de voir penché sur elle en ouvrant les yeux, le poète dont elle admirait tant l'œuvre. Ce serait un éblouissement. A Majorque, ils feraient ensemble de longues promenades dans ce décor parfait, et elle lui demanderait de l'aider à écrire ce livre sur Keats qu'elle projetait. Ils ne pourraient plus se passer l'un de l'autre. Il lui dirait qu'il était... (Il éprouvait un grand plaisir à imaginer l'angoisse qu'elle éprouverait de voir se répéter la tragédie de Keats.) Ils se marieraient à Naples, et visiteraient ensemble la tombe de Keats. Et puis... et puis... tout cela devenait un peu brumeux. Le grand paquebot avait gagné quelques milles vers le sud. Une sonnerie retentit. La flaque de soleil où ils se trouvaient fut oblitérée par l'ombre de la grande cheminée arrière ; à l'ombre il faisait plus frais. Graecen fut tiré de son agréable rêverie en s'apercevant que la jeune fille pleurait en dormant. Des larmes s'écoulaient de ses paupières closes, et les coins de sa bouche se crispaient. De temps en temps ses lèvres s'écartaient comme pour exhaler un soupir de douleur. De quoi pouvait-elle rêver ? Craignant de l'embarrasser si, à son réveil, elle le surprenait à la contempler, il s'éloigna sur la pointe des pieds et descendit au salon. Les Truman jouaient au vingt-et-un avec Baird ; Fearmax les regardait, l'air absent. Ce soir-là, Graecen ajouta dans son journal une description de Miss Dale dormant sur sa chaise longue. Son intérêt et sa sympathie pour elle s'éveillaient.

Mais la réalité se révéla bien différente de sa rêverie. Ce fut Baird qui les présenta ; et Miss Dale n'avait jamais été à Newham. Graecen fut déçu de l'entendre s'exprimer avec l'accent des plus pauvres faubourgs de Londres. Elle était effectivement convalescente, mais là s'arrêtait la ressemblance avec la jeune fille qu'il avait déjà épousée en imagination.

Virginia Dale était sténo-dactylo au ministère du Travail. Elle habitait avec sa tante à Golder's Green un petit pavillon jumelé. Le médecin lui avait conseillé un séjour à l'étranger parce qu'elle présentait des symptômes de tuberculose. « Une victime de l'intention inconsciente », dit plus tard Campion lorsqu'il entendit le récit de ses infortunes. C'était peut-être vrai. Quoi qu'il en soit, lorsque son fiancé mourut dans un accident d'avion en Grèce, Virginia commença à se désintéresser de cette vie où il devait jouer le rôle de libérateur. L'idée de continuer à vivre avec sa tante lui était intolérable, et elle tomba gravement malade.

Mais cela n'éclaircissait pas pour Graecen le mystère de l'anthologie de Gréville, anthologie où son œuvre se trouvait assez bien représentée. Il ne put cependant aborder ce sujet pendant les deux jours suivants, car il ne parvint pas à se trouver seul avec elle. Un après-midi enfin, il l'aperçut sur une chaise longue à l'arrière, et il aborda franchement le sujet.

« L'autre jour, lui dit-il, vous étiez ici avec un livre de poèmes. »

Miss Dale rougit jusqu'aux oreilles, comme s'il avait dit quelque chose d'indécent. Graecen poursuivit :

« Vous l'aviez ouvert précisément à la page d'un poème dont je suis l'auteur. Je me suis alors demandé si vous lisiez de la poésie pour votre plaisir, sinon, dans quel but précis. »

Miss Dale se passa la langue sur les lèvres et sourit.

« Je prépare mon brevet, pour entrer dans les postes. Parce que, voyez-vous, dans le travail que je fais maintenant, il n'y a pas d'avancement, pas de retraite, rien. A la poste, quand on arrive à un certain âge, on a une retraite. »

Elle dit cela avec une immense fierté de classe pauvre.

« Je n'ai pas de revenus personnels, vous comprenez ?

– Mais bonté divine, dit Graecen, à la fois chagriné que sa poésie serve à des examens aussi élémentaires, et flatté qu'elle figure à un programme d'examen tout court, bonté divine... (il faisait souvent usage d'expressions qu'il entendait dans la bouche de sa mère quand il était enfant), il faut donc apprendre mes poèmes pour obtenir un emploi dans les postes ? »

Miss Dale semblait toute confuse.

« Il me semble d'ailleurs qu'une jeune fille telle que vous devrait faire un bon mariage plutôt que de travailler dans les postes », ajouta Graecen par galanterie.

A sa grande confusion, cette remarque parut sur le point de lui tirer de nouvelles larmes. Il avait horreur des femmes pleurnichardes. Elle réussit cependant à se dominer ; mais toutes les fois qu'on parlait de mariage devant elle, cela lui rappelait Bob, dont la mort lui avait ôté le peu de courage qu'elle possédait. En fait, elle se rappelait qu'elle avait lu et relu le poème de Graecen avec un sentiment d'incompréhension et d'ennui de plus en plus grand. Peut-être, puisqu'il l'avait écrit...

« Peut-être accepteriez-vous de m'aider à préparer mon épreuve d'anglais ? Je trouve les poèmes de ce livre si difficiles. »

Quel auteur ne serait flatté qu'on lui demande une explication de ses propres textes ? Pour sa part, Graecen éprouva un grand plaisir à lire à Miss Dale *Les Vents de la Folie* de sa plus belle voix radiophonique, et plus encore à le lui analyser, à lui découvrir les subtilités syntaxiques qui en liaient les éléments, les rimes intérieures, les trouvailles rythmiques – bref tout ce qui faisait de ce poème une des plus tristes pièces d'anthologie de notre temps. Il était flatté d'avoir une auditrice si attentive et si modeste, et il prit Virginia Dale en main. Il ne se contenta pas d'expliquer ses propres œuvres, il lui fit goûter aussi les œuvres de ses contemporains – dont certaines lui étaient assez obscures. « Ce ne sera pas ma faute, se dit-il, si la pauvre fille n'a pas une bonne note en anglais. »

Ils doublèrent l'informe rocher de Gibraltar et pénétrèrent dans la Méditerranée.

La température devenait plus chaude, l'air plus doux. Les journées de grand ciel bleu commencèrent.

A Marseille, Campion monta à bord avec son sac à dos et son chevalet ; son arrivée fut une surprise pour Baird, qui se réjouit de le voir ; il le trouva vieilli.

« C'est drôle de vous trouver ici », lui dit Campion en le rencontrant dans une coursive comme il se rendait à la cabine qu'il avait réussi à obtenir, quelque peu irrégulièrement, grâce à un employé vénal d'une compagnie de navigation.

« Vous êtes bien la dernière personne que je m'attendais à voir ici », dit Baird en l'accompagnant jusqu'à sa cabine pour l'aider à s'installer. Après avoir ouvert son sac dont il extirpa un lot de vêtements sales, il sortit une brosse à dents et un tube de dentifrice et, tout en se brossant les dents, il expliqua comment il avait réussi à monter à bord de l'*Europa* sans déranger le commissaire ni se faire régulièrement enregistrer.

« Je ne vais qu'en Crète, expliqua-t-il. A propos, Baird, cela vous amusera peut-être de savoir que je suis toujours attaché à la Commission des Sépultures. Non contents de me trouver un bon petit boulot qui m'a sans doute empêché de me faire tuer pendant la guerre, ils me permettent de gagner ma vie en temps de paix. Je m'en vais peindre une rangée de tombes quelque part en Crète où une vingtaine d'imbéciles ont été enterrés après une opération aussi vaillante qu'insensée. Elle est bonne, hein ? Mais je peins comme un cochon, maintenant. Si seulement je ne me sentais pas dans un cul-de-sac. »

Il s'assit au bord de la couchette et alluma une cigarette. Puis il ôta son béret et se passa distraitement les doigts dans les cheveux.

« J'ai l'impression de m'éloigner de plus en plus de la race humaine, d'être perdu. C'est une étrange sensation. »

Ces propos éveillèrent l'intérêt de Baird. Campion siffla quelques mesures d'un air populaire et jeta un regard morne au tas de châssis entoilés qui gisait dans un coin de la cabine.

« Ce monde est bien triste », dit-il à la fin, comme si l'élan de franchise avait été suivi par une réticence plus digne de son interlocuteur.

« Et vous, qu'êtes-vous devenu ? dit-il en regardant les décorations de Baird. Vous avez gagné des médailles à ce que je vois. Et la croix de guerre. Eh bien, mon cher, j'en ai gagné quelques-unes, moi aussi. Je les portais dans mes fonds de culotte le jour de l'armistice, et j'ai toussé légèrement au Cénotaphe pendant la minute de silence. »

L'aversion que l'on pouvait éprouver pour Campion était toujours freinée, songeait Baird, par le souvenir de ses peintures d'une fraîcheur si puissante. Un artiste n'était peut-être pas fait pour être aimé, mais pour être toléré. Pouvait-on être un esprit supérieur sur un plan, et toujours en révolte contre les convenances et les croyances humaines sur un autre plan ? Ou mieux, peut-être, la partie créatrice de la vie n'était-elle pas... une sorte de plaidoyer *pro domo* qui révélait les pauvres limites de l'esprit humain ? Il n'aimait pas Campion. Et Campion, l'aimait-il ?

« Je sens que j'approche de quelque chose de bon, disait Campion. Quelque chose de plus grand que tout ce que j'ai fait jusqu'à présent. Cela vous rend toujours inquiet et mal à l'aise. Ce voyage m'épouvantait... une prémonition, le sentiment que quelque chose allait arriver. »

Il se leva brusquement et saisit son carnet de croquis et un crayon gras.

« Montons là-haut, dit-il. Je n'ai jamais vu la ville de la mer. »

Graecen éprouva une gêne quand on le présenta à Campion. Le petit homme paraissait si froid et violent, si tranchant ; il irradiait une sorte de puissance qui vous mettait en état d'alerte. Son œil vous scrutait, vous jugeait, vous devinait. On ne se sentait pas tranquille. On avait l'impression que son expérience de la vie l'autorisait, en vertu d'une sorte d'alchimie intérieure, à porter des jugements sommaires sur les individus. Il fut cependant porté à plus d'indulgence lorsque Campion déclara que le vieux Conklin était un âne. Il n'avait pas encore digéré son article sur *Syrinx*.

« Vous connaissez sans doute l'homme, dit Campion. Moi pas, mais j'ai conservé quelques-unes de ses critiques... il y a là-dedans des choses incroyables. Je me souviens d'un article qui débutait ainsi : « Si Dostoïevski était encore de ce « monde il serait catalogué comme non Anglais « aussi bien qu'instable. La veine de cruauté per- « sistante dans son œuvre nous laisse malheureu- « sement à penser qu'il fut homme à mettre son « cœur sur le carreau. »

Graecen rit poliment. Il était heureux de voir que Campion voyait en Conklin un critique de troisième ordre. Il fut flatté lorsque Campion esquissa son portrait alors qu'il était assis en train de lire. Les petits doigts nerveux couraient sur le papier comme des pattes d'araignée, précis et délicats tout à la fois. Ses yeux n'étaient plus que deux fentes. Graecen, dont le goût en matière de peinture et de sculpture était beaucoup plus sûr qu'en matière de livres ou de personnes, connaissait et estimait l'œuvre de Campion. Lui aussi se demandait comment un homme aussi violemment anticonformiste pouvait créer une œuvre dont l'innocence et la puissance sereine semblaient à l'opposé de sa nature troublée, obscure et révoltée.

Ce soir-là, Campion se coucha très tôt, après avoir pris trois cachets d'aspirine. C'était toujours la même chose. L'image de Francesca qu'il avait abandonnée le tourmentait. Et cependant il s'était fait une règle de rompre à n'importe quel moment toute attache avec ses femmes, quelque chagrin qu'il lui en coûtât ou qu'il infligeât. Le télégramme était à peine arrivé de Londres qu'il sentit que le nuage qui avait obscurci sa vision pendant des semaines se dissipait. Il devait partir sur-le-champ. Marseille n'avait plus aucune saveur pour lui. Il lui fallait une fois de plus abandonner une vieille peau pour se plonger dans une nouvelle vie. Il y avait un certain nombre de problèmes à résoudre, et la Crète serait un admirable terrain d'opérations. Cette décision avait été si rapidement et si aisément prise qu'il se demandait s'il avait été vraiment nécessaire que le télégramme arrivât. N'aurait-il pas pu y penser lui-même ? Non, la vie elle-même était une entrave ; avoir une femme et un atelier était une entrave ; il fallait parfois une secousse venue de l'extérieur. Comment pouvait-il dire cela à Francesca, qui était sa maîtresse depuis un an déjà ? Pour que sa décision devienne une détermination, il avait traversé la rue Pigalle et s'etait rendu tout droit à l'agence maritime. Justement, l'*Europa* faisait escale le soir même. C'était en réalité un paquebot de croisière, mais il était à moitié vide, et moyennant un petit pourboire il pourrait avoir une cabine...

Francesca s'affairait dans la cuisine encombrée d'assiettes et de casseroles. Il jeta son béret sur la table et admira un instant sa belle silhouette de pouliche et ses jolies jambes. Elle avait dû passer la matinée à repriser ses vêtements – la veille il lui avait fait une scène à ce propos ; et elle avait dû faire aussi ces petits gâteaux de sésame qu'il lui avait réclamés... Il s'assit d'un air sombre et se plongea dans le journal, lisant avec application le récit d'un meurtre. C'était comme s'il n'avait rien d'autre à faire dans la vie que de rester assis là, remuant les lèvres en déchiffrant les mots français qui lui étaient peu familiers et laissant leur signification imbiber lentement son cerveau.

« C'est toi, Campion ? » dit-elle de sa voix musicale du fond de la cuisine.

Il grogna. Il n'accordait à personne le droit de l'appeler autrement que Campion. Il posa le journal et se mit à examiner d'un air grave et absent la toile accrochée au mur. C'était un paysage d'Arles que Francesca aimait. Elle avait insisté pour le garder. Une paysanne assise à la porte d'une cabane. Un arbre. C'était une composition parfaite, réalisée avec une grande économie de moyens, une grande concentration. Qu'est-ce que Francesca pouvait bien lui trouver ? Il ferma à demi les yeux, pour mieux juger le bleu du mur contre les tons de rose presque nacré de la robe de femme. Sans bouger de place, il se racla la gorge et dit, d'une voix parfaitement claire :

« Francesca, je pars ce soir pour l'Angleterre. »

Elle s'approcha de lui, inquiète, une assiette à la main. Il continua à regarder la toile, concentrant toute son attention sur elle. Elle posa son assiette et dit :

« Mais Campion... »

Il ressentit un léger picotement de compassion,

mêlé d'un immense dégoût. Pourquoi diable avait-on besoin des femmes ? Pourquoi se créait-on des liens qui vous devenaient intolérables ?

« Je dois partir, s'entendit-il dire d'un ton sans réplique. Aide-moi plutôt à faire mes bagages. »

Elle vint jusqu'à lui et, lui prenant la tête entre ses mains, plongea son regard troublé dans ses yeux bleus durs comme des pierres.

« C'est vrai ? » demanda-t-elle.

On ne pouvait jamais être sûr. Campion menaçait toujours de la quitter pour un oui ou pour un non.

« Ma mère est morte, dit Campion (et cette remarque lui parut d'une drôlerie presque irrésistible, mais sa voix garda cependant son calme de plomb) ; je dois partir ce soir. »

Ils se regardèrent un long moment. Puis elle se pencha et l'embrassa sur la bouche, essuyant ensuite soigneusement les traces de son rouge à lèvres avec le coin de son tablier.

« Ce n'est pas vrai, dit-elle lentement et tristement. Ce n'est pas vrai. Tu me quittes. »

Il avait l'impression d'avoir déjà joué cette scène des dizaines de fois, dans des dizaines de langues différentes. Francesca était une belle et charmante créature, mais il n'était pas plus facile de se débarrasser d'elle que de cette fille de Syrie, ou de cette autre de Paris. Vraiment ? Francesca s'assit en face de lui et posa son menton dans le creux de son coude. Il cessa de la regarder pour reporter de nouveau toute son attention sur la toile au mur. Alors elle éclata en sanglots, puis elle s'essuya les yeux avec son tablier. Campion serra les poings. Voilà que cela venait.

« Pourquoi ? dit-elle.

– Ma mère est morte, dit-il en refrénant une envie de rire.

– Ta mère est morte il y a des années. Tu me l'as dit.

– J'ai menti.

– C'est parce que le dîner n'était pas prêt ?

– Non.

– Parce que je n'ai pas recousu tes sandales ?

– Non.

– C'est parce que tu en as assez de moi ?

– C'est parce que ma mère est morte », dit Campion avec une dignité glaciale.

Il tira de sa poche le télégramme du ministère de la Guerre et le posa sur la table. Francesca se pencha pour l'étudier, et Campion admira une fois de plus sa gorge blanche, et son beau port de tête. Comme Francesca ne savait pas l'anglais, il pouvait lui montrer impunément le télégramme. Et il se mit à observer sa pose avec la même concentration que pour la toile accrochée au mur. Il suivit lentement du regard la courbe douce et ferme de son menton et de sa large bouche. Elle avait été une merveilleuse compagne au lit. Et une excellente ménagère. Pourquoi ne l'emmenait-il pas avec lui ? Ce n'était pas parce qu'il était fatigué de la personne de Francesca, mais parce qu'il était fatigué de toutes les femmes – il en avait soupé de la race femelle, se disait-il. Quant à Francesca, s'il la rencontrait en débarquant à l'autre bout, il y avait de grandes chances pour que tout recommençât avec elle. C'était une belle créature. Mais il ne voulait plus être embêté. En s'asseyant dans l'inconfortable fauteuil en osier, il sentait sa liberté lui échapper de seconde en seconde. Pourquoi les femmes ne comprenaient-elles pas que tout ce qu'il attendait d'elles c'était leur amitié... (et leur cuisine ?). C'était assez raisonnable. Mais elles considéraient que le fait de coucher avec un homme leur donnait le droit de l'enfermer dans la petite orbite d'une vie domestique régulière et bornée. Campion se prit tout à coup à désirer être un homme d'intérieur – un mari, un père, un marguillier. N'importe quoi pour briser la monotonie de cette vie. Mais pas ici ; pas maintenant ; pas avec Francesca.

Il se leva brusquement et se mit à entasser ses vêtements dans son sac, tandis qu'elle s'asseyait, le visage encore rouge de la chaleur du fourneau, en pleurant doucement et en répétant, pour elle-même, à voix basse :

« J'comprends pas pourquoi, j'comprends pas pourquoi. »

(« Oh ! tais-toi, tais-toi... » Il était déjà tout entier tendu vers la fuite, la traversée, la Crète. Il n'était jamais allé en Crète. Il refréna une envie de siffler. Francesca ne faisait pas la scène qu'il avait prévue ; s'il n'y prenait garde, elle risquait de se mettre vraiment en colère. Il était donc plus sage de ne pas siffler et de ne pas chanter avant d'être arrivé dans la rue. Pourtant, comme elle était jolie ! Quel bel animal à la peau brune et aux yeux noirs...)

Quand tout fut prêt, son chevalet plié, son sac bourré, il s'approcha d'elle.

« Francesca, ma chérie. »

Elle continua à sangloter d'une voix étouffée, le visage douloureux, tournée vers le mur comme si son chagrin n'appartenait qu'à elle et n'avait rien à voir avec l'homme qui la regardait. Une douleur intime, comme une rage de dents, si aiguë qu'elle pouvait à peine lever la tête pour répondre. Il posa sa petite main froide sur son cou, et lui frotta doucement la nuque, à l'endroit où ses cheveux noirs dessinaient un V. Voilà ce que l'on gagnait, songea-t-il, à s'abandonner au plaisir de la main et de l'œil – pour ne rien dire des plaisirs de l'esprit et du corps. Il remonta sa montre-bracelet, en lui parlant d'une voix douce, apaisante.

« Ne pleure donc pas, lui répétait-il. Je reviendrai dans un mois. Tu sais bien que je reviendrai. »

Francesca ne faisait plus attention à lui. Elle restait immobile sur sa chaise, en se balançant doucement et en geignant comme un enfant à qui l'on vient de briser son jouet. Campion ôta son béret et l'épousseta, resserra la bride de ses sandales, et hissa son sac sur la table. Comme il passait les bras dans les sangles, une vague de compassion déferla en lui. C'était cruel de la quitter comme cela ; après tout, il l'avait arrachée à sa famille, l'avait engrossée, détachée de la vie ordinaire. Sa famille n'accepterait jamais de la reprendre. Et elle avait été une bonne compagne – pas comme ces filles anglaises dont la sexualité était aussi poétique qu'une page d'encyclopédie médicale. Francesca était une nymphe comparée à bien d'autres femmes qu'il avait aimées. Elle méritait bien un peu de considération. Mais dans un coin de son esprit se formait avec obstination l'image de l'*Europa* qui allait accoster dans une demi-heure, et l'employé de la compagnie lui avait bien recommandé de ne pas être en retard. Il se redressa, son sac sur le dos, prit son chevalet et son paquet de toiles et regarda la jeune femme qui n'avait pas bougé de sa chaise ; mais ses larmes avaient cessé de couler. Elle lui tournait le dos, les bras sur les genoux, les épaules accablées. Que pouvait-il lui dire ? Il se racla la gorge, et puis décida qu'il n'avait rien de particulier à lui dire. Il avait promis de revenir. C'était prodigieux comme les femmes voyaient au premier coup d'œil si vous mentiez ou non. Il avait quelques billets en vrac dans sa poche – environ mille francs ; une belle somme, en fait. Il les déposa sur la table en disant :

« Tiens, je t'ai laissé un peu d'argent pour que tu puisses te débrouiller en attendant mon retour. Je te téléphonerai de Londres, Francesca. »

Elle ne dit rien. Elle semblait en transe. Il ouvrit lentement la porte en espérant que le grincement l'éveillerait de sa torpeur. Il n'en fut rien.

« Eh bien, au revoir, dit-il avec un tel soulagement qu'il eut honte du son de sa voix. Au revoir ! »

Il descendit l'escalier quatre à quatre et courut encore dans la rue un moment ; puis il ralentit et se mit à siffler en éprouvant un sentiment de liberté et d'indépendance démesuré. Ses yeux s'emplirent de la vision des rues, s'enivrèrent de couleurs et de volumes, comme s'il ouvrait les yeux sur le monde pour la première fois. Il se mit à fredonner :

Aux bidets noirs
Grosses comme des poires
Du Languedoc, du Languedoc
Les couillons d'un cocu cocu cocu
Tirra lirra lirra bim bim bim...

V

FEARMAX

« MONSIEUR FEARMAX ? »

Fearmax s'arracha aux préoccupations qui l'absorbaient la plus grande partie de la journée – qu'il passait allongé sur sa couchette – et tourna lentement la tête. C'était Campion qui entrait dans sa cabine.

« Oui, dit-il.

– J'ai appris votre nom par Baird. Je me demandais si vous étiez le même Fearmax qui donnait des séances à Euston Road avant la guerre ? »

Fearmax fixa sur son visiteur un œil vague et ennuyé. Campion poursuivit, avec la plus grande politesse :

« Non que j'aie jamais assisté à aucune d'elles, mais j'en ai vu les annonces dans les hebdomadaires ; et quelque temps plus tard, j'ai lu une série d'articles dans un journal intitulé *L'Occulte,* qui m'ont paru tout à fait extraordinaires. »

Fearmax fit un geste de la main pour le prier de s'asseoir.

« S'agit-il bien de vous ? »

Fearmax tenta de s'asseoir, mais sa lassitude

était trop grande. Il se contenta de se retourner et de se soulever sur un coude.

« C'est moi, Olaf Fearmax, dit-il lentement, d'une voix cassée. Vous avez dû voir dans mon exposé les élucubrations d'un charlatan. Oui, c'est bien moi qui ai écrit ces articles, et c'est bien moi qui ai donné ces séances à Euston Road. »

Campion rétorqua d'une voix sèche :

« Je m'appelle Campion. Je suis peintre. J'ai découpé ces articles et je les ai gardés des années avec moi. J'ai une grande dette envers vous, pour cette théorie de la réalité que vous avez avancée. »

Fearmax fronça le sourcil, puis sourit ; un sourire polaire d'apathie et d'indifférence.

« J'en suis heureux », dit-il.

Campion alluma une cigarette.

« A l'époque, je sortais de ce que vous appelez le premier état astral, et j'entrais dans le second. Je pensais si bien comprendre ce dont vous parliez que je désirais vous rencontrer. Je vous ai écrit une lettre. »

Fearmax fronça de nouveau les sourcils.

« On reçoit tant de lettres, dit-il. Je m'excuse de ne pas vous avoir répondu. »

Campion balaya l'air de sa main pour montrer que cela n'avait aucune importance. Son visage s'animait, et ses yeux étincelaient.

La théorie de la double polarité vie-mort est une chose que j'ai expérimentée moi-même, dans ma propre existence. Vous vous rappelez ? Lorsque le principe de mort s'impose dans notre vie, la réalité elle-même se retourne comme un gant, de sorte qu'au lieu de s'en détacher on commence à la fabriquer, comme un ver à soie qui travaille dans son cocon. »

Fearmax s'assit et se mit à bâiller.

« J'étais plus jeune alors. Je me croyais original. Je n'avais pas encore lu les Chinois, ni même les cabalistes du Moyen Age. Vous êtes peintre, n'est-ce pas ?

– Oui, dit Campion. Je mets dans la peinture tout ce que j'ai dans le ventre – et pourtant c'est la partie la plus infime de moi. »

Il posa ses mains sur ses genoux, précautionneusement, comme pour garder son équilibre pendant qu'il parlait de ces choses vertigineuses.

« J'ai parcouru le cycle que vous mentionnez, dit-il, mais je commence à me demander si votre théorie couvrait l'ensemble de l'expérience, ou seulement une partie. Quand on commence, dites-vous, la réalité est tout ce qui est à l'extérieur ; quand le principe de mort se met à germer, d'abord comme une idée consciente, puis comme une prémonition fugitive, et enfin comme quelque chose qui dépasse tout cela – lorsque cela arrive, la *nature fondamentale de la réalité* est changée. L'individu est fixé dans sa destinée et commence irrésistiblement à fabriquer son propre mythe personnel, sa réalité. Autour de lui se développe petit à petit une sorte d'ectoplasme mythologique qui anime ses actes et ses paroles. Le cocon se forme, dans lequel son moi... disons immortel, faute d'un meilleur terme, se trouve enfermé. Entre-temps son attitude en face de la vie et de la société commence à être irrévocablement fixée, comme un os atrophié. Ce qu'il fait, il est *obligé* de le faire par la nature même de son rôle créateur de mythes. Comme disait Luther : « Je suis ici. Je ne peux rien faire d'autre. »

En disant cela, Campion écarta les bras, tandis qu'une expression douloureuse se peignait sur son visage. Fearmax se sentit tout à coup rajeuni de dix ans. Ses yeux s'animèrent, et un sourire détendit sa bouche amère, ses yeux enfoncés dans leurs orbites trop sombres.

« Comme vous avez bien résumé la chose ! »

Campion poursuivit comme un fleuve en crue, oubliant presque qu'il avait un auditeur.

« C'est alors que vous commencez à relâcher les liens des devoirs et des obligations. Si vous étiez mari, amant, ou banquier, vous renoncez à votre rôle pour vous retirer plus complètement sur la scène de votre mythe personnel. Vous condensez et épurez. Et lorsque vos amis viennent vous prendre la main et vous rappeler des incidents vieux de dix ans, vous vous demandez s'ils se rendent compte qu'ils parlent à un cadavre. »

Il se passa la langue sur les lèvres et écrasa son mégot par terre.

« A moins, dit Fearmax, que vous n'acceptiez avec soumission, joyeusement, ce qu'on attend de vous, assuré que votre univers vous appartient, même s'il se limite à une coquille de noix, même s'il est circonscrit par le mariage ou le calendrier. Joyeusement, monsieur Campion, joyeusement. Mais quel rapport cela a-t-il avec votre peinture, si je puis me permettre cette question ?

– Précisément, dit Campion. Cela n'a aucun rapport avec elle – ni avec tout le reste. Peindre avec la main et avec l'œil est une chose. Peindre avec le plaisir de l'âme est une chose toute différente. De toile en toile, je tisse mon propre mythe. Cela est si clair et si évident que cela m'effraie. Je ne me tourmente pas pour ce que je serais incapable de dire, mais pour ce que je révélerai et qui m'est inconnu. Et pourtant le mouvement est irrésistible. Je suis obligé de me séparer des gens et des circonstances parce que, tel un lépreux, j'ai peur de les contaminer. »

Il se leva et se mit à marcher de long en large, en se frappant de temps en temps le genou avec un journal dont il avait fait un rouleau. Fearmax l'observait avec curiosité. Il lui rappelait ses années de recherches et de tourments à Exeter, avant qu'il ait trouvé ce qu'il crut être son véritable métier. Il y avait quelque chose de très séduisant dans l'attitude directe et intransigeante de Campion.

« Asseyez-vous, dit-il lentement. Et si cela ne vous ennuie pas, je vais vous parler de ce que fut ma vie. Vous pourrez comparer l'expérience, sinon les événements, avec la vôtre. Nous y verrons peut-être plus clair. »

Fearmax était le type même du provincial autodidacte. Orphelin, il avait passé toute sa jeunesse dans la boutique d'un libraire d'Exeter. Son enfance, entre les grilles rouillées et les buissons rabougris d'un triste orphelinat de province, n'avait présenté d'autre trait remarquable qu'une certaine prédisposition aux crises d'épilepsie, et quand il eut treize ans ses gardiens ne furent que trop heureux d'être débarrassés de cet enfant maladif ; la nourriture et le traitement spécial recommandés pour lui par un brave médecin de quartier n'étaient pas de ceux qui sont en usage dans une semblable institution. Il n'eut pas à se plaindre de mauvais traitements, mais l'indifférence qui l'entourait lui était plus insupportable que la cruauté. Et personne ne lui avait appris à sourire ; il en eut la révélation le jour où il aperçut son visage dans la grande glace d'un hôtel d'Hastings, après un de ses premiers triomphes de médium. Il se vit pâli, desséché par vingt ans de lecture et de concentration, les lèvres tordues par un rictus sans joie, un simulacre de sourire qui tentait maladroitement de percer la maigre armature de peau et d'os qui constituaient sa face.

A treize ans, la librairie lui parut un endroit passionnant. Le seul livre qu'il avait vu jusqu'alors était la Bible de l'orphelinat, attachée par une chaîne à un aigle de bois de la chapelle, et où le révérend Dohgerty lisait aux enfants, le dimanche, des passages déclamatoires et rébarbatifs. Sa voix se déchaînait comme une rage de dents à travers les visions de saint Jean ou les effroyables listes de prohibitions accumulées dans le Lévitique.

La librairie était un autre monde. Il y avait des livres pleins de dessins et de gravures, des livres d'histoire, de science et de topographie ; des livres d'enfants et des romans aux couvertures séduisantes. Le libraire était un brave homme corpulent qui dissimulait son sentiment d'échec sous une fausse bonhomie à la Pickwick. Il se montra bon pour l'enfant, lui procura un logement, lui apprit le métier ; il l'envoyait passer chaque année une ou deux semaines de vacances à la campagne et l'invitait chez lui pour Noël. Fearmax était au septième ciel. Son salaire lui permettait tout juste de se nourrir et de se loger, mais la liberté de cette nouvelle vie le stimulait. Il n'avait pas d'amis, mais les rues et la ville s'offraient à son exploration, et il avait tous les livres qu'il désirait à sa disposition. Il atteignit ainsi sa dix-huitième année ; c'est alors que la fièvre d'une adolescence retardée commença à le travailler. Allait-il passer toute sa vie dans la boutique d'un libraire de province ? Il n'avait cependant ni espoirs ni projets, pas l'ombre d'un programme qui lui permît de changer d'existence. Ses lectures étaient en grande partie responsables de cet état de choses : son esprit avait commencé à l'entraîner vers d'étranges spéculations ; très vite lassé de romanesque, il avait commencé à s'abreuver aux sources de l'insolite et de l'occultisme. A l'âge de vingt et un ans, il avait déjà absorbé des monceaux de volumes singuliers, et son esprit vivait dans une jungle de plantes mal cultivées – philosophies aux fleurs inquiétantes et systèmes avortés, tels que la Christian Science ou la Théosophie. Il était tenaillé par une faim dévorante pour quelques textes illuminants qui expliqueraient non seulement le mystère du monde qui l'entourait, mais aussi sa propre existence dans ce monde. Que faisait-il sur terre ? Comme il n'avait pas d'amis avec qui partager ces questions, il ne lui restait à consulter que le grenier poussiéreux de la boutique. Il devait bien se trouver parmi ces milliers de livres quelques fruits de la raison intuitive qui l'aideraient à se découvrir. Ce fut à cette époque qu'il prit conscience de sa solitude ; jusque-là il n'avait pas reconnu le sentiment de torpeur paralysante qui remplissait sa vie d'une angoisse inexprimée. La nuit il parcourait les rues pluvieuses de la ville, enveloppé dans sa vieille pèlerine, son capuchon rabattu sur les yeux, jouant avec les manettes des distributeurs de cigarettes vides ou étudiant longuement son image dans les vitrines. La solitude de son esprit était si grande qu'il n'eut jamais le désir de posséder de l'argent ou une femme. Sa chambre poussiéreuse bourrée de livres ne différait de sa boutique poussiéreuse et bourrée de livres que par la présence d'un bain de siège, d'un pot de chambre et d'un lit en fer. Levé à cinq heures, il versait sur son corps maigre un pot d'eau glacée et, à sept heures, été comme hiver, il retirait les volets de bois de la librairie. Dans son travail, il était ponctuel, diligent et peu loquace. Mais il passait tous ses instants de liberté à lire sur le petit bureau près de la fenêtre crasseuse. Il voyageait au Tibet avec Huc et Gabet, tentait de déchiffrer l'alphabet de pierre des Incas avec Fédor, se passionnait pour les coutumes et les paraboles africaines avec Frobenius ; Nostradamus, les incunables, les livres prophétiques et rituels, tout l'attirait, et tout le désappointait. Parfaitement immobile sur son tabouret à trois pieds, les épaules voûtées, la tête appuyée contre un bras maigre sortant d'une manche de chemise élimée, il lisait jusqu'au vertige.

« Pourquoi lisez-vous tant ? lui demanda un jour le libraire. Vous ne paraissez pas y prendre plaisir ? On dirait que vous préparez un examen. Les livres sont faits pour le plaisir, vous savez. »

Cette remarque le frappa. Le plaisir ! Prenait-il plaisir, au sens strict du terme, à ses lectures ? Qu'était le plaisir ? Il dévorait comme un animal affamé. A trente ans il était devenu un charnier d'espoirs desséchés. Que cherchait-il dans les écrits des autres ? Ni le plaisir, ni la connaissance, ni l'illumination ne semblaient être à l'origine de cette faim – mais quelque chose qui devait être la synthèse des trois. Ni la vérité, ni la beauté, mais un Quelque Chose qui lui donnerait une assise, qui jetterait un pont entre l'univers de lumière et de matière, et le petit univers limité du monde où il vivait – les deux pièces bourrées de livres reliées par des rues lugubres, suffocantes de pluie et de brouillard.

Ce fut vers cette époque que le vieux prédicateur méthodiste vint un jour acheter des livres à la boutique. Fearmax entendait les marches grincer sous son pas pesant, et sa jambe de bois frapper le linoléum de l'étage supérieur. Il déposait son livre et attendait que la porte s'ouvre et laisse entrer la corpulente silhouette aux cheveux gris. Snowden était un curieux personnage, mais un bon client. Il s'appuyait sur sa canne et regardait Fearmax un moment sans rien dire ; puis il tirait sa tabatière, prenait une pincée de poudre entre son pouce et son index déformés par les rhumatismes, sortait de la poche de son gilet un papier plié en quatre et déclarait en tendant sa liste :

« Je veux tout ce que vous avez sur ce sujet-là. »

Il devait être riche, car il pouvait acheter tous les livres qu'il désirait sans regarder à la dépense. Il semblait toujours sur le qui-vive, toujours insatisfait, et Fearmax croyait reconnaître une certaine analogie entre cette attitude et son propre état d'esprit.

« Jeune homme, lui dit-il un jour, vous me prenez certainement pour un fou. Je n'achète pas des livres pour une bibliothèque, je les lis tous. Oui, même le *Rameau d'Or* et autres ennuyeuses absurdités. Lire, c'est comme un ver dans la moelle. »

Il fit quelques pas en avant, et fixa le jeune homme de ses yeux bleus et innocents.

« Un ver dans la moelle », répéta-t-il dans un murmure.

Fearmax lui avança une chaise et, lui prenant sa liste des mains, escalada une échelle et se mit en chasse. Comme d'habitude il y avait des titres tout à fait insolites : *Le livre des Morts égyptien* de Budge, Evans-Wentz, la brochure de Férier sur le culte du héros, *De la Prière* de Pamfrey, les *Sermons* de Donne. Le vieil homme sur sa chaise se mit brusquement à parler.

« Vous penserez peut-être que j'ai perdu ma foi. Eh bien, vous ne vous tromperez pas. Et après cinquante ans de ministère, et alors que je suis au bord de la tombe... »

Fearmax se retourna sur son échelle et le regarda bouche bée. Snowden regardait dans le vide. Ses cheveux lançaient des éclairs d'argent quand les faibles rayons du soleil les effleuraient. Il sourit.

« On arrive au bout de sa vie pour s'éveiller un beau jour avec le sentiment que quelque chose ne va pas. On a brusquement l'impression que toute une région de la connaissance vous a échappé. Après tout, que suis-je ? Qu'ai-je prêché pendant toutes ces années ? Je suis un médecin des âmes, n'est-ce pas ? Donc un spécialiste du péché ? Et que sais-je du péché ? L'ai-je exploré ? Suis-je entré dans le monde réel et l'ai-je transformé en tous points, en sorte que ce que je possède m'appartienne par la vertu de l'expérience, et ne soit pas une pure incantation algébrique apprise au catéchisme ? Voilà les questions que vous finirez par vous poser un jour ou l'autre – et j'espère que vous n'attendrez pas d'être aussi vieux que moi. »

Il se leva et s'approcha du pied de l'échelle en claudiquant.

« Avez-vous jamais vu un ministre de Dieu qui découvre un beau jour que la prière ne sert à rien ? demanda-t-il d'un ton de surprise naïve. Eh bien, en voici un. »

Fearmax descendit lentement l'échelle, les livres sous le bras. Il était trop médusé pour parler.

Snowden prit les livres et examina lentement les titres, avec grand soin. Puis il partit sans dire au revoir. Quelques semaines plus tard, Fearmax apprenait sa mort. La notice nécrologique du journal mentionnait simplement que sa femme était morte l'année précédente, et qu'il vivait retiré dans une maison de campagne à quelque distance de la ville, après avoir exercé son ministère pendant cinquante ans.

Ce fut également vers cette période que sa vie prit une orientation nouvelle. Une nuit d'été qu'il ne pouvait pas dormir – il avait alors trente-huit ans – sa main prit un crayon et se mit à écrire, sans que sa volonté intervienne, dans les marges d'un livre, des mots et des phrases sans suite. Au matin, il eut brusquement conscience qu'après toutes ces années de recherche et d'angoisse, il venait de lui échoir un don, un talent particulier.

Il n'ignorait pas le phénomène de l'écriture automatique pour avoir lu des ouvrages sur ce sujet, mais il ne voulait y voir qu'une forme d'auto-intoxication volontaire. Il s'était senti particulièrement las ce jour-là, après un voyage en autobus dans la campagne où il était allé acheter une collection de livres appartenant à un avocat décédé. Le lendemain et les deux jours suivants le phénomène ne se reproduisit plus. Mais il avait pris soin de placer un bloc de papier et un crayon au chevet de son lit, et le quatrième jour sa main se remit à courir sur le papier ; et ce qu'elle écrivait avait un sens. C'était un long message, d'une grande écriture quelque peu désarticulée qui ne ressemblait en rien à la sienne, d'une femme à son mari. Il réfléchit toute la journée à ce troublant phénomène.

Fearmax continua l'expérience pendant plusieurs semaines avant de s'en ouvrir à un libraire voisin, qui se disait médium. Celui-ci l'encouragea à poursuivre l'expérience, ce qu'il fit avec joie, et avec le sentiment merveilleux qu'il était en train de découvrir sa véritable voie. Le fruit de ces mois d'expériences est relaté dans une courte brochure qui est devenue une petite rareté bibliographique : *Nouveaux Essais de Goldsmith.* Son cœur était devenu plus léger, son intelligence plus vive. Il se mit à fréquenter la société psychique locale qui se réunissait tous les mois, et dont les membres se livraient avec zèle à l'écriture automatique et aux messages par planchettes et recevaient des médiums de passage ; au cours d'une de ces séances, Fearmax tomba brusquement en transe et se mit à parler au nom d'un esprit qui déclara s'appeler « Marie de France ». Elle devait acquérir une certaine célébrité et le lecteur se rappellera peut-être que ce fut elle qui prédit non seulement la date de l'abdication d'Edouard, mais également la date exacte et la cause de la déclaration de la guerre.

Son premier message ne fut pas d'un intérêt particulier, mais il permit à Fearmax de trouver l'exutoire nécessaire à son énergie nerveuse. Son esprit se mit à jouer avec ces études comme un miroir ardent. Il découvrit que la solitude et la concentration lui avaient donné une remarquable maîtrise de soi et bientôt il fut capable de se mettre en état de transe à volonté, et d'établir le contact avec la voix désincarnée dont les messages devaient susciter un tel intérêt parmi le grand public.

Sa renommée croissante allait lui permettre de se libérer des contraintes de la librairie. Il parcourut l'Angleterre, donnant des conférences et des séances sur invitation dans de nombreuses villes. Partout où il allait, « Marie de France » le suivait docilement, et tout aussi docilement répondait à ses questions, si banales fussent-elles. Il ne connut qu'un échec notoire : cela se passait à Hastings. « Marie de France » refusa de se manifester, mais délégua à sa place un représentant peu satisfaisant appelé « Raja Patma », qui l'informa que « Marie de France » ne pouvait pas supporter cette ville où elle avait passé sa lune de miel lorsqu'elle était de ce monde. Mais Fearmax était également devenu un remarquable conférencier. Il avait soigneusement modelé son accent sur celui des speakers de la B.B.C., s'était acheté une cape de velours nouée au cou par un cordon de soie rouge, et coiffait ses cheveux déjà grisonnants en arrière. Chaque succès augmentait sa confiance en lui, et il cessa une fois pour toutes de gaspiller son énergie à des lectures aussi vastes que stériles et à de vaines spéculations. Pour lui rendre pleinement justice, il faut ajouter qu'il sentit pour la première fois qu'il avait découvert la signification de sa tendance persistante à l'épilepsie. C'était certainement le flux magnétique de ce remarquable don qui lui parlait à travers le barrage de livres qu'il avait dressé pour le contenir. Dès lors, sa santé s'améliora.

« Mr. Olaf Fearmax, le Médium d'Exeter. » La presse le soutenait, imprimant presque toutes les prophéties de « Marie de France » concernant les gagnants aux courses, les incendies ou les dégringolades en Bourse. Fearmax fut mis à l'épreuve par la *Société Royale des Sciences Occultes,* et il s'en tira tout à son honneur, en dépit de sa nervosité lorsque « Marie de France » se manifesta. Mais l'esprit était dans une forme éblouissante. « Marie de France » ne se contenta pas de transmettre des messages d'Edward Gibbon et de Ramon Novarro à ceux de leurs descendants qui pouvaient être encore vivants : elle laissa encore les « matérialisations » très nettes de ses petites mains replètes sur une couche de paraffine liquide.

En rentrant ce jour-là à Gray's Inn Road où il avait récemment loué un petit appartement, Fearmax sentit qu'il avait réalisé toutes ses ambitions. Les séances répétées imposaient peut-être à son système nerveux une tension qui risquait d'ébranler son équilibre. Mais il avait une mission.

Et petit à petit, il comprenait que « Marie de France » et la manière qu'elle choisissait de se présenter au monde constituaient un commentaire sur la nature de la réalité elle-même. Qu'était une matérialisation ? S'il y avait assez de chair en elle pour que sa main puisse laisser une empreinte dans la paraffine, comment se faisait-il que cette main dont il sentait si souvent la pression sur son épaule, ne possédât ni os ni muscles et ne pût être touchée ni tenue ? Comment pouvait-elle apparaître parfois, dans la très basse lumière rouge d'une salle où se déroulait la séance sous la forme d'une jeune femme forte et de belle prestance, vêtue d'une robe du soir à fleurs rouges, les mains tendues en avant, sous son cœur, à la manière des chanteuses d'opéra ? Comment cela se pouvait-il ? Pourquoi ne franchirait-elle pas un beau jour le pas de sa propre dimension, enrichie par sa connaissance des deux mondes, pour devenir sa compagne dans celui-ci ?

Il sourit tristement et se tourna vers de plus urgentes préoccupations. Il devait faire une tournée en Amérique. « Marie de France » traverserait-elle l'Atlantique pour se manifester aux citoyens de Chicago et de Detroit ? Ou peut-être, à la façon de certains vins français, ne supporterait-elle pas le voyage ? Assis devant un verre de lait chaud, ce soir-là, il eut une idée.

Il devait réaliser quelques expériences privées pour le compte d'un jeune docteur, Edward Grew, qui s'intéressait beaucoup aux changements physiologiques et psychologiques d'un sujet en état de transe. Il demanderait à « Marie de France » de lui envoyer son petit chat noir – le petit chat sans lequel, semblait-il, elle avait du mal à accomplir le grand cycle d'évolution dans le monde spirituel. Le lendemain, Fearmax ne fut pas étonné de sentir le corps chaud et soyeux d'un petit chat sur ses genoux tandis qu'il parlait, mais il éprouva une profonde surprise lorsque, ainsi qu'il avait été prévu, Grew le fit sortir de sa transe et lui montra ce qui était à tous égards un *véritable* petit chat noir. La sueur inonda ses rares cheveux gris sur son crâne. Il s'était passé quelque chose, mais ils ne pouvaient déterminer si c'était par la faute de ses mauvaises intentions ou d'une négligence de la part de « Marie de France ». Durant les quelques jours suivants, Fearmax fut tourmenté par un phénomène dont il n'avait encore jamais fait l'expérience : c'était un bruit, comme une fenêtre qui battait au-dessus de sa tête, et une voix qui commençait à parler, puis s'étouffait en un murmure. Nul mot n'était articulé, mais le son qui sortait d'une gorge invisible était indubitablement produit par de l'air traversant un larynx. Cela se reproduisit plusieurs fois, et souvent dans des lieux publics. Il semblait être le seul à l'entendre. Et durant cette période il ne fut plus en mesure d'établir le contact avec l'esprit-guide. Quant au petit chat qui s'était « matérialisé », Grew l'emporta dans son laboratoire pour l'examiner, et sa réalité ne fit plus aucun doute. Qu'est-ce que tout cela pouvait bien signifier ?

Le dimanche suivant « Marie de France » rétablit le contact et parut être dans un état d'agitation extrême. Son petit chat, disait-elle, avait « glissé ». Elle ne pouvait vivre sans lui. Il fallait absolument qu'elle le retrouve. Son chagrin la rendait incohérente. Ce soir-là Grew et Fearmax anesthésièrent le chat au chloroforme et l'enterrèrent dans le jardin, et pendant quelque temps les choses reprirent leur cours normal. « Marie de France » traversa l'Atlantique et elle enthousiasma les publics américains.

Mais cela ne devait pas durer toujours. Au bout de quelques années de pratiques lucratives, Fearmax constata que son esprit-guide lui était moins fidèle. A plusieurs reprises elle refusa de se manifester, et il se trouva alors aux prises avec une foule d'intermédiaires inférieurs. Il commença aussi à s'inquiéter pour elle, car ses messages étaient maintenant souvent émaillés de phrases comme : « Il n'y en a plus pour longtemps », « Je ne serai plus là quand vous reviendrez », ou « Je ne peux parler davantage ». C'était très inquiétant, car « Marie de France » était beaucoup plus qu'une source de revenus ; elle lui était devenue aussi familière qu'une femme ou un enfant. Il se « branchait » sur elle aussi facilement qu'on tourne le bouton de la radio pour se brancher sur sa station favorite. Il traversait les grouillements d'esprits inférieurs qui réclamaient son attention comme un train express traverse des haltes sans importance pour parvenir jusqu'à elle. Que ferait-il sans elle ?

Il subit deux échecs à Maidston, un à Leeds, et un à Londres. Puis un jour « Marie de France » dit un dernier et triste adieu et s'éteignit comme une ampoule usée. Ce fut au cours d'une séance privée donnée devant un petit cercle d'amis que le médium se jeta à genoux et la supplia à deux mains de ne pas l'abandonner. Elle était la première femme à qui il faisait une déclaration d'amour mais il n'obtint aucune réponse. Il en fut grandement humilié, et il s'aperçut que non seulement la femme avait disparu, mais qu'il avait également perdu la faculté d'entrer en transe à volonté. Son don semblait l'avoir abandonné.

Il se retira chez un admirateur en Cornouailles, pour se reposer et retrouver l'équilibre qui lui permettrait de se livrer à de nouvelles expériences. La disparition de « Marie de France » l'affectait comme s'il avait perdu une maîtresse, au point que, ouvrant un jour un journal pour lire qu'un autre médium, un nommé Carpenter, prétendait avoir transmis des messages de « Marie de France », il éprouva un accès de jalousie si violent qu'il en perdit la parole. Il fut comme un fou furieux, et ses amis craignirent pour sa raison. Il errait parmi les falaises de Cornouailles, dans les bourrasques d'hiver, traînant derrière lui son manteau d'enchanteur trempé, et proférant des sons incohérents. Que faire ?

Il partit à la recherche de Carpenter dans l'East End. C'était un grand vieillard chauve qui parlait d'un ton doucereux, et qui avait un casier judiciaire. Il avait été emprisonné trois fois pour fraude. Il ferma un œil, comme pour viser une cible, et considéra Fearmax de l'autre sans ciller. Que voulait-il avec ses questions sur « Marie de France » ? A la fin, rassuré, il montra à Fearmax son compte rendu sténographié de la séance au cours de laquelle « Marie de France » s'était manifestée. Il sentit alors bouillir la jalousie en lui : il lui semblait reconnaître à chaque ligne un style familier. La communication portait manifestement la marque de « Marie de France » de bout en bout. Il rentra chez lui dans un état de transe qui n'avait rien de professionnel, en se demandant ce que tout cela pouvait bien signifier. Une semaine plus tard Carpenter se tua dans un accident d'automobile.

Fearmax passa au crible la presse spécialisée en quête d'autres informations concernant « Marie de France », mais il semblait bien que ce fût là son unique infidélité, et qu'elle s'était réellement transférée dans un autre cycle d'évolution. Il y avait bien une certaine « Bonny Mary » parmi les esprits familiers d'un médium d'Edimbourg nommé Alastair, mais c'était un communicateur inférieur et sporadique. Alastair n'avait conservé aucun compte rendu de ses séances, mais il fut prouvé que l'apparition de « Bonny Mary » avait été contemporaine de celle de « Marie de France ». Fearmax retrouva sa tranquillité d'esprit et put reprendre son existence de méditation et de concentration. Il souffrait beaucoup d'insomnies, et il entendit une fois encore le bruit gênant d'une invisible fenêtre qui battait au-dessus de sa tête. Mais aucune voix ne l'accompagnait, pas même cette voix fantôme qu'il avait identifiée avec « Marie de France ». Il pensa cependant que c'était là une ultime tentative désespérée qu'elle faisait pour entrer en contact avec lui avant que son moi astral ne fût projeté plus loin, hors d'atteinte, sur le gigantesque escalier de l'évolution. Qu'allait-il advenir de lui ?

Au cours de l'été suivant il eut une nouvelle crise précédant la transe. Mais cela se produisit spontanément, sans aucune intervention de sa part, ce qui ne lui laissait que peu d'espoir pour l'avenir. Et les esprits-guides qu'il rencontra étaient de l'espèce la plus ordinaire : vagues, agités, ou simplement illettrés. C'était humiliant pour un médium de sa classe de se trouver dans une telle impasse. Fearmax passa tous ces mois à lire et à écrire, engageant des correspondances avec des experts de différents domaines, et rédigeant pour la presse psychique des articles de portée générale qui laissaient loin derrière eux les études sur l'occultisme. Certains de ces articles dépassaient de beaucoup des théories généralement mal digérées et les querelles du monde médiumnique. Ses immenses lectures lui avaient conféré un pouvoir de comparaisons et une gamme d'expressions personnelles dont ses collègues en la matière étaient bien dépourvus. Ce fut alors qu'il publia la série d'articles qui avait fait une si grosse impression sur Campion. Ses essais sur Raymond Lulle, et sa monographie sur la théorie de Healing que l'on trouve en germe chez Paracelse sont, naturellement, bien connus des lecteurs que ces problèmes intéressent. En fait, Fearmax était en passe de devenir un brillant philosophe « naturel » ; mais s'il s'était enrichi durant ses années de pratique, il mangeait maintenant son capital.

Comment surgit le nom d'Hogarth dans son existence, voilà qui n'est pas très clair. Ce fut probablement Grew qui lui suggéra de consulter un psychanalyste. Quoi qu'il en soit, il se retrouva un jour dans le petit cabinet où Baird s'était montré si loquace. Fearmax n'avait pas la moindre idée de ce que l'on attendait de lui.

« Je suis un médium qui a perdu son pouvoir », dit-il simplement à Hogarth, comme s'il pensait que Hogarth allait lui présenter une boîte de pilules qui résoudraient tout le problème.

Hogarth, qui n'ignorait rien de l'écriture automatique et autres sujets de cet ordre, se trouva très vite sur son terrain. Ce qui suivit fut plus une bataille dialectique qu'une analyse. Pour une fois, il avait trouvé quelqu'un d'aussi savant que lui ; leurs conversations prenaient du volume et de l'étoffe (restituées sur le dictaphone d'Hogarth comme les tirades tonitruantes de Nietzsche). Hogarth enregistrait toujours les cas de ses patients lorsqu'ils lui paraissaient intéressants. Fearmax ne fut pas peu sensible à cet honneur. Ces conversations avec Hogarth furent un événement dans sa vie. Il apprit des choses précieuses, notamment la théorie d'Hogarth sur la puissance nerveuse, et ses préceptes sur l'activité comme forme du repos automatique — « affirmations hâtives, vagues généralisations », disaient les journaux du dimanche de l'époque. Ce fut Hogarth qui lui donna le courage d'accepter cette idée qu'il ne serait plus jamais médium. Il essaya bien de garder un petit secret, mais là encore il aurait dû savoir que Hogarth se donnerait la peine de le démasquer. Peu de temps après la mort de Carpenter et l'examen des messages transmis par l'intermédiaire du remarquable Alastair, Fearmax avait succombé à la tentation de commettre une fraude. Ayant toujours été parfaitement honnête, et s'étant intéressé à la polémique qui prétendait que toutes les activités médiumniques étaient pur charlatanisme, il entreprit ce qu'il ne voulait considérer que comme une expérience : il accepta de donner une séance publique avec trois autres médiums. En reconsidérant la chose à la lumière de la logique d'Hogarth, il lui parut que ce fut sans doute un acte inconscient de désespoir. Qui sait ? Son véritable don aurait pu se réveiller. Peut-être n'aurait il pas eu besoin de tout un attirail de gants de caoutchouc, de tables truquées, de disques et tout le reste. Et il fut bien mal avisé en choisissant Edimbourg, car la police poursuivait précisément une enquête sur la vie privée d'un médium nommé Pons, et qui devait également donner une démonstration de ses capacités ce soir-là. Ce fut un pénible incident. La police était là, et une caméra à l'infrarouge enregistra les tours de prestidigitation de Fearmax avec une terrible fidélité. Il se retrouva sur le banc des prévenus avec les autres médiums, et seul son passé irréprochable lui épargna une peine de prison, moyennant cependant une forte amende... Hogarth jeta un jour sur sa table le numéro de *Psychic News* qui donnait un compte rendu détaillé de l'affaire. Pourquoi, demanda-t-il à Fearmax d'un ton sévère, n'avait-il pas mentionné cet épisode peu honorable ? Oui, pourquoi ?

Mais si Hogarth préparait Fearmax à accepter de bon gré la disparition de son don, il manifestait par ailleurs une grande curiosité pour le phénomène de la transe proprement dite, et il encouragea même le médium à donner deux ou trois séances devant quelques amis, bien qu'il doutât de la valeur des messages qu'il pourrait recevoir. Hogarth écouta gravement les ridicules bavardages d'esprits inférieurs, puis lui demanda d'établir le contact avec sa femme – sans résultat d'ailleurs. Fearmax semblait être descendu au niveau d'un médium de troisième ordre ; il ne pouvait plus provoquer à volonté la crise préliminaire à la transe ; ses esprits-guides étaient bavards et frivoles ; en somme, il ne pouvait plus organiser de séance, et il n'était plus bon à rien dans cette profession.

« Marie de France », la seule femme qu'il ait aimée, avait disparu, et avec elle sa renommée. Il ne lui restait plus comme terrain d'étude que la jungle encore vierge de l'occulte.

Pendant la guerre, Fearmax fonda avec quelques amis le groupe qui devait être connu plus tard sous le nom des Adeptes de l'Astrophysique. Nous n'entrerons pas dans les détails de la philosophie proposée par son fondateur ; qu'il nous suffise de savoir que la société prospéra, recruta des adeptes et se fit des ennemis. Elle possédait des salles de conférence à Euston Road, et une petite maison d'édition fut créée pour soutenir la propagande du groupe. C'était à cette société que Fearmax consacrait tout son temps à l'époque où il fréquenta Hogarth, élaborant son système swedenborgien et éclaircissant les points les plus obscurs en une série d'opuscules remarquablement bien écrits. Le système demandait une intense préparation : il ne prétendait à rien moins que réconcilier l'ensemble de la pensée occultiste (y compris des branches telles que la chiromancie, l'alchimie et l'astrologie) avec les dernières doctrines métaphysiques de l'époque. L'existence de la société était un perpétuel sujet d'irritation pour le professeur Joad. Il fut attaqué par Ouspensky, Hotchkiss, Eustace Pfoff et Joseph G. Sthyker, le créateur du Massage Dynamique, ainsi que par la Société Rudolf Steiner. Elle prospéra même si bien que la Baconian Society elle-même lui fit l'honneur de s'en prendre à elle. Fearmax avait l'impression de rattraper le terrain perdu. Peut-être serait-il un nouveau Blavatsky, un nouveau Krisnamurti...

« D'original à original, lui dit Hogarth un jour, pourquoi ne partiriez-vous pas à l'étranger pour laisser tout cela se décanter un peu ? »

Cette idée fut également partagée par le cercle des Adeptes. Il leur restait encore à prendre contact avec la Société de la Grande Pyramide, dont les publications commençaient à faire une concurrence gênante aux Adeptes. Il fallait que l'un d'eux visitât les Pyramides, fît des observations indépendantes afin de les faire entrer dans le plan général du système en voie d'achèvement.

« Il importe peu que vous pensiez que le monde est un œuf ou un oignon, dit Hogarth. La vérité, c'est que vous êtes à plat, et que vous allez devenir timbré si vous ne prenez pas un peu de repos. »

Fearmax avait beaucoup vieilli.

« Hogarth, dit-il, si je ne revenais pas... »

Hogarth grogna d'impatience.

« Non, je suis sérieux, dit Fearmax. Très sérieux. J'ai ici quelque chose. »

Il tendit sa paume ridée. Hogarth l'étudia à travers sa grosse loupe.

« C'est probablement une aventure sentimentale. Vous allez rencontrer « Marie de France » dans le train et vous enfuir avec elle. »

Fearmax n'insista pas et mit la main dans sa poche. Il ne fit plus aucune allusion à ce sujet, mais à la fin de la semaine il informa Hogarth qu'il avait décidé de partir vers la fin du mois. Hogarth l'en félicita. A dire vrai, il commençait à en avoir assez de Fearmax. Son cas lui avait été utile dans le cadre de ses recherches personnelles. Mais, en fin de compte, il devrait affronter sa destinée tout seul.

Campion écouta ce récit de la vie de Fearmax avec une grande attention. Ses yeux ne quittaient pas le visage du vieil homme, et il n'ébaucha pas le moindre sourire aux légers traits d'humour que se permit le médium. L'histoire lui paraissait tout à fait passionnante. Elle présentait plus d'un point commun avec sa propre expérience, sans qu'il pût dire en quoi. Il se contentait de fumer sans interrompre Fearmax et, lorsque celui-ci eut fini, il contempla le sol d'un air absent.

Fearmax se sentait épuisé, mais fier de lui cependant d'avoir pu ainsi oublier toutes ses petites susceptibilités et livrer aussi facilement ses souvenirs à un étranger – un étranger non professionnel s'entend.

C'était Hogarth qui avait rendu cela possible, cette évaluation de sa vie et de son œuvre en termes objectifs, et il se sentit tout à coup plein de gratitude pour le psychanalyste qui avait supporté avec une telle patience les aveux de ses souffrances, de ses fautes, de ses manquements.

« Et vous comptez obtenir de la Grande Pyramide de nouvelles révélations sur la réalité ? dit Campion d'un ton légèrement cynique.

– Permettez-moi de poser le problème d'une autre façon, dit Fearmax. Vouloir réduire l'univers à un système est une chose ; affirmer que ce système n'est qu'une vue personnelle en est une autre. Si certaines des choses que je dis paraissent m'irriter ou me gêner, ce n'est pas parce que je n'y crois pas. Pour moi elles restent valables ; mais ce qui m'épouvante, c'est de savoir que plusieurs centaines d'hommes et de femmes sont devenus mes disciples et acceptent ma conception du monde sans se soucier de penser par eux-mêmes, de se former des vues originales. En dernière analyse la Grande Pyramide ne me donnera que ce que je suis allé y chercher. Il est peu probable qu'elle contredise les théories générales que j'ai érigées en philosophie; et si elle les contredisait, je négligerais probablement ces éléments, tout à fait inconsciemment, et je ferais un tri des autres. Mais ce sont les disciples qui me tracassent. Dites-moi, dans votre carrière de peintre, avez-vous jamais influencé des artistes au point de voir se former une école travaillant d'après votre « manière » ?

– Oui, dit Campion.

– C'est horrible, n'est-ce pas ?

– Oui.

– Une indifférence totale pour l'expérience, la lutte, que sais-je, qui conditionne chaque acquisition de la technique, de l'expression, c'est cela, n'est-ce pas ? Eh bien, c'est ce poids mort des disciples qui m'empêche d'être pleinement moi-même.

– Pourquoi ne vous en débarrassez-vous pas ?

– Pourquoi ? Je me le demande, en effet. Mais je ne peux m'y résoudre.

— Il y a des choses que l'on ne peut pas faire. »

Campion pensait à Francesca. Elle devait regarder par la fenêtre en pleurant. S'il pouvait éliminer les femmes de son univers, comme les choses seraient plus simples !

« Je me demande, dit Fearmax d'une voix douce, si la faiblesse, la corruption de la doctrine que l'on expose ne sont pas nécessaires. Après tout, ce que l'on découvre, il faut s'en débarrasser... c'est une loi impérative. »

Oui, c'était bien là la difficulté.

« J'en suis là. Je ne peux rien faire d'autre. »

Campion alluma une autre cigarette et prit congé de Fearmax. Il remonta sur le pont, où se déroulait une partie de palets des plus animées. C'était Mrs. Truman qui gagnait. Sous une manche à air, Graecen aidait Miss Dale à entrer dans la carrière des postes.

« C'est plus qu'une simple mélodie, disait-il. C'est aussi la forme qui importe. Tenez, comparons ceci avec John Gilpin. »

Baird était étendu sur le dos, une pipe allumée entre les dents. Il dormait.

« Allez-y, maman, dit Campion à Mrs. Truman. C'est à vous de jouer. »

Il avait immédiatement établi un courant de sympathie avec les Truman, et adopté avec Mrs. Truman les attitudes bienveillantes de son mari. Elle avait été la première personne qu'il avait vue en montant à bord de l'*Europa,* et il avait remarqué sa belle prestance, son port de tête noble et serein. Elle était appuyée au bastingage, une cigarette à la bouche, et le vent soulevait ses cheveux et découvrait ses oreilles bien dessinées. Et le soir, dans la salle à manger, leurs yeux s'étaient rencontrés, fondus en cette reconnaissance muette et spontanée sur laquelle l'univers érotique intérieur de chacun est basé. Elsie Truman était belle. Plus tard il s'était joint au petit groupe des joueurs de palet et il avait fait la connaissance de son mari. Truman était amical et chaleureux. Ils trouvèrent que Campion était un compagnon épatant et, lorsque la mer fut plus calme, il monta sur le pont avec son petit chevalet pliant et sa boîte de peinture et décida de faire le portrait de Mrs. Truman.

« Attendez, dit celle-ci, il faut que je me recoiffe.

– Pas question, dit Campion, asseyez-vous là. »

Il y avait un grand coffre où étaient rangés des rouleaux de corde. C'était assez confortable, et la lumière éblouissante était brisée par une toile de tente en flaques jaune citron, vertes et mauves. Campion la regardait marcher d'un œil gourmand. Elle avait une tête magnifique. Il avait envie de l'arracher et de l'emporter sous son bras. Il lui prit le menton et inclina son visage jusqu'à ce que la ligne dure de ses pommettes saillantes se trouve dans l'ombre.

« Ne bougez plus maintenant.

– Faites-moi ressemblante, au moins, dit Mrs. Truman. J'espère que vous n'êtes pas un de ces peintres modernes, hein ? »

Campion grogna quelque chose, tout en pressant ses tubes sur sa palette.

« Et faites-moi jeune.

– Vous êtes bien assez jeune », dit-il distraitement.

Son esprit s'était mis en marche et sa main frémissait déjà d'une impatience contenue. Il faisait penser à un dentiste stérilisant ses instruments.

« Une véritable Hécube », dit-il en se levant à la fin.

Il la regardait maintenant comme si elle n'eût été qu'un morceau de matière inanimée, et les lignes douces de son menton et de sa bouche n'éveillaient plus en lui qu'un désir abstrait.

« Alors vous voulez de la ressemblance, dit-il d'un ton lointain, impitoyable. Je me demande si vous vous êtes jamais vue vraiment. »

Mrs. Truman ne sut que dire, et elle rougit.

« Le visage d'une grande courtisane », dit Campion plus pour lui-même que pour son modèle. Il tenait un pinceau entre ses dents, et il ébauchait sa composition au crayon.

« Vous devez en savoir long sur les femmes », dit Mrs. Truman, mal à son aise, sentant confusément que sous le badinage il pouvait y avoir d'intéressantes observations à recueillir.

Campion semblait briser le visage en menus fragments. Ce n'était plus une synthèse, une entité appelée Mrs. Truman, qu'il avait devant lui, mais une série de formes et de plans. C'était un examen des plus gênants. Elle se rappela qu'elle ne s'était pas poudré le nez (« Cessez de loucher », disait Campion d'un ton péremptoire) et que la petite tache qu'elle avait sur la lèvre était affreuse.

« Une courtisane, répéta Campion. Si vous habitiez dans le Sud, vous trouveriez à exercer vos talents. »

Mrs. Truman se passa la langue sur les lèvres et ne dit rien. Campion mélangea des couleurs sur sa palette, alluma une cigarette, en tira une bouffée et la posa sur un étançon en disant :

« J'ai connu une fille qui vous ressemblait, quand j'étais étudiant. Elle était gaie et violente – comme une bouffée d'air chaud sur une grille de métro. Mais elle ne savait pas faire l'amour.

– Ça devait être une Ecossaise, dit-elle.

– Elle était de Leeds.

– C'est une calomnie, dit-elle en se grattant une cheville avec la semelle de sa chaussure.

– Je ne m'en suis rendu compte que lorsque j'ai rencontré une Roumaine à Paris », avoua Campion.

Il parlait uniquement pour voir passer sur le visage de son modèle de petites lueurs d'amusement et d'intérêt.

« Elle s'appelait Lola.

– C'est exotique, suggéra Mrs. Truman.

– En réalité, c'était une fainéante. Elle restait couchée toute la journée à manger des chocolats fourrés et à lire des romans ; mais le soir elle ronronnait comme une toupie.

– Et les filles de Leeds ne ronronnent pas, hein ? demanda Mrs. Truman, franchement amusée. Demandez donc à mon mari. Il est de Leeds.

– Vous bougez », dit Campion avec un soupir rageur.

Elle s'excusa et essaya de retrouver la pose originelle. Campion lui redressa la tête en la prenant par le nez.

« J'espère que vous ne me ferez pas ressembler à Lola. Mon mari est un peu vieux jeu, vous savez.

– Vous ne voulez donc pas de la ressemblance ? » dit Campion ironiquement.

Mais il se concentrait de nouveau sur son travail. Il avait commencé par bâtir le portrait en quelques taches de couleurs. Ses petits doigts serraient les grands pinceaux avec une force toute nerveuse, comme s'il craignait de les laisser tomber. Mrs. Truman les comparait mentalement à des griffes d'oiseau. De temps en temps il sifflotait entre ses dents, ou s'arrêtait pour tirer deux ou trois bouffées de sa cigarette.

Au bout d'une demi-heure il lui accorda une pause, et ils s'assirent l'un à côté de l'autre en fumant et en regardant la toile qui ne présentait encore que de vagues taches informes.

« On dirait un incendie à Barcelone, dit-elle. Voilà les pompiers, et voilà la grand-rue.

– Ça, chère madame, c'est votre nez qui pointe.

– Marron clair ?

– Prédisposition scorbutique due à une incapacité de rester immobile une seconde.

– Bon, je ne bougerai plus », dit Mrs. Truman. Et elle se retira une minute pour aller se poudrer le nez.

Quand elle reparut sur le pont, Campion s'était remis à peindre sans elle. Elle jeta sa cigarette et reprit la pose.

« Dites-moi, dit-elle, comment devient-on artiste ? »

C'était une question qui lui était venue tandis qu'elle se regardait dans le petit miroir de la cabine. Campion était loin de nouveau.

« Cela vous intéresse vraiment, ou voulez-vous seulement me faire perdre mon temps ? »

Elle fit une moue et hocha la tête. Campion peignit un moment en silence.

« C'est facile, dit-il à la fin. Quand ils sont petits, vous les laissez tomber sur la tête et vous ne vous occupez plus d'eux ; alors ils sont obligés de se débrouiller comme ils peuvent, et ils se trouvent un talent ; les mauvais artistes se contentent de copier la nature, tandis que les bons... il leur arrive quelque chose de drôle.

– Quoi ? » dit-elle.

Sous la légèreté des propos de Campion, elle soupçonnait quelque chose de plus profond.

« Ils se mettent à faire l'amour avec le sujet.

– Comment ?

– En peignant. Votre visage est si joli. En un sens, je fais l'amour avec lui à chaque coup de pinceau. On ne peut pas imaginer d'amour plus pur que celui-là, non ? C'est sans doute pour cela que j'ai si peu de principes dans ma vie privée. Mais ceci est beaucoup plus profond que si je couchais avec vous. »

Mrs. Truman devint écarlate. Campion continua à peindre comme s'il n'avait rien dit qui pût la troubler. Ses mains allaient et venaient rapidement, mélangeant les couleurs et appliquant de légères touches sur la toile. Et elle se sentit vraiment prise d'une pudeur suffocante, comme si chaque coup de pinceau était effectivement un baiser, une caresse. Lorsque la séance fut terminée elle redescendit dans sa cabine et s'examina une fois de plus dans la glace. Elle pouvait obscurément lire sur son visage quelques-uns de ses traits de caractère les plus évidents : bonne humeur, honnêteté, ingénuité. Mais la beauté faisait-elle aussi partie de ses attributs et où se nichait-elle ?

Son mari, qui était en train de lire un journal, allongé sur sa couchette, lui jeta un regard railleur.

« Je vois, dit-il. Tu fais ta coquette, hein ? Tu pars pour Hollywood ? »

Mrs. Truman s'assit à côté de lui et lui demanda, le plus sérieusement du monde :

« Est-ce que je suis belle ? Je veux dire belle, vraiment belle ? »

Son mari reprit sa lecture en lui tapotant distraitement le dos.

« Oui, dit-il vaguement. Bien sûr. »

Mrs. Truman se leva avec dignité.

« Ce n'est pas la peine de me mentir, tu sais. »

Et elle remonta sur le pont.

Campion et Graecen examinaient la toile tout en fumant.

« Naturellement, disait Campion, si j'attrape ce morceau de nez, la façon dont il est fixé à l'os frontal, tout le visage prendra forme. »

Elle repartit désappointée, et regagna sa place favorite sur le pont A. Ils parlaient comme si son visage était un objet étranger à sa personne, quelque chose de complètement détaché, et non comme d'un instrument personnel sur lequel se peignaient ses humeurs et ses grâces. Elsie Truman laissa errer son regard sur la mer calme et sur les montagnes couronnées de neige du Péloponèse qui brillaient dans le ciel d'azur. Des poissons volants explosaient comme des perles de lumière au passage de l'*Europa* sur la mer immobile ; plus loin, un dauphin décrivait une gracieuse trajectoire au-dessus des vagues et disparaissait, laissant derrière lui une tache noire comme de l'encre. Ce soir ils seraient au Pirée. Demain en Crète.

Ils allaient bientôt entendre parler du labyrinthe.

DEUXIÈME PARTIE

LE LABYRINTHE

I

LA visite d'Athènes, que la publicité de l'agence présentait comme un des clous de la croisière, n'était qu'un leurre éhonté ; mais les organisateurs s'étaient avisés de faire figurer le nom de la Grèce au programme en raison de son prestige et de ses alléchantes évocations. C'est ainsi que l'*Europa* contourna le Péloponèse et arriva dans la soirée au Pirée, le départ pour la Crète étant fixé au lendemain matin. Il était donc théoriquement possible de visiter l'Acropole, mais bien peu de passagers eurent le courage d'entreprendre cette excursion dans un laps de temps aussi court.

La halte au Pirée eut cependant son utilité : elle permit à l'un des frères Jannadis de monter à bord de l'*Europa* pour épingler un prospectus au panneau d'affichage de la salle à manger.

« Le Labyrinthe de Crète », lut Graecen avec curiosité ce soir-là, en descendant dîner. « Célèbre depuis l'Antiquité, la découverte d'un illustre archéologue est aujourd'hui accessible au public grâce à l'organisation des Frères Jannadis d'Athènes. Les services crétois des Frères Jannadis mettent à la disposition des passagers des voitures et un guide qualifié. Prix total de l'excursion : 780 drachmes. Les personnes désireuses de visiter ce site unique au monde sont priées d'inscrire leur nom ci-dessous. »

Les Frères Jannadis avaient visiblement fait leur apprentissage en Amérique, car, au bas du prospectus, étaient imprimés en gros caractères les mots : TERRIFIANT. LEGENDAIRE. PALPITANT. STUPEFIANT. SENSATIONNEL.

« Voilà qui résume toute la chose, dit Baird qui lisait par-dessus son épaule. Nous y allons ? »

Graecen réfléchit un moment. Comme ils se rendaient précisément à Cefalû et que les moyens de transport étaient toujours aléatoires en Crète, ils pourraient profiter de l'occasion, et visiter du même coup la fameuse Cité avant de revoir son « inventeur ». C'était peut-être une bonne idée.

« Mais Axelos préférerait peut-être nous faire les honneurs de sa découverte lui-même, dit Baird. Ce serait alors une gaffe que d'aller visiter le labyrinthe sans lui. »

Graceen fit une moue et hocha la tête. Il n'était pas de cet avis. Sortant son stylo, il inscrivit très lisiblement son nom en tête de la liste.

« Inscrirai-je le vôtre ? » demanda-t-il.

Baird accepta et l'en remercia.

« Le mien aussi, pendant que vous y êtes, dit Campion dans leur dos. Fichtre ! » ajouta-t-il en apercevant les adjectifs emphatiques en gros caractères au bas de la feuille.

La plupart des passagers ne manifestèrent pas un grand intérêt pour cette excursion, à part les Truman, qui hésitèrent un moment, calculant combien la somme demandée faisait en livres et shillings, en se demandant si la dépense en valait la peine. Ils finirent par se décider et ajoutèrent leur nom à la liste. Fearmax réfléchit gravement à la question pendant tout le dîner, et ne s'inscrivit que lorsque le commissaire demanda que la liste soit close à dix heures pour permettre au capitaine de câbler en Crète le nombre probable d'excursionnistes et retenir les automobiles nécessaires.

Miss Dale et Miss Dombey se laissèrent finalement tenter, l'une parce qu'elle avait la vague impression que cette visite lui serait utile pour son examen, et l'autre parce qu'elle était une touriste invétérée, et aussi par souci humanitaire envers Spot, son chien, qui avait besoin d'exercice après toutes ces journées monotones en mer. Plusieurs passagers se désistèrent lorsqu'ils apprirent que l'excursion devait prendre la journée entière. Le nom du colonel Sinclair resta sur la liste, mais le mal de mer le cloua sur sa couchette et l'empêcha de saisir l'occasion offerte par les Frères Jannadis. Plus tard, naturellement, il prétendit qu'un pressentiment l'avait fait reculer au dernier moment et, à son retour, le journal de son comté accrédita ce mythe sous ce titre : « Le pressentiment du Colonel. »

Il avait de nouveau venté très fort dans le canal de Crète, et plusieurs passagers, au nombre desquels Miss Dombey, souffrirent du mal de mer — non pas parce que l'*Europa* tanguait, mais au contraire parce que le navire gardait une extraordinaire stabilité au milieu des prodigieux écroulements de vagues dans une mer démontée, mousseuse comme un café viennois. A l'aube cependant le grain était passé, et le grand paquebot entra prudemment dans la magnifique baie de Suda (le port de La Canée était trop petit), et mouilla en face de l'épave rouillée du *York,* une relique de la campagne de Crète à moitié enlisée qui gisait le ventre en l'air.

Baird était sorti au petit jour pour voir le soleil se lever sur ce paysage grec qu'il avait si bien connu. Il était en proie à une étrange exaltation dont il ne parvenait pas à déterminer la cause. Le soleil émergea lentement entre les pics couronnés de neige des montagnes Blanches. Le froid était vif, la brise faible mais piquante, et il avait trouvé sur le pont des embarcations un endroit abrité d'où il pouvait voir le grand reflet couleur de rouille du navire à l'ancre ; seuls les flocons de fumée noire qui s'échappaient des cheminées blanches étaient en mouvement dans ce paysage figé. Ses yeux fouillèrent avidement chaque détail de l'île, et il fut surpris de voir à quel point tout lui était encore familier.

Un premier plan d'oliviers et de terre rouge ; quelques minuscules maisons carrées ; une distillerie d'huile ; une route poudreuse qui s'enfonçait à l'intérieur par de nombreux lacets... il la voyait encore foulée par de longues colonnes d'Anglais et de Néo-Zélandais en marche vers Sphkia. Il aurait pu se diriger dans l'île les yeux fermés.

Puis il vit une voiture s'avancer le long de la colline, prendre la route bordée de pins, qui menait à la jetée, et s'arrêter au bord de l'eau. Un homme en descendit. Etait-ce Axelos, venu accueillir Graecen ? Mais il vit aussitôt que l'homme était beaucoup plus petit qu'Axelos. Puis un pêcheur en chandail bleu aida le nouveau venu à descendre dans sa barque qui se dirigea vers l'ombre inerte de l'*Europa*. D'après la coupe de ses vêtements, l'homme devait être Anglais. C'était probablement le consul, mais Baird ne voyait pas ce qui pouvait motiver la venue de ce personnage à une heure aussi matinale.

« *Prosechete, kirie* », dit le pêcheur en prenant pied sur le pont.

C'étaient les premiers mots de grec qu'il entendait depuis longtemps, et il se sentit aussitôt rempli de nostalgie. Il dévisagea longuement le pêcheur pour voir s'il ne l'avait pas déjà rencontré quelque part (cela se fait toujours en Grèce).

Dans le fond du bateau il vit un panier où grouillaient quelques poulpes et des rougets. Il venait certainement de passer la nuit en mer.

Le consul britannique (car c'était lui) monta à bord à son tour. C'était un homme fatigué et maussade ; il s'avança vers l'officier de quart avec la dignité d'un personnage conscient de son rang.

« J'ai appris que vous aviez des passagers qui désiraient visiter le labyrinthe. Je suis venu vous informer que cette visite ne présentait pas toutes les garanties de sécurité nécessaires. »

L'officier le conduisit chez le capitaine, à qui il expliqua plus clairement l'objet de sa visite, en termes moins catégoriques toutefois en raison de l'excellent café et des biscuits du bord qu'il accepta volontiers.

« Il y a une agence dirigée par deux jeunes Grecs, dit-il. Ils font de la publicité pour la visite du labyrinthe. Mon devoir est de déconseiller aux passagers de prendre ce risque. Le labyrinthe n'est pas sûr du tout. Je ne tiens pas à ce que des sujets britanniques se perdent dans l'île ; cela serait très désagréable à l'Ambassade, et de son côté votre compagnie doit avoir le souci de ne pas exposer inutilement la vie de ses passagers. »

Le capitaine l'écouta attentivement, et décida que son ton était trop péremptoire pour un simple vice-consul. Il fit ressortir que la compagnie déclinait toute responsabilité en pareil cas. L'agence Jannadis avait simplement proposé de faire visiter le labyrinthe. Il ne lui appartenait pas d'empêcher ses passagers d'aller se distraire à terre comme ils l'entendaient. Tout ce qu'il pouvait faire, c'était afficher une note expliquant que l'endroit était considéré par le consul comme dangereux, et conseiller aux passagers de ne pas courir ce risque.

« Voyons, dit-il. Je crois qu'ils sont très peu nombreux cette fois-ci. »

Au petit déjeuner, les six inscrits lurent la note du capitaine avec un intérêt qui piqua leur curiosité. Cela prenait l'allure d'un exploit héroïque d'aller visiter un endroit considéré comme dangereux par le consul. Même Miss Dombey, qui, à vrai dire, ne se sentait pas très bien ce matin-là, crut devoir montrer aux autres qu'elle n'était pas une poule mouillée.

« Vous êtes une intrépide, voilà ce que vous êtes », lui dit Campion en prenant l'accent cockney pour la circonstance, tout en se beurrant un toast.

Miss Dombey avait compris depuis peu que la meilleure attitude à prendre avec Campion était de l'ignorer purement et simplement. Elle ne lui avait plus adressé la parole depuis qu'il lui avait dit : « Miss Dombey, si votre cabot prend encore une fois mon chevalet pour un réverbère, je lui coupe les pattes et je le jette à la mer. » C'était tout simplement révoltant ; même Graecen avait été indigné par une telle grossièreté. Elle avait donc décidé de faire comme s'il n'existait pas. Ce qui n'empêchait pas Campion de lui décocher une petite phrase agressive ou ironique toutes les fois qu'elle se trouvait sur son chemin.

Truman rencontra Graecen dans l'escalier ; il descendait prudemment les courtes marches et il lui tendit obligeamment la main.

« Merci », dit Graecen tout essoufflé.

Il lui offrit une cigarette.

« Vous venez aussi au labyrinthe, n'est-ce pas ?

– Oui. Et je vois que vous nous quittez pour de bon », dit Truman avec une nuance de sincère regret.

Le voyage avait été bien agréable jusque-là.

« Nous ne partons pas tous, dit Graecen. Baird, Campion et moi-même allons séjourner chez un de mes amis. Mais nous irons d'abord visiter le labyrinthe avec vous. »

Les Truman débarquèrent les premiers. Ils partirent se promener dans un pré, en se tenant par la main et en échangeant leurs petites plaisanteries intimes, tandis que Miss Dombey prenait la direction opposée avec son chien.

« Mince alors, s'exclama Mrs. Truman, c'que c'est joli ici. On ne croirait jamais qu'on est dans une île, hein ? »

Truman fit un petit saut pour saisir une grosse branche d'olivier et resta un moment suspendu en l'air à se balancer.

« Je me sens en pleine forme, dit-il en se laissant retomber. Tu es en forme, toi aussi. »

Elle portait une robe d'été imprimée à grands ramages, un chapeau de paille à large bord et des espadrilles à grosse semelle de corde. Elle avait apporté un sac tyrolien et un manteau, pour le cas où le temps se rafraîchirait.

« Oui, je me sens bien », dit-elle avec son beau sourire innocent.

Entendant les jappements perçants de Miss Dombey et de son chien sur un monticule voisin, ils firent un crochet pour les éviter et longèrent la côte plate sans trop s'écarter de la jetée. L'air était vif, le ciel bleu, les collines verdoyantes parsemées d'arbres fruitiers. C'était un enchantement.

« Pourquoi ne louerait-on pas une maison dans un endroit comme ça pour y vivre toujours ? »

Elle pensait à Campion assis sous un olivier, buvant un verre de vin et peignant de ses petites mains nerveuses. Son mari renifla.

« Je ne dis pas non, si tu apprends assez de grec pour pouvoir faire les courses. »

Ils passèrent devant une rangée de petites maisons basses ; de vieilles faces ridées les regardaient passer. Des voix les saluaient poliment, car la Grèce est un pays où l'étranger est honoré comme un Dieu, et où l'hospitalité a été élevée au rang d'un art domestique.

« J'aimerais au moins savoir comment on dit bonjour », dit-elle.

Plus loin, ils virent des bateaux de pêche fraîchement repeints alignés sur une plage brune couverte d'algues. Des pêcheurs aux vêtements rapiécés, assis en tailleur sur des filets emmêlés, les vérifiaient maille par maille et les réparaient aussitôt. Un petit garçon vint leur offrir des fleurs avec les compliments de son oncle. Truman les prit avec une gaucherie toute britannique, en rougissant ; avec ses stupides préjugés nordiques, il se sentait ridicule avec un bouquet d'anémones rouges à la main.

« Allons, dit-il d'un ton bourru, en tendant le bouquet à sa femme.

— Combien, Whitby », dit sa femme hors de propos, en se demandant s'ils avaient le temps de faire un tour en bateau. Ils donnèrent au gamin un paquet de bonbons de la cantine du navire.

Sous un olivier elle posa son sac pour chercher un mouchoir. N'en trouvant pas, elle se moucha dans une lettre, sous le regard désapprobateur de son mari.

« J'en étais sûr, dit-il. Pas de mouchoir. »

C'était un de ses traits les plus irritants. Plus tard, naturellement, elle lui demanderait la belle pochette qui dépassait de la poche de son élégant complet d'été. Les femmes sont comme ça.

Ils s'assirent sous un olivier en se tenant par le bras, et se laissèrent envahir par le silence. Des abeilles bourdonnaient. Non loin de là une caravane d'ânes se dirigeait vers la forêt, menée par des hommes en pantalons bleus, chaussés de bottes et coiffés de bonnets à glands. Derrière eux les verts foncés de la plaine montaient à l'assaut des hauteurs, grises d'abord, puis d'une éblouissante blancheur.

Elsie Truman se sentit tout à coup pleine de silence. Il avait coulé sans bruit dans son esprit comme un robinet ouvert, et maintenant il débordait. Elle poussa un soupir, et se regarda dans son petit miroir de poche.

« Tiens, regarde là-bas, dit Truman qui mâchonnait une herbe en essayant de se rappeler un seul nom de dieu ou de déesse de l'Antiquité. C'est ce vieux Baird. »

Sous un arbre, Baird était assis sur une chaise en rotin et discutait ferme avec un des chauffeurs. Au sommet de la côte parut un taxi délabré conduit par une sorte de fonctionnaire coiffé d'une casquette. Baird avait enfin retrouvé une figure de connaissance. Il lui demandait des nouvelles de ses compagnons du maquis : c'était comme si le temps s'était contracté tout à coup, comme s'il n'avait quitté le pays que quelques jours plus tôt. Il se sentait proche de Böcklin, plus proche de lui que jamais ; tout proche du rêve obscur qui l'avait si longtemps troublé. Il questionnait son interlocuteur avec avidité, demandant où habitait maintenant un tel, si cet autre s'était remis de sa blessure. Il n'en restait plus beaucoup de la première bande. Mais l'abbé Jean était toujours là-bas au monastère. Baird ne se tenait plus d'impatience, comme si un mystère des plus troublants était sur le point de s'élucider.

Du flanc de l'*Europa* se détacha une petite tache blanche qui se dirigea vers la côte : le canot qui amenait à terre Fearmax, Campion, Miss Dale et Graecen — ce dernier après avoir pris congé de chacun, y compris du capitaine, avec une politesse excessive. En se retournant vers son compagnon, Baird aperçut le couple Truman, assis sous un arbre. Il leur fit signe, et ils se levèrent.

Miss Dombey courait gauchement dans l'herbe en lançant des aboiements d'encouragement à Spot. Le chien était un animal lymphatique, que la vue des arbres n'incitait pas particulièrement à lever la patte, et qui ne manifestait pas un enthouséasme exubérant pour la Crète. Il suivait sans joie sa maîtresse qui, entre deux aboiements stridents, lançait d'une voix essoufflée : « Allez, cours. C'est bien, Spot. Attrape-le. Attrape. Ouah ! Ouah ! Ouah ! Ouah ! » Elle arriva tout essoufflée, et accepta la chaise de Baird en le remerciant d'un filet de voix.

« C'est fou ce que les Anglais peuvent aimer leurs bestioles », s'étonna Campion, comme la petite troupe se rassemblait.

Sur le tertre, au pied de l'olivier où pendait l'enseigne d'un « Kapheneion », attendait une file de taxis. Pour quelque obscure raison il y en avait six ; mais sur la suggestion de Graecen ils décidèrent que trois seraient bien suffisants, tant pour leurs bagages que pour les huit personnes que comprenait l'expédition. Cette décision ne fut pas adoptée sans d'interminables palabres avec les chauffeurs, puis le guide émergea des profondeurs de la cave de l'auberge en s'essuyant ses longues moustaches tombantes du revers de ses deux mains.

« Attendez une minute, je vous prie », lança-t-il d'une voix rauque.

Il portait une casquette de feld-maréchal allemand tout avachie que les frères Jannadis avaient ornée d'un ruban portant le nom de leur firme, un pantalon kaki de l'armée anglaise et un pull-over en laine bleue orné sur la poitrine des mots « Brigade de Sauvetage » ; dans le dos, on lisait : Propriété de la cantine de l'U.N.R.R.A. Vente interdite. » Il avait de toute évidence quelque chose d'impressionnant à déclarer, mais son anglais était à la fois sourd, aveugle et muet, et il remercia Baird lorsque celui-ci vint à son secours et lui proposa de servir d'interprète. Il lui prit alors les deux mains et se lança dans une longue tirade qui sonnait aux oreilles des autres – comme toutes les conversations grecques – comme une violente altercation. Baird paraissait très intéressé.

Les autres formaient un demi-cercle autour d'eux et attendaient. A la fin, Baird se retourna, les yeux brillants, un sourire incrédule détendant tous les traits de son visage.

« Voilà qui est nouveau pour moi, dit-il se demandant manifestement s'il était nécessaire de leur traduire toute sa conversation avec le guide. Il dit qu'il y a un animal dans le labyrinthe. Personne ne l'a vu, mais on l'entend rugir... Nous l'entendrons probablement nous aussi.

– Un minotaure, s'écria Graecen tout ému.

– Extraordinaire, dit Fearmax, en se rapprochant de Baird. Comment le nomment-ils ?

– L'homme l'appelle Τὸ Θηριου, dit Baird, ce qui signifie « monstre », « bête féroce ». C'est probablement un ours. »

Il ne poussa pas plus loin la traduction. Le guide lui avait dit qu'on avait découvert un jour un berger en piteux état à l'entrée du labyrinthe. Il était entré dans la grotte principale à la poursuite d'un mouton et s'était trouvé en présence d'une espèce d'animal dans le noir. Il avait été incapable de donner plus de détails.

Ils avaient cependant tous pris soin de se munir de torches électriques, et il eut le sentiment que le groupe était assez bien équipé pour se mettre en route.

« Un minautore, dit Graecen en humant l'air vif des montagnes. Si nous pouvions le ramener au British Museum, comme ils seraient heureux !

– Eh bien, après tous ces avertissements, nous pouvons nous attendre à être dévorés vivants ou enterrés sous une avalanche de rochers. Y en a-t-il parmi nous qui sentent leur courage faiblir ? Qu'ils le déclarent maintenant, sinon qu'ils partent en paix pour toujours. »

Et, disant cela, Campion s'engouffra dans le premier taxi avec toutes ses affaires. Les autres l'imitèrent.

II

LA ROUTE DE CEFALU

L'IDÉE que Graecen avait derrière la tête était relativement simple : il voulait voir le fameux temple et utiliser sa petite fiole d'acide avant de rencontrer Axelos. Assis au fond du premier taxi à côté de Baird, il réfléchissait en regardant le cou rose de Miss Dale, qui avait pris place à côté du chauffeur. Elle avait noué un mouchoir de couleur sur ses cheveux pour les protéger de la poussière, et l'étoffe vive mettait en relief ses pommettes tristes et sa petite bouche enfantine quand elle se retournait pour faire partager son émerveillement devant le paysage ou pour poser une question. Graecen avait noté que son inclination s'était accrue pour la jeune femme blonde, qui avait été une compagne charmante sinon cultivée. Et elle lui était très reconnaissante pour l'aide littéraire qu'il lui avait apportée. Ils avaient passé tous leurs après-midi ensemble à travailler ; Virginia aimait l'entendre lire, et il aimait s'entendre lire... Mais maintenant qu'il avait retrouvé la terre ferme, le diagnostic du docteur le préoccupait de nouveau. La vie était si belle sous le soleil... Comment pouvait-on s'en voir privé brusquement, comme un volet qui tombe ? La jeune fille se retourna et lui fit un petit sourire qui lui plissa le nez. Elle avait vu des paysannes en costumes éclatants de couleurs.

« Comment vous sentez-vous, Richard ? »

Elle l'appelait Richard avec une délicieuse timidité. Oui, il se sentait bien, mais pour combien de temps ? Toute la question était là.

Il lui paraissait aussi que Virginia éprouvait de son côté un tendre sentiment pour lui. « Ainsi donc, après-demain, je ne vous verrai plus ? » lui avait-elle dit ; et il lui avait semblé que sa lèvre tremblait légèrement en disant cela ; il avait rougi jusqu'à la racine des... non, pas exactement des cheveux, mais jusqu'à cette clairière qu'il avait au sommet du crâne. Maintenant, dans la voiture qui ne ménageait pas ses cahots aux passagers, il se sentait envahi par des pensées nostalgiques, par le désir d'avoir quelqu'un à qui se confier. Il se rappela soudain ses maladies d'enfant – le plaisir qu'il y goûtait. Sa mère, invalide, passait sa vie au lit. Quand il avait la grippe il restait couché dans la chambre contiguë, la porte de communication ouverte, et ils bavardaient ainsi durant des heures. Ah ! cette longue rougeole, et ces délicieux oreillons... Il jeta un regard vers Baird, craignant qu'il ne surprenne, à quelque jeu de sa physionomie, ses folles pensées intimes. Mais Baird était tassé dans son coin, les yeux fixés sur les pentes rocheuses qui se dressaient devant eux, rêvant peut-être, lui aussi, à des petites choses d'autrefois.

Graecen revint avec délectation à ses préoccupations et à l'idée de la mort. Il ferma les yeux et vit la grande maison blanche nichée parmi les lauriers-roses et les myrtes de Cefalû. Les grandes pièces calmes avec leurs balcons, les interminables marchandages des pêcheurs au môle, derrière le bosquet de cyprès. Oserait-il en parler à

Axelos ? Et de nouveau l'idée de garder son secret le remplissait d'une douloureuse mélancolie, d'un sentiment de vide. Il avait besoin de consolation, il avait besoin d'être rassuré à l'approche des ténèbres. Qu'il avait donc été stupide de ne pas se marier, d'avoir tout sacrifié au confortable égoïsme du célibat ! Virginia lui souriait de nouveau. Elle avait merveilleusement dansé au bal du capitaine, et son corps lui avait paru si souple, si chaud, si abandonné... d'une passivité presque provocante. Il avait senti ce subtil accord des membres quand il la tenait, légèrement pressée contre son corps. A quoi pensait-elle alors ? Dans son désir de recréer l'image de sa mère à travers elle, il avait maintenant le sentiment que sa vie avait été inutile, tout entière consacrée à l'indifférence, à la gloutonnerie et à la puissance. Il éprouvait tout à coup le besoin impérieux de se consacrer à quelque chose ou à quelqu'un, d'offrir avec patience et indulgence toutes les richesses dont il se sentait encore détenteur, semence sans fleur. Pourquoi n'épouserait-il pas Virginia ?

Cette idée le frappa comme une secousse électrique, totalement inattendue. Virginia, cette pâle petite épave des faubourgs... pourquoi ne pas l'épouser ? Ne se dévouerait-il pas à son bonheur ? Pour essayer de donner à sa vie un peu de sens, une forme modelée sur sa propre expérience ; partager certains de ses dons avec elle. Et surtout se confier à elle, et veiller sur elle, jusqu'au jour où... Mais il détourna sa pensée de ce volet tombant brusquement sur le monde ensoleillé pour s'appliquer uniquement à contempler les contours de ce visage qu'il avait devant lui, dont tous les traits rayonnaient d'un bonheur enfantin. La pauvre enfant, se disait-il, en songeant à son accent cockney. La pauvre enfant... Il en était presque venu à le trouver charmant, ce visage un peu fade ; charmantes aussi ses fautes et ses imperfections... Pourquoi n'épouserait-il pas Virginia ?

Mais tout cela était parfaitement absurde. Graecen était de ces êtres perpétuellement tiraillés par des impressions fugitives, victimes des fantasmes de leur imagination. Il laissait paresseusement les idées envahir son esprit, jouait un moment avec elles, puis brusquement tout son être protestait et les rejetait. Mais il était assez lucide pour reconnaître en celle-là une idée sérieuse qui, s'il n'y prenait garde, l'asservirait tout entier.

Au diable la fille ! Elle souriait encore. Puis, comme pour se faire pardonner cette pensée, il se pencha en avant et lui tapota gentiment le bras. Le visage de Virginia se fondit, par sympathie, en un sourire de tristesse. Graecen se mit à se traiter intérieurement de tous les noms, mais cette petite idée lancinante persistait comme une note ironiquement tenue : Pourquoi n'épouserait-il pas Virginia ?

« Ne sois donc pas stupide, dit-il à haute voix.

– Hein ? dit Baird, tiré de sa rêverie.

– Excusez-moi, dit Graecen tout confus. Je pensais à quelque chose. J'étais à cent lieues d'ici. »

Baird semblait las tout à coup, et surexcité. Il alluma une cigarette d'une main tremblante.

« Je crois, dit-il, que je ne viendrai pas avec vous au labyrinthe. J'ai une affaire urgente à régler. »

Mais il se rendit bien compte que sa voix sonnait faux en voulant persuader son interlocuteur qu'il s'agissait d'une banale transaction commerciale. Il détourna les yeux et ajouta :

« Je sais où est la maison. Si vous vouliez avoir la bonté d'y faire porter mon sac, Graecen, je serai là-bas pour le dîner. »

Il vit se peindre un air de perplexité sur le visage de son compagnon et dit :

« Oh ! ce n'est rien de sérieux. Je pourrai peut-être vous expliquer toute l'affaire un peu plus tard. »

Graecen pinça les lèvres avec affectation et acquiesça. Baird avait déjà fait allusion à sa mission officielle et il se garda bien de montrer la moindre curiosité.

La Canée avec ses orangers, ses maisons poudreuses, rouges et blanches... disparaissait déjà vers le sud. Du bleu dur de l'horizon, la mer se dégradait en jaune cobalt et en vert jusqu'au brun de la côte. Les trois taxis déchiraient le silence des verdoyantes vallées, en laissant flotter derrière eux un grand nuage de poussière impalpable. L'étrange bruit de leurs klaxons éveillait les hauteurs où ils se dirigeaient et, des arbres, se détachaient les taches noires des geais qui venaient les regarder passer d'un œil curieux.

Elsie Truman n'avait jamais rêvé d'un tel paysage, d'une pureté si parfaite ; les vallées étaient découpées en rectangles et en carrés de couleur par le soleil. C'était encore plus beau que le plus beau film en technicolor, dit-elle à son mari. Elle lui tenait la main sous la décente intimité de la couverture, et lui donnait des caramels.

Miss Dombey, assise derrière eux, trouvait la poussière très contrariante. Elle répéta l'accusation plusieurs fois, comme pour bien marquer sa désapprobation d'un monde où il fallait faire de longs voyages en pleine poussière... et en telle compagnie. Mrs. Truman saisit très bien l'allusion. Elle sourit en voyant Miss Dombey s'envelopper la tête d'un voile et se renverser contre la banquette mangée des mites en fermant les yeux. Le chien était sagement couché à ses pieds.

Son irritation avait dû gagner le guide, assis à côté du chauffeur, un bras posé sur son épaule. Il se retourna pour poser une question, mais le vent emporta ses paroles, et il fut obligé de crier, si bien que Miss Dombey fit une grimace de douleur. Il lui demandait si elle était malade ? Non ? Il imita la pose chagrine de Miss Dombey enveloppée dans son voile, et les Truman trouvèrent sa mimique du plus haut comique. Devant leur sourire complice, le guide partit d'un grand rire sonore. Si elle n'était pas malade, pourquoi alors ?... et il refit le geste de s'emmitoufler la tête dans un voile. Miss Dombey en fut si révoltée qu'elle lui cria de se taire et elle tourna la tête ; le guide se sentit blessé dans son amour-propre, et le bonbon acidulé que lui offrit alors Mrs. Truman ne l'apaisa qu'à moitié. Il suça son bonbon en silence d'un air maussade, puis, pour rendre la politesse, il ôta son chapeau, en retira un mégot de cigarette logé dans la coiffe et le glissa solennellement dans la main de Mr. Truman qui se vit obligé d'accepter l'objet avec des remerciements. Miss Dombey pinçait les lèvres en une moue de réprobation, tandis que Truman morigénait sa femme à voix basse :

« Là, c'est bien de toi. Tu ne peux donc pas ficher la paix aux gens ? »

Là-dessus elle fut prise d'un fou rire, et il dut lui taper dans le dos pour qu'elle ne s'étouffe pas avec son bonbon.

Dans le dernier taxi, Campion et Fearmax étaient engagés dans une grande conversation, tandis que tout autour d'eux s'entassaient les malles, les valises et les paquets de ceux qui devaient passer la nuit à Cefalû.

« Mais il est bien évident, disait Campion avec emphase, que l'artiste a pour tâche de donner des images concrètes de l'inconnu qui se cache en lui et chez les autres. Comment justifier l'art autrement ? Les peintures d'un homme comme Picasso sont des découvertes aussi importantes que la bombe atomique. C'est pour cela qu'on se sent rempli d'un atroce sentiment d'inutilité quand on réalise que la prochaine guerre est inévitable, inévitable... »

Il se frappa le genou du poing. Fearmax rentra le menton dans le col de son pardessus.

« C'est fort probable, dit-il.

– Inévitable, reprit Campion avec fougue. Il n'est même pas besoin de lire les textes des traités de paix pour le comprendre, ni de lire un article sur la nouvelle superbombe pour comprendre que toute cette sinistre farce va recommencer. La nation sera automatiquement conduite à la victoire cette fois, tous ses drapeaux déployés. Nul sacrifice ne sera trop grand. Eliot sera banni en Islande ; les mystiques ont maintenant des dossiers verts ; ils sont fichés sous les initiales S. D. – « sujets douteux ». L'industrie sera convertie en quelques heures en une immense machine de guerre. Le pape ne saura plus s'il doit intervenir... tiens nous devrions demander à Graecen de mettre ça en musique :

« C'est la voix de l'idéaliste
Je l'entends déclarer
Vous aurez beau vous cacher au pôle nord
Ils vous suivront jusque là-bas
Avec honneur et onction,
Bons et obligations,
Jusqu'à ce qu'ils ferment le dossier vert
Et draguent tous les étangs. »

Fearmax eut un sourire crispé.

« J'ai tant à faire, dit-il. Tant à faire. »

Campion alluma une autre cigarette.

« Et moi, dit-il, je suis juste sur le point de devenir un véritable artiste, un membre de ce monde agonisant ; tout juste capable de donner ce qu'il y a de positif en moi après avoir passé ma vie à me révolter et à gaspiller mes énergies. Cela n'est pas important. S'il n'y avait pas d'autre issue à l'état de choses actuel, je l'accepterais. Mais il y en a une. L'instrument existe dans le cœur de tout homme, comme un bouton que l'on n'a pas pressé. Et puis merde, au diable ce monde ! »

Mais, ce disant, il savait que cela n'était pas vrai – ce n'était qu'une approximation quelque peu dramatique de ce qu'il souhaitait devenir. Qu'était-il en réalité ? Il vit les yeux de Fearmax fixés sur lui, évalua le regard de ces yeux chargés d'expérience, et tourna la tête. Et brusquement il pensa à Francesca avec un serrement de cœur ; Francesca, une si belle compagne et une si bonne amie. Il l'avait abandonnée comme un paquet de linge sale. Sa recherche justifiait-elle, sur la balance ordinaire de la loyauté et de la décence, une trahison aussi soudaine et futile ? Il s'entendit encore répéter : « Ma mère est morte », d'une voix parfaitement vide de toute émotion.

« Il me semble, dit Fearmax, que vous êtes trop catégorique. Vous avez certes raison de dire que nous accomplissons notre travail en traversant les différents états de l'être, nos négations, nos vannures, tout ce que nous jetons au rebut. Mais pouvons-nous, à un moment donné, savoir que nous sommes arrivés au bout de notre quête ? La conscience de l'illumination dont vous parlez ne nous dit certainement pas que nous avons atteint le... comment dire ? l'« absolu » ? « Dieu » ? le « Tao » ? C'est, au contraire, cette conscience de plus en plus vive qui décide de la recherche active. Il me semble que l'homme que vous voudriez être devrait avoir une attitude plus humble, une passivité devant tous les phénomènes – même s'il était assis sur une bombe atomique. Le sage n'a rien à nous dire, vous savez.

C'est uniquement son silence qui nous le laisse supposer. »

Les voitures avaient quitté la grande route poudreuse et leurs pneus s'écrasaient maintenant sur la surface criblée de trous des routes de montagne. Elles avaient gravi les trois premières rampes qui escaladaient lentement la base des Montagnes Blanches, longeant parfois de dangereux précipices au fond desquels chantaient de clairs torrents. L'air rempli des cris des martinets, était devenu plus pur et plus limpide, et la température plus fraîche. Les voyageurs ne regrettaient pas d'avoir emporté leurs manteaux. Derrière eux, l'antique mer crétoise s'était pétrifiée en un bleu surnaturel.

« Nous serons bientôt à Namia, dit Baird sortant de son mutisme et consultant sa montre. Je vous laisserai là et je couperai par un sentier de montagne. On ne croirait pas que nous sommes si près de Cefalû – c'est juste derrière ce rocher là-bas, seulement beaucoup plus bas, presque au niveau de la mer. On voit la pointe de la montagne d'ici. »

Deux heures s'étaient écoulées depuis leur départ lorsque le petit convoi déboucha sur le plateau bordé de cyprès où le village de Namia exposait ses petites maisons blanches et cubiques au soleil. Cefalû était à un quart d'heure de route plus à l'ouest. Mais le guide insista pour faire halte à Namia et reprendre des forces – il voulait dire prendre un petit verre ou deux – avant de s'enfoncer dans le labyrinthe. Baird en profita pour descendre, et les autres l'imitèrent. Ils regardèrent un moment les aigles qui tournaient lentement au-dessous d'eux, et l'échiquier de la plaine jusqu'à la mer, où couraient les ombres de nuages isolés.

« Eh bien, dit Baird dont le cœur battait douloureusement à la perspective de revoir l'entrée de la grotte où Böcklin était enterré, c'est ici que je dis au revoir à quelques-uns d'entre vous. Vous, Campion, je vous reverrai ce soir. Au revoir, Fearmax, Miss Dombey... »

Il fit le tour du petit groupe et serra les mains qui se tendaient vers lui ; il avait déjà hissé son sac tyrolien sur son dos. Ils étaient presque embarrassés, car ici, dans ce paysage de pics effleurés par les nuages, devant ce grandiose panorama, les adieux semblaient prendre une autre signification. Une étrange nostalgie les étreignit en prenant congé de Baird. Il fut surpris par la chaleur de la poignée de main de Virginia, par la tendresse de son regard et son intuition lui dit qu'elle reportait sur lui les sentiments qu'elle éprouvait pour Graecen, et qu'en imagination c'était à Graecen qu'elle disait au revoir.

« Pourquoi ce havresac ? lui demanda Campion tout à coup. Laissez-le, nous l'emmènerons pour vous à Cefalû. »

Baird murmura qu'il emportait son déjeuner. En fait son sac contenait surtout la vieille pelle de l'armée, à manche démontable, qu'il emportait partout avec lui (ce qui avait intéressé et fort amusé Hogarth), car il répugnait à la jeter.

« Alors à bientôt », dit-il, et il s'engagea sur le sentier muletier qui descendait le ravin. Ils le regardèrent disparaître en silence, puis regagnèrent au hasard leurs places dans les voitures.

« Bon, dit Campion, et ce labyrinthe ? »

On découvrit le guide dans la cave de la taverne où il discutait ferme en buvant son troisième verre. Il réussit à rassembler les chauffeurs et le signal du départ fut donné. Campion se trouvait maintenant dans la même voiture que les Truman au lieu d'être avec Fearmax. Il était en froid avec Mrs. Truman depuis le portrait qu'elle n'avait pas trouvé à son goût, et qu'il avait jeté à la mer dans un mouvement d'humeur. Particulièrement nerveuse ce jour-là, elle avait adressé des remarques acerbes à son mari par le hublot ouvert du salon, ce qui avait irrité Campion, sans qu'il sache bien pourquoi.

« Ça suffit comme ça », lui avait-il dit brusquement, avec une violence qui avait effrayé la pauvre Mrs. Truman. « Otez votre tête de là et partez ! Je suis un peintre, vous savez, pas un appareil de photo « à déclencheur automatique ».

Et d'un geste brusque il avait lancé la toile par-dessus bord. Elle avait flotté un moment sur le sillage écumeux de l'*Europa,* puis le visage de Mrs. Truman avait été irrésistiblement englouti. Elle avait poussé un cri et s'était penchée par-dessus le bastingage.

« C'est une honte, Campion, c'est une honte », s'était-elle écriée.

Et à sa grande surprise elle avait vu que Campion souriait ; toute sa rage était tombée devant la sincère consternation de son modèle. Sans un mot il avait rassemblé son matériel et était descendu dans sa cabine. Là, prenant son carnet de croquis, il avait redessiné la tête au fusain. De toute façon la peinture ne valait rien ; il avait été heureux de trouver une excuse pour la détruire, et pour mortifier Mrs. Truman par la même occasion. Mais elle ne lui avait pas pardonné, et depuis lors elle avait repoussé toutes ses avances badines avec une froideur de femme outragée. Elle trouvait cet homme intéressant, mais elle n'allait pas se laisser marcher sur les pieds comme cela. Elle avait espéré un moment emporter la toile chez elle ; elle avait vu, dans un éclair d'intuition, ce qu'il voulait dire quand il disait qu'elle était belle : c'était elle-même, sa véritable personnalité qu'il essayait de saisir, et personne n'avait jamais porté intérêt à la véritable personnalité d'Elsie Truman, à part ce petit homme excentrique et violent coiffé d'un béret crasseux.

Elle avait eu le sentiment que son portrait pouvait lui apprendre quelque chose de valable sur elle-même, et cet acte de vandalisme semblait lui refuser à jamais cette révélation.

Les voitures descendirent la route sinueuse en direction du village de Cefalû et du labyrinthe.

III

LA CITÉ DANS LE ROC

ILS arrivèrent enfin au pied du fantastique cône de conglomérat au flanc duquel s'accrochait le riant village de Cefalû. La route suivait une corniche, puis tournait brusquement pour gravir un escarpement bordé d'arbres et atteindre enfin le village, plaqué contre la paroi de la montagne, étageant ses petites maisons de poupées comme un jeu de cubes en équilibre précaire, le toit de l'une touchant le pied de sa voisine. La montagne tombait à pic dans la mer par une pente vertigineuse barrée par des veines saillantes de roche rouge et grise où s'accrochaient quelques maigres buissons d'un vert intense. D'en haut, le regard plongeait directement sur le toit de Cefalû, la grande maison blanche entourée de son paisible jardin, et la rangée de petits canots jaunes amarrés le long de la jetée.

Le petit convoi pénétra dans le village qui somnolait au soleil et ne s'arrêta qu'une cinquantaine de mètres plus loin, devant les trois cyprès nains qui marquaient l'entrée du labyrinthe. La cloche du village sonnait par à-coups. Un homme en pantalon bleu était assis devant un petit verre d'ouzo à la porte de la taverne. On lui confia les bagages de ceux qui devaient rester chez Axelos.

« Eh bien, dit Graecen, en avant pour la grande aventure. »

Il glissa quelques sandwiches dans les poches de son pardessus, vérifia la pile de sa lampe électrique, et s'assura que la petite fiole d'acide que lui avait remise Firbank reposait toujours dans le fond de sa poche intérieure. Le nouveau procédé, lui avait-il expliqué, était malodorant mais infaillible. Il suffisait d'enduire une entaille de la pierre pour savoir si elle avait été taillée avec des ciseaux en fer ou non. Il avait encore un compte-fils à lentille bleue qui lui permettrait de voir si le grain montrait ses belles pigmentations noires... Il espérait qu'Axelos ne serait pas à Cefalû ce matin.

Les autres étaient sortis des voitures et enfilaient leurs manteaux, sur le conseil de Fearmax qui leur avait dit que les corridors du labyrinthe risquaient d'être extrêmement froids. Le guide lui-même avait revêtu une capote rapiécée, et il était en train d'allumer une lampe tempête, accroupi au bord de l'entrée.

« Je n'ai pas de lampe », dit Campion, et un concert de voix lui répondit qu'avec toutes celles qu'ils avaient on y verrait bien assez clair.

Le guide se releva en souriant et leur dit, d'un air important :

« Allons-y maintenant. Si vous voulez bien me suivre. »

Ils hésitèrent d'abord, devant l'étroitesse peu engageante de l'entrée : c'était un simple corridor de rocher brun-rose qui faisait un brusque coude au bout de trois mètres.

« C'est un peu plus grand qu'un tombeau égyptien », bougonna Truman en remontant le col de son pardessus et en cherchant sa lampe.

Le guide se retourna et lui fit signe.

« Beaucoup de lumière dedans », cria-t-il d'une voix encourageante, et il disparut au coude du corridor.

Ils le suivirent l'un après l'autre.

« Pas trop vite », dit Campion.

Et ils s'engouffrèrent dans la grotte, où le tintement de la cloche de Cefalû leur parut très lointain tout à coup, pour se fondre à la fin dans le grondement souterrain d'un ruisseau s'écrasant contre le rocher.

Un second corridor, plus long que le premier, débouchait sur une étroite corniche surplombant le torrent.

« Mon Dieu ! » s'exclama Graecen.

Comment un si petit ruisseau pouvait-il produire un si puissant écho ? S'il parlait, sa voix, douce et bien timbrée à l'ordinaire, se trouvait déformée, amplifiée, méconnaissable. Campion fermait la marche et les pressait d'avancer.

« Avancez », dit le guide en balançant sa lanterne.

Miss Dale, timidement, le tenait par un pan de sa capote. Ils s'engagèrent en file indienne sur la corniche de pierre, s'enfoncèrent dans un autre corridor, et traversèrent une salle de dimensions moyennes. Mrs. Truman avait pris le bras de son mari, et elle le tirait de temps en temps, non pour lui signaler quelque chose en particulier, mais simplement pour lui communiquer son plaisir et son excitation.

« Quel endroit ! » dit Truman en dirigeant le faisceau de sa lampe tout autour de lui.

Fearmax inspectait les coins et les recoins en plissant les yeux, d'un air inquiet.

« On dirait qu'il y a une rivière quelque part », dit Virginia Dale.

Le guide, qui s'était accroupi pour renouer son lacet, la regarda et approuva d'un hochement de tête ; puis il répéta « En avant », et il s'enfonça dans l'obscurité, entraînant avec lui la petite flaque jaune de la lampe tempête. Ils le suivirent à pas prudents, en veillant à ne pas trébucher sur les amas de pierraille et les gros rochers qui semblaient porter des traces de la main de l'homme. Le fragile faisceau de la lampe de Truman était très insuffisant pour percer les ténèbres presque solides de l'endroit ; il ne révélait que des saillies recouvertes de déjections de chauves-souris, et, s'il le dirigeait vers le haut, il se perdait simplement dans des ténèbres insondables.

« Viens, ne perdons pas les autres », lui dit sa femme en le tirant par la manche.

Fearmax examinait avec intérêt un tas de pierres et de moellons provenant d'une ancienne avalanche. Campion se tenait à côté de lui en allumant des allumettes. A eux deux, ils soulevèrent une ou deux pierres et les retournèrent.

« Non, je ne pense pas qu'elles soient taillées, dit Campion.

– Regardez ! » s'écria à cet instant Fearmax.

Un gros scorpion se tenait devant eux, la queue prête à se détendre comme un ressort. Fearmax eut un petit rire lugubre, et ils repartirent dans la direction qu'avaient prise les autres.

« Encore une chance que je ne me sois pas assis dessus », dit Campion.

Après avoir traversé deux autres salles plus petites, toute la troupe s'engagea dans une étroite galerie qui s'ouvrait devant eux.

« Je crois que nous sommes allés assez loin, dit Virginia Dale. Vous ne pensez pas ? C'est si mystérieux ici. »

Malgré le froid, Graecen transpirait. Il éteignit sa torche et s'essuya le front. La pauvre petite n'était pas rassurée. Comme il la comprenait. Mais Truman sifflotait quelques mesures de *La Veuve Joyeuse* et, dans le noir et l'immobilité glaciale de la caverne, cet air banal avait quelque chose de rassurant.

La galerie qu'ils empruntèrent s'enfonçait, par une pente de plus en plus raide, devant une autre porte naturelle creusée dans le roc. Les dames se tordaient les pieds à chaque pas ; seule, Mrs. Truman était à l'aise dans ses espadrilles qui étaient les chaussures idéales pour ce terrain accidenté. Ils s'arrêtèrent et le guide fit le compte de ses ouailles.

« Maintenant, restons tous bien ensemble, et soyez très prudents. »

Cet avertissement fit courir un petit frisson dans le dos d'Elsie Truman qui serra le bras de son mari ; celui-ci lui répondit par une petite tape rassurante sur la main.

« Il y a une autre grotte, dit Graecen.

– Une rivière souterraine », annonça le guide d'un air de propriétaire.

A le voir, on aurait vraiment dit que les frères Jannadis étaient les uniques responsables de toutes ces merveilles. Il tendit le bord de sa capote à Virginia en lui recommandant de le tenir fermement, ce qu'elle fit avec une certaine répugnance, et il pria les autres de le suivre. Sa lanterne à la main, il entraîna sa troupe à travers un tunnel qui débouchait dans une nouvelle grotte où filtrait, par une faille de la voûte, une très vague lueur du monde extérieur ; ses reflets leur permirent de distinguer la trace du ruisseau qui traversait le fond de la grotte avec un bruit de petit train électrique. Il courait, vert foncé, sans une ride, et s'engouffrait avec un léger clapotis dans une brèche en forme d'éventail. Truman s'agenouilla au bord de l'eau, mais sa lampe ne put percer la surface opaque. Un lourd silence envahit les explorateurs que ces merveilles souterraines oppressaient. Il leur semblait qu'ils étaient depuis très longtemps dans les entrailles de la terre. Pourtant, lorsque Graecen consulta sa montre, il constata qu'il n'y avait pas plus d'une demi-heure qu'ils avaient quitté la lumière du soleil. Et l'air qu'ils respiraient était pur et vif.

« Peut-on la traverser ? demanda Mrs. Truman.

– Oui, je vous en prie », dit le guide avec empressement.

Et il leur montra, à quelques mètres en amont, une rangée de pierres plates qui affleuraient la surface de l'eau et permettaient de franchir le courant. Fearmax remarqua que malgré sa vitesse l'eau ne se brisait pas sur les pierres mais glissait autour d'elles, noire et lisse comme de la soie. Il plongea un doigt dans l'eau, et le retira vivement, surpris de la trouver si glacée.

« Ce qui est étrange, dit Campion, c'est ce bruit de frottement ; le lit est creusé directement dans le roc, et cependant on dirait qu'il charrie du gravier ou quelque chose comme cela. »

Ils contemplèrent un moment cette surface paisible, tandis que le guide démontrait comme il était facile de traverser à Mrs. Truman qui avait exprimé des doutes sur la stabilité des pierres. Il y posait les pieds avec désinvolture, pour rassurer les autres aussi et leur montrer que l'excursion ne comportait pas de grands dangers. Virginia Dale, après de nombreuses hésitations et faux départs, finit par se rendre aux exhortations de Graecen et franchit le passage en lui tenant très fort la main. Les autres suivirent sans encombre.

Fearmax n'avait pas atteint l'autre bord lorsqu'ils entendirent pour la première fois un long rugissement étouffé qui noyait le bruit de la rivière et roulait ses échos dans les ténèbres environnantes. Le guide secoua sa lanterne avec animation et se mit à rire.

« Juste Ciel ! s'écria Fearmax, immobile sur la dernière pierre. Qu'est-ce donc que cela ? »

Ils s'immobilisèrent et écoutèrent le bruit qui décroissait lentement.

« Ce n'était pas un rugissement, n'est-ce pas ? » dit Graecen.

Mrs. Truman pensa aux meubles que sa voisine du dessus déplaçait lorsqu'elle procédait au grand nettoyage de printemps. Les sons étaient tellement amplifiés dans ces galeries que cela pouvait être n'importe quoi, se disait Fearmax, saisi d'une crainte superstitieuse.

« Le minotaure, dit Campion.

– C'était un bruit très étrange, quoi qu'il en soit, dit Fearmax ; très étrange... »

Le bruit s'était effiloché en une succession d'échos tremblants et affaiblis qui s'éloignaient en se répercutant contre les parois, à l'infini. Et dans chaque grotte où il se répandait, l'écho se déformait, s'arrondissait, puis se rétrécissait pour se glisser dans une autre galerie. Qu'est-ce que cela pouvait bien être ?

Ils restèrent un moment immobiles, l'oreille tendue, tableau vivant figé dans la lumière reflété dans les eaux noires de la rivière, Fearmax et Campion en arrêt sur les deux dernières pierres, Virginia serrant très fort la main de Graecen ; Mrs. Truman se pelotonnait contre son mari.

« Je pense que si l'on tirait un coup de canon dans un de ces corridors, l'effet serait exactement le même », finit par dire Fearmax.

Campion fit un geste irrité pour le faire taire.

« Ecoutez », dit-il.

Ils prêtèrent l'oreille en retenant leur souffle. Mais bientôt, Mrs. Truman n'y tint plus et se mit à pouffer de rire... c'était plus fort qu'elle, comme pendant les deux minutes de silence le jour de l'Armistice... Fearmax avait un air si comique avec sa mâchoire qui avançait, et Campion qui se tenait sur un pied... Graecen serrait doucement le bras de Virginia, et se maudit quand il sentit sur sa main la douce et tiède réponse de la jeune fille. Il se décernait entre les dents toutes les épithètes injurieuses de son répertoire – à vrai dire limité. Cela devenait une véritable conspiration, cet accord entre sa propre faiblesse et les circonstances... pour le prendre au piège. Il était en train de glisser de plus en plus vite sur la pente invisible de la sentimentalité jusqu'à... jusqu'à...

Ils n'entendaient plus que le frottement doux et égal de l'eau noire dans son lit de rocher, comme le bruit d'un malaxeur de ciment, et la rumeur lointaine d'une chute d'eau dans quelque réservoir dont il était impossible d'évaluer la distance.

Le guide se taisait. Le visage soucieux, il se grattait les dents avec une allumette. Il jugeait préférable de ne hasarder aucune hypothèse sur l'origine du bruit. Quand, à la fin, il croisa le regard de Mrs. Truman, il se contenta de hausser les sourcils, ouvrit les mains puis se signa. Campion commençait à se demander s'il était sage de poursuivre l'exploration.

« Retournons, dit-il. J'en ai assez de ce monde souterrain. D'ailleurs, où sont-elles ces antiquités ? »

Où étaient-elles, en effet ?

Mais comme le bruit ne se reproduisait pas, ils parvinrent enfin à secouer leur engourdissement et parurent revenir à la vie. Fearmax haussa les épaules, comme pour se rassurer lui-même.

« Cela pouvait être n'importe quoi, dit-il : des rochers tombant dans une grotte pleine d'eau, par exemple. J'ai entendu un bruit semblable dans une mine désaffectée. »

En fait, il n'avait jamais approché de près ni de loin la moindre mine désaffectée, mais il désirait vaguement remonter le moral de ses compagnons – et le sien – en proposant une explication banale de ce bruit étrange.

Ils se rapprochèrent les uns des autres et

allaient se consulter sur l'opportunité de continuer ou de rebrousser chemin lorsque le guide, qui s'était assis un peu à l'écart pour se reposer, se leva et frappa dans ses mains pour réclamer le silence.

« En avant », dit-il d'un ton sans réplique, et il se dirigea vers un autre tunnel.

Virginia ne paraissait guère désireuse de poursuivre l'exploration, mais Fearmax l'appela :

« Allons, venez. Cela ne doit pas être bien loin maintenant. »

Ce n'était pas loin, en effet.

Ils franchirent enfin une sorte de poterne et parvinrent à la suite du guide dans ce qui leur parut tout d'abord une cathédrale gothique : une caverne immense et grandiose, de la voûte de laquelle tombaient, comme le faisceau d'un projecteur à travers l'atmosphère chargée de poussières en suspension, les purs rayons du soleil. Cette vue dissipa instantanément toute leur oppression.

« Maintenant admirons le spectacle, dit Graecen, heureux que la lumière empêche Virginia de lui faire d'autres avances. Mais qu'est cela ? »

Comme ils avançaient dans le cercle de lumière blanche qui brillait au sol, ils entendirent de nouveau le rugissement du minotaure – mais plus lointain cette fois, moins impressionnant. Ils s'arrêtèrent cependant pour écouter mourir ses échos contre d'invisibles parois.

« Cela semble venir de plus loin », dit Fearmax avec un évident soulagement.

Le guide ne prêta pas la moindre attention au bruit, mais ouvrit la marche à travers l'immense nef ; ses pas résonnaient comme ceux d'un bedeau dans la crypte de Saint-Paul. Des chauves-souris tissaient les hauteurs indistinctes de la voûte de leur vol feutré.

D'instinct, Graecen se dirigea vers une cavité

qui donnait enfin sur les niches taillées dans le roc, dont Axelos avait donné la description. Elles avaient chacune la taille d'une chapelle, et possédaient quatre ou cinq issues débouchant sur le labyrinthe. Les deux premières étaient vides ; dans la troisième se trouvait une plinthe taillée, massive, couchée sur le flanc et très usée. C'était donc la quatrième qui devait renfermer le bas-relief et les statues. Graecen était maintenant si ému qu'il avait complètement oublié Virginia. Une fissure dans la voûte laissait également filtrer la lumière dans cette dernière chapelle.

Le guide était en train de démontrer le phénomène de l'écho. Il renversa la tête et se mit à crier. Ce fut comme un énorme rire oscillant d'avant en arrière sous l'énorme voûte soulevant à chaque passage de nouveaux échos effarouchés qui allaient mourir dans les hauteurs pour ne laisser subsister à la fin qu'un murmure ténu, d'un ton au-dessus du son originel. Puis le silence tomba. La source de lumière où tourbillonnait une poussière semblable à une danse de pollen, sur laquelle (comme dans les Bibles illustrées) le Saint-Esprit pouvait descendre, était l'œil bleu du ciel, serein, sans nuage. Ils jouèrent tous les uns après les autres à ranimer l'écho. Graecen les entendait tandis qu'il tirait la petite fiole d'acide de sa poche. Leurs bavardages et leurs jeux lui permettaient fort opportunément de s'isoler pour réaliser son expérience. Il s'avança à l'intérieur de la petite chapelle, et resta interdit par la perfection des statues, par les traits barbares mais sensibles des bas-reliefs. Non, son expérience n'avait pas été prise en défaut. Ces œuvres ne pouvaient être une mystification ; elles étaient trop couvertes de mousse et rongées par l'humidité, d'un style trop authentiquement primitif et innocent pour tromper qui que ce soit. Il resta bouche bée et s'emplit les yeux de ces lourdes formes archaïques, de leur grâce qui défiait la masse de la pierre, gauchement aérienne, comme des rochers apprenant à voler. L'une des statues représentait un homme ailé, les bras étendus, le ventre creusé par l'effort du vol. Une autre représentait un jeune garçon. Campion, qui avait suivi Graecen, fumait furieusement tout en se déplaçant pour modifier l'angle de vue, ou en s'accroupissant tout près pour examiner la façon dont la taille avait été exécutée.

« Qu'en pensez-vous ? » demanda Graecen.

Il lui sembla tout à coup que ce serait une injure de sortir ses produits chimiques ici, dans un endroit pareil. Après tout, tant pis pour ceux qui doutaient. Il était un expert et il était prêt à engager toute sa réputation sur l'authenticité de ces sculptures.

« Ce que j'en pense ? dit Campion d'un air absent. C'est du grand art, non ? »

Les doigts de Graecen pressaient le bouchon de verre de la fiole que lui avait remise Firbank. Au diable ce vieux Firbank et ses horribles tests chimiques. Il se retourna et regagna la grotte principale. L'endroit était criblé de tunnels. Et maintenant, où se trouvait l'inscription ?

Les autres étaient entrés dans la chapelle aux sculptures. Des inscriptions ? Le guide allait les lui montrer immédiatement. Mais tous se mirent à gémir en chœur lorsqu'ils comprirent qu'il leur faudrait emprunter un nouveau tunnel. Le guide écarta les bras avec résignation. Il n'y pouvait rien.

Le tunnel était très étroit ; ses parois de schiste étaient lisses sous les doigts. Graecen, s'y appuyant un instant, constata qu'elles s'effritaient au moindre contact. Le tunnel semblait peu sûr. Ils réussirent cependant à entrer dans la petite grotte où se trouvait une inscription gravée dans le marbre et en partie rongée. Graecen vit avec émotion qu'elle comportait des caractères et des hiéroglyphes. L'espace était cependant si confiné qu'ils ne purent y rester longtemps.

Ce fut pendant le trajet de retour que cela arriva ; ils avaient pénétré dans une des plus grandes chapelles latérales et se préparaient à emprunter un tunnel à la file indienne lorsque, avec un bruit de linge mouillé battant au vent sur une corde, une grosse perdrix s'envola d'un coin obscur et fila sous la voûte comme une comète. Le guide s'arrêta aussitôt, très intéressé ; il devait y avoir un nid, et bien caché, car ils eurent beau examiner tous les recoins dans la direction d'où l'oiseau était parti, ils ne découvrirent rien. Cet examen ne le satisfaisant pas, le guide se hissa sur un rocher et commença à escalader la paroi. C'était parfaitement stupide et dangereux, comme le fit remarquer Campion d'un ton acerbe, car, s'il se cassait une jambe, comment retrouveraient-ils leur chemin ? Fearmax abonda dans son sens, mais le guide se contenta de tourner vers eux un visage épanoui et leur adressa un geste de la main pour leur demander de prendre patience et d'avoir confiance en son agilité. Il disparut derrière une saillie pour reparaître un instant plus tard en leur montrant sa découverte : des œufs. Et à cet instant l'avancée du roc sur laquelle il se tenait commença à bouger.

Graecen, qui se tenait le plus en arrière, juste à l'entrée de la grande caverne, vit toute la chose se dérouler comme dans un film au ralenti. Le guide resta un moment debout, les bras levés dans un effort désespéré pour garder son équilibre. La grosse pierre délogée parut se déplacer avec la lenteur d'une porte de coffre-fort ; le cercle de lumière au-dessous s'ouvrit comme une fleur tandis qu'un cri de terreur s'élevait. « Attention ! » Il entendit la voix de Miss Dombey dominer les autres, et aperçut en un éclair le visage de Fearmax dans le faisceau d'une torche. Le bruit de l'avalanche semblait également se déclencher au ralenti avant d'exploser comme un effroyable coup de marteau dans l'air immobile. Des flancs de la caverne jaillirent alors une gerbe de rochers et un flot de boue et de pierres de tous calibres, et en l'espace de quelques secondes Graecen se retrouva étalé sur le dos et entraîné par un fleuve d'éboulis qui avait complètement obstrué l'entrée de la caverne et l'avait isolé des autres membres de l'expédition. Le bruit continuait, mais il n'aurait su dire si c'était le fracas de l'avalanche elle-même ou seulement son écho qui se prolongeait. Quelque part, au cœur même de ce bruit, il lui sembla entendre, l'espace d'une seconde, des voix humaines, mais il n'en fut pas sûr. Et de tous les coins du labyrinthe maintenant s'élevaient des grondements de rochers qui tombaient, de parois qui s'effondraient, de vibrations déclenchées par ce gigantesque éboulement qui emplissaient encore l'air de tourbillons sonores. Graecen s'aperçut qu'il s'était coupé le poignet et qu'il avait une grosse bosse derrière la tête ; à part cela tout allait bien... mais pour combien de temps encore ? De petites pierres se détachaient de la voûte de la caverne. Qu'étaient devenus les autres ? Ils étaient peut-être écrasés ou étouffés. A moins que, par ces corridors latéraux...

Le guide n'en avait pas réchappé ; son corps, écrasé par un bloc de pierre, était enseveli sous dix pieds de décombres ; mais les autres avaient eu le temps de s'écarter du chemin de l'avalanche et de se mettre à l'abri à l'entrée d'un des tunnels. Ils avaient été ensuite projetés à l'intérieur de ce conduit par le déplacement d'air comme des projectiles à l'intérieur d'un canon. Les Truman se retrouvèrent haletants dans un tunnel étroit. Fearmax avait été jeté à terre tandis que Miss Dombey gémissait et se tordait les mains au-dessus de lui. Les jambes de ses pantalons étaient trempées. Il gisait dans une grande flaque d'eau tandis que le bruit se répercutait à l'infini derrière eux. Il avait reçu un coup entre les épaules qui lui avait coupé le souffle. Il poussa un gémissement et se mit sur son séant en tâtonnant autour de lui pour chercher sa lampe. Pendant ce temps Campion gravissait péniblement, à quatre pattes, ce qui ressemblait à un escalier sans fin, en soutenant la frêle silhouette de Virginia, qui s'était évanouie. Ils n'avaient pas encore eu le temps de réaliser toute l'ampleur du désastre ; ils étaient encore pleins de la surprise et de l'horreur de la catastrophe, et aucun d'entre eux n'osait comprendre qu'ils étaient enterrés vivants dans le labyrinthe dont la plupart ignoraient encore l'existence la veille.

Pendant ce temps-là Graecen, à moins de dix mètres de là, palpait quelques pièces d'or dans sa poche en murmurant des blasphèmes incohérents d'une voix hystérique. Lui du moins se rendait compte de l'horreur du drame qui venait de se jouer, car il était peut-être le seul à avoir des chances de s'en tirer. Assis sur un rocher, il s'essuya le visage avec son mouchoir, tandis que son esprit, assez lent d'ordinaire, travaillait à toute allure en s'efforçant de se rappeler les détours du chemin qu'ils avaient emprunté avec le guide. Mais en vain. Ils avaient traversé une rivière, il y avait très longtemps de cela, lui semblait-il. Il consulta sa montre et constata qu'elle s'était arrêtée. Que faire ? Graecen se leva lentement et sentit son sang se glacer dans ses veines en faisant le tour de la caverne pour examiner les nombreux tunnels qui se présentaient à ses regards effrayés comme autant de bouches avides de l'engloutir.

Il choisit celui qui lui parut le moins lugubre et s'y engagea en s'efforçant de retenir chaque détail de ses parois. Une phrase que lui avait dite Hogarth lui revint en mémoire pour le réconforter. « Après tout, Dickie, si vous songez à la mort comme à la suite normale d'un processus qui a commencé depuis un temps considérable, elle ne vous apparaît plus comme une affaire aussi sérieuse. »

Oui, mourir dans son lit avec deux oreillers sous la tête, en tenant la main de sa mère, peut-être. Mais mourir après une longue agonie dans ce puits noir en suffoquant... c'était autre chose. Et les autres ? Il s'arrêta brusquement. Il aurait dû crier, il aurait dû essayer de les rejoindre. Mais cela paraissait totalement impossible. Il leva la tête et cria leurs noms, effrayé par les échos qu'il déclenchait autour de lui. Puis il tendit l'oreille dans le silence glacé qui retombait sur le réseau de grottes et de tunnels. Ses propres pas résonnaient, faibles et lointains, comme un grattement de taupe à des milliers de kilomètres sous terre. Il crut bien entendre un instant un faible gémissement qui pouvait provenir de Miss Dombey, mais quand il s'arrêta pour écouter il n'entendit que le silence enfler dans tout le labyrinthe.

C'était comme un cauchemar, un de ces cauchemars où on se sent traqué, pris au piège, et cela cessa brusquement quand il aperçut un rai de lumière et quelques instants plus tard il se retrouvait en plein jour juste derrière Cefalû, la maison où il était venu mourir. Graecen trembla de tous ses membres de se voir ainsi brusquement sauvé. Il s'assit sur un rocher, respirant à pleins poumons l'air bleu et les senteurs de thym, emplissant ses yeux du spectacle de la mer, d'un bleu irréel derrière la maison. Jamais le monde ne lui avait paru plus désirable. Il finit par se lever et se dirigea d'un pas chancelant vers la maison.

Axelos était assis au milieu de la pelouse, à l'ombre d'un platane, et comptait de l'argent sur le tapis vert d'une table de jeu pliante. Ses domestiques se tenaient devant lui, attendant leurs gages. Il leva la tête à l'approche de Graecen, qui se hâtait comme un homme ivre.

« Dickie, dit Axelos en le reconnaissant et en se levant. Quelle bonne surprise ! »

Graecen, une main pressée sur son cœur, essaya de parler, mais aucun son ne sortit de sa bouche. Son ami s'approcha lentement de lui, de sa démarche traînante. Il portait un pyjama à rayures vertes et bleues et un vieux chapeau de paille. Un cigare se consumait lentement à ses lèvres.

« Un accident, finit par dire Graecen en s'effondrant sur une chaise. Ils sont tous enfermés dans le labyrinthe. »

Puis il fit du mieux qu'il put le récit des événements. Aussitôt Axelos le planta là, assis dans une chaise longue, la tête inclinée, les yeux clos, et partit avec deux domestiques vers l'entrée du labyrinthe. Graecen attendait que son cœur se calme... ou s'arrête définitivement. Les palpitations l'avaient glacé et il souffrait. Dès que sa valise arriverait il se ferait une piqûre. Il s'efforça de faire le vide dans son esprit, et de respirer profondément et régulièrement ; à travers ses paupières closes il voyait jouer l'ombre et la lumière entre les feuilles du platane. Des émouchets sillonnaient l'air en rasant la surface du cône de Cefalû. Il entendait leurs cris coupés net comme par des ciseaux lorsqu'ils plongeaient. De la maison lui parvenait le bruit d'une dispute — un bruit familier ; on répandait la nouvelle de l'accident. Graecen poussa un soupir et se souleva. Il avait oublié de leur dire que Baird n'était pas avec eux dans le labyrinthe. Ils étaient peut-être les deux seuls survivants. Ses pensées se tournèrent une fois encore vers le petit groupe en train d'étouffer dans cet antre de pierre et de terre, pris comme des bulles d'air dans du verre sans espoir de secours. Il se leva et gravit lentement les marches de la maison.

IV

LA TOMBE DE L'ENNEMI

APRÈS avoir fait ses adieux, Baird assura son vieux paquetage de l'armée sur ses épaules et descendit le chemin empierré ; il sentait qu'ils le suivaient du regard en silence tandis qu'il contournait la cerisaie, traversait le petit cercle de champs cultivés, et disparaissait au détour du sentier qu'il connaissait bien. Il ne se retourna pas pour leur adresser un dernier au revoir de la main ; sa mission l'absorbait déjà tout entier, créant une zone de solitude autour de lui. Mais il avait le cœur battant, et il se sentit un peu essoufflé en gravissant la crête de la montagne avec une sombre obstination. Chose curieuse, ce ne fut pas le souvenir des dangers passés qui lui vint à l'esprit en revenant sur le théâtre de tant d'opérations, mais plutôt celui des longues journées d'ennui, d'apathie, d'attente. C'était là, près du bouquet de myrtes qu'ils avaient attendu le convoi de mules, l'abbé et lui ; ils avaient dressé une embuscade, et n'étaient pas sûrs du succès. Il revoyait avec une parfaite netteté le visage de l'abbé Jean pendant qu'il déchirait le paquet de cigarettes et mouillait le tabac pour en faire un tabac à chiquer convenable – il était défendu de fumer pendant une opération. Il se rappelait chaque mot de cette dernière conversation. Ils avaient discuté de la maladie de Koax, qui allait peut-être mourir. Un peu plus haut, sur une avancée de terrain, il retrouva les odeurs familières d'amandes et d'oranges montant du petit bois qui couronnait Penthali.

Il traversa le torrent sur le vieux pont de pierre par où passait tout leur ravitaillement ; l'eau grinçait toujours en bondissant par-dessus la vanne pour pénétrer dans le lit de pierre qu'elle s'était taillé de l'autre côté. Au dernier tournant avant de prendre en direction de l'ouest il refit les gestes familiers qui étaient devenus une habitude chez tous les maquisards : s'arrêter dix minutes sous le chêne pour voir si personne ne les suivait puis allumer une cigarette. Il percevait le léger battement de son cœur dans l'air vif de la montagne – un petit bruit régulier comme un cliquetis d'aiguilles à tricoter dans sa poitrine.

De là il fallait longer la crête de Nanolithos ; la route serpentait sous les falaises calcaires. Il reprit sa marche avec une assurance exagérée, refaisant en esprit l'un des innombrables trajets qu'il avait déjà effectués sur cette même route. Il dépassa ainsi la petite chapelle de Saint-Nicolas, toute rose, avec son icône bosselée et sa lampe brisée, puis les vestiges croulants de la tour vénitienne, et s'avança résolument vers le roc noir fendu par le ravin au fond duquel courait un étroit sentier. Il avait atteint l'entrée de leur ancien quartier général, et il s'arrêta un moment pour regarder jouer les ombres à la surface du rocher. Il était en proie à une grande agitation intérieure ; c'était quelque chose de plus profond que le malaise de son esprit, comme une alarme... comme si un invisible guetteur l'observait du haut de ces balcons de pierre. Mais il avait beau chercher, il ne voyait personne. Un buisson s'agita un instant sous la caresse du vent, et son épiderme se hérissa car il avait cru entrevoir un tireur camouflé. Il rajusta son sac sur ses épaules et s'essuya le front avec son mouchoir. Il avait emporté son déjeuner et la pelle démontable dont, pour une obscure raison, il n'avait jamais pu se résoudre à se défaire. Il se rappela la raison que lui avait donnée Hogarth, et il sourit. L'avait-il vraiment conservée en vue de ce moment, de cet endroit sous le ciel de Crète ?

Il allongea le pas et franchit le défilé. Il éprouva une sorte de paralysie des sens lorsqu'il revit l'endroit exact où Böcklin avait été tué. Il avait confusément espéré qu'il aurait disparu, qu'une avalanche aurait emporté tout le site. Mais non, rien n'avait changé ; tout était à la même place, les veines orangées dans le roc, la pierre qui leur servait de cible lorsqu'ils s'exerçaient au tir, même les restes pourrissants de la vieille caisse de munitions sur laquelle Böcklin était assis quand il était mort. La sueur lui sortait par tous les pores de la tête ; il sentait la fraîcheur du vent qui jouait dans le ravin. Il demeura un instant immobile, contemplant stupidement le rocher percé de trous et de galeries où le vent s'engouffrait en sifflant. Des débris familiers jonchaient encore ces lieux : boîtes d'allumettes écrasées, pansements, une chaussette déchirée, des douilles de revolver. Il s'arrêta et ramassa une boîte vide qu'il tourna et retourna entre ses doigts glacés. Et de nouveau il eut cette impression d'être épié ; il leva les yeux vers les saillies de rocher au-dessus de sa tête, mais tout était d'une immobilité de mort. Le vent gémissait dans la grotte centrale qui s'ouvrait comme un sinus dans la falaise. Les parois portaient encore les traces de leurs feux. Très haut, dans le ciel bleu sans nuage, un aigle planait ; l'herbe frissonnait paisiblement autour de ses bottes. Là-bas, dans l'ombre de la falaise, l'endroit où Böcklin avait été enterré, que rien ne distinguait, car les pluies d'hiver avaient nivelé le sol.

Baird s'assit tout près de la tombe et sortit ses provisions ; son agitation s'était transformée en une faim dévorante. Le pain et le fromage avaient un goût délicieux dans l'air frais des hauteurs. Il avait rempli une bouteille au torrent. Et tout en mangeant et en buvant, il se demandait ce qu'il ferait du corps de Böcklin quand il l'aurait exhumé. Le monastère n'était qu'à une demi-heure de là ; il avertirait l'abbé et le sacristain de son désir de l'enterrer en terre consacrée. Et s'ils refusaient ?

Chassant ces pensées importunes, il prit sa pelle et commença à creuser. Un oiseau invisible chantait quelque part dans l'air froid, sur un mode triste. Baird creusait doucement, avec les précautions d'un archéologue qui craint d'endommager une pièce rare. La terre était assez tendre et humide à l'ombre de la falaise. Il s'arrêta un moment pour rouler ses manches avant de se remettre au travail. Dans quel état retrouverait-il Böcklin ?

Ce ne fut qu'au bout d'une heure de travail qu'il lui devint évident que *Böcklin n'était plus là.* Depuis un moment, cette idée lui était venue lentement, comme une évidence qu'il se refusait à admettre. Mais lorsque le soleil eut dépassé le zénith, il avait creusé un trou assez large pour qu'aucun doute ne subsistât. Il sentit au début son dos et ses épaules parcourus par une sorte de frisson – comme si l'air de la montagne s'était tout à coup rafraîchi. Il n'en continua pas moins à creuser longtemps après que la probabilité fut devenue une certitude. Il lui paraissait urgent de trouver le corps, et cependant il n'y en avait pas la moindre trace. Il se mit à faire les cent pas autour de la tranchée qu'il avait creusée en fumant et en réfléchissant furieusement. Etait-il possible qu'une unité des Sépultures de Guerre eût enlevé le corps pour l'inhumer dans un cimetière militaire ? Cela était très improbable, car ils opéraient généralement sur des champs de bataille dûment recensés, comme ceux proches de La Canée ou de Retimo. En outre, qui aurait pu parler de la mort de Böcklin ? A moins que le corps se fût entièrement décomposé ? Il gratta un moment dans la fosse, écrasa la grasse argile entre ses doigts dans l'espoir de trouver quelques vestiges : boutons de vareuse, médailles, lambeaux d'étoffe. Rien, pas la plus petite trace de sa victime. Alors il s'assit sur une pierre avec résignation, et se mit à rire, d'incompréhension et de soulagement tout à la fois. Et il lui vint l'idée folle que c'était peut-être Hogarth qui, pour parachever sa guérison, avait délibérément enlevé le cadavre de Böcklin. – « C'est cela, dit-il en riant de plus belle, c'est ce sacré Hogarth qui l'a enlevé. » Il vida sa bouteille d'eau et resta un long moment les yeux fixés sur la tombe. Puis il reporta son regard sur les restes à moitié pourris de la caisse de munitions, et il comprit obscurément qu'une page avait été tournée. Au bout d'un moment toutefois il fut si accablé par ces pensées et par le silence oppressant qui était descendu sur ce lieu, qu'il se leva brusquement et jeta sa pelle dans le trou qu'il avait creusé.

Il se retrouva bientôt dans un petit bois d'yeuses et d'arbousiers sur l'autre versant de la montagne, éprouvant une sensation de soulagement et de délivrance, comme s'il venait d'échapper à un grand danger. Il apercevait par moments la mer à travers les branches mouvantes. Son grand œil bleu et candide apaisa son trouble. Il s'emplit les poumons de l'air vif avec un plaisir accru.

Les ombres s'allongeaient déjà lorsqu'il se leva

et reprit le chemin de la vallée par un sentier de chèvre. Il avait décidé de descendre à Saint-Georges pour voir si l'abbé Jean était toujours là, comme on le lui avait laissé entendre à La Canée. Peut-être pourrait-il lui éclaircir le mystère de la disparition de Böcklin. D'ailleurs il fallait qu'il découvre également ce que le brave abbé faisait des munitions qu'il avait cachées et qui inquiétaient si fort Whitehall. La meilleure politique à suivre en cette occurrence était d'aller lui rendre visite avant qu'il apprenne son arrivée. Il connaissait assez les Grecs pour savoir que le seul moyen de parvenir à ses fins était de prendre les devants.

Au bout d'un moment il rencontra un homme qui s'efforçait de faire avancer, à grand renfort de jurons, un petit âne lourdement chargé. Après l'échange habituel de politesses, il lui posa la question qui lui tenait au cœur :

« Est-ce que l'abbé Jean est toujours là-haut, au monastère ? »

Le paysan cracha par terre avec onction.

« Ils y sont toujours, dit-il. Voleurs, filous, prêtres... »

Baird sourit.

« La Grèce, dit encore l'homme, porte les prêtres dans sa peau comme un chien porte ses puces.

– Les Grecs devraient bien être aussi bons patriotes que leurs prêtres », dit Baird d'un ton tranchant, en songeant au courage de l'abbé Jean, à sa gaieté et à son insouciance, à sa folie et son humour, ses enfantillages, ses audaces, ce kaléidoscope d'émotions qui tourne inlassablement dans la cervelle des Grecs, défiant toute logique.

L'homme le regarda avec un plaisir jaloux. Il avait simplement voulu grogner un peu ; cela fait partie de la conversation en Grèce.

« Eh bien, dit-il, l'abbé Jean est un coquin. »

De cela, Baird n'avait jamais douté. Il changea de sujet et se mit à échanger avec l'homme des propos plus familiers. Il avait deux enfants. C'était un pêcheur (mot qui était synonyme de pirate dans le vocabulaire de Baird). Il était du village de Nesboli – à deux heures de là. Baird ne put résister à la tentation de lui apprendre qu'il y était allé quand les Allemands avaient brûlé le village.

« Et c'est l'abbé Jean qui a sauvé vos parents, dit-il. Que vous a-t-il donc fait pour que vous parliez ainsi de lui ? »

Il comprit bientôt que l'homme allait souvent prendre livraison de certaines cargaisons venues par mer pour les transporter au monastère à dos d'âne. Baird ne lui demanda pas quelle était la nature de ces cargaisons. Il fit mine de ne pas s'y intéresser, et ils se séparèrent au premier tournant.

Il reprit le chemin qui débouchait au-dessus de Saint-Georges. Les murs blancs et les tours rouges du monastère perché sur le flanc déchiqueté de la montagne étincelaient dans le soleil de l'après-midi. Il avait été bâti à l'endroit où un maigre ruisseau faisait une trouée dans le roc pour gagner la mer ; c'était une oasis de verdure dans ce paysage désertique, car l'eau fraîche avait fait jaillir à profusion noyers et cerisiers. D'en haut, le petit bâtiment paraissait flotter sur ce lac de feuillage. Un étroit sentier menait, sous le couvert, devant la grande porte en chêne ; Baird toucha du doigt les traces de balles dans le bois qui lui rappelèrent ce jour où les Allemands avaient fusillé là des francs-tireurs qu'ils avaient faits prisonniers. Puis il souleva le heurtoir massif à deux mains et le laissa retomber deux fois.

Il n'y eut pas de réponse. Pesant de l'épaule contre le lourd battant, la porte céda en grinçant, et il se retrouva dans la petite cour blanche pavée de galets multicolores, écrasée de soleil. Des fleurs en pots couraient tout le long de la digue, et il remarqua parmi elles un grand nombre de basilics, la fleur préférée de l'abbé Jean. Il s'immobilisa et regarda autour de lui. Seul troublait le silence le bruit d'un pot que l'on récurait avec du sable. La porte de la petite chapelle était ouverte. A l'intérieur, l'obscurité était aussi épaisse que dans une cave. Baird entra, se signa, et attendit que ses yeux s'accoutument aux ténèbres et recréent la vision de l'image dont il avait gardé le souvenir. Petit à petit, les détails commencèrent à apparaître, comme une photo dans le bain révélateur : les icônes barbares sous leurs chapes d'argent, les lampes suspendues à leurs longues chaînettes, les ferrements richement ouvragés. Saint Demetrius aussi, qui émergeait lentement de l'ombre, ses grands yeux formant comme deux puits de noirceur. Baird vit une bouteille d'huile d'olive sur un rebord et, accomplit le rite consistant à remplir chaque lampe du sanctuaire.

Puis il retraversa la cour et alla se pencher au-dessus de la jetée. Des filets bruns étendus sur les roches séchaient au soleil. Un petit canot de bois et d'osier était à sec sur les marches qui descendaient à la mer, à côté de plusieurs nasses à homard, brunes, en forme de gourde. Pas un souffle ne ridait la surface de la mer qui s'étendait comme un miroir de ce mur blanc jusqu'aux côtes africaines. Il la regarda respirer au rythme paisible de la houle. Quelques coquilles de patelles abandonnées par un pêcheur flottaient tout près du bord.

Baird contourna le corps de bâtiment principal, frappé par une idée subite. La jetée se terminait par une petite terrasse blanche et une tonnelle de vigne. L'abbé Jean était là, endormi dans une vieille chaise longue, sa noble barbe reposant sur sa poitrine, ses mains ridées aux ongles courts croisées sur son ventre. Son chapeau de pope gisait à terre, entre ses deux pieds chaussés de lourds brodequins à semelles cloutées. Baird s'approcha doucement et s'assit par terre en face de lui, contemplant ce vieux visage innocent et vénérable, attendant son réveil, et petit à petit il se sentit gagné à son tour par une douce somnolence, s'enfonçant au-dessous du niveau de la pensée et de l'action, atteignant celui où l'on ne fait qu'un avec l'air et la mer, dans la passivité et la résignation. C'était comme si toutes les questions et les contradictions qui encombraient son esprit s'étaient brusquement dénouées en une immense quiétude. Il sentit ses yeux se fermer et sa tête tomber sur sa poitrine.

L'abbé s'agita une ou deux fois dans son sommeil, comme s'il allait s'éveiller, mais à chaque fois la douceur et la paix ensoleillée de l'après-midi avaient raison de lui. A la fin, alors que Baird s'était presque endormi, le vieil homme se mit à parler, sans ouvrir les yeux.

« Eh bien, mon cher Baird, dit-il. (Puis il leva la tête.) Nous savions tous que vous reviendriez un jour. »

Il se leva et ils s'étreignirent avec chaleur. Puis il se rassit et ferma les yeux un moment, fouilla dans les plis de sa robe maculée, émit un prodigieux bâillement et alluma une cigarette.

« Je sentais que quelqu'un était assis devant moi sans rien dire. Et je me disais qu'un revolver était peut-être pointé sur moi. Vous voyez, nous n'avons pas encore perdu nos vieilles habitudes. J'ai à peine entrouvert les yeux pour voir qui c'était entre mes cils. Avez-vous remarqué qu'il est presque impossible de tuer un homme qui dort ?

– Je savais que vous m'aviez vu, dit Baird.

– Ainsi, mon cher compagnon, dit l'abbé en

souriant de toute sa face ridée, vous voilà revenu sur les lieux de tant d'aventures. »

Il se leva et donna à Baird une grande tape sur l'épaule. Puis il épousseta sa barbe et s'étira de nouveau en bâillant.

« J'en mourais d'envie, dit-il.

– Et que se passe-t-il dans le grand monde ? demanda-t-il avec cette passion qu'ont les Grecs pour les nouvelles de l'étranger.

– C'est exactement comme vous l'aviez prédit.

– Les nations se querellent ?

– Oui.

– Je le savais. Pour des territoires ?

– Pipelines, sphères d'influence, commerce...

– Attendiez-vous autre chose ? »

Baird revit les traits d'oiseau de proie de l'abbé, les boucles de sa barbe autour de sa bouche ridée, et se rappela ces interminables conversations qui meublaient leur inaction et leur solitude dans les montagnes Blanches.

« Oui, avoua-t-il à la fin. Je pensais que tout serait différent une fois réalisées les révolutions essentielles. Je me trompais.

– Fausses prémisses, fausses conclusions, dit l'abbé Jean, et il se passa lentement les doigts à travers sa grande barbe, en faisant tomber la cendre de cigarette qui s'y était accrochée. Mais consolez-vous. Vous n'êtes pas le seul à vous tromper. Attendez que je vous présente au frère Marc. Il croit que c'est nous qui bâtissons le monde nouveau – le nouveau paradis sur terre ; ici, dans ce monastère. Il croit que la propagande invisible que nous faisons ici, par la vie que nous menons, est portée à notre crédit, au crédit de toute l'humanité. Mais en fait cela ne vaut pas plus cher que n'importe quelle tâche humaine. Cela prouve que le frère Marc n'a pas encore appris son travail. La pratique de la vertu est une fin en soi.

– C'est pour cela, dit Baird, qu'entre-temps vous faites du commerce ? Vous devez être riche maintenant, à la fois spirituellement et financièrement. »

L'abbé parut légèrement décontenancé. Il toussa et examina le ciel un moment.

« Il est vrai, dit-il d'une voix lointaine, en regardant Baird du coin de l'œil, que je suis actuellement engagé dans des opérations assez profitables.

– Londres s'en inquiète.

– Quoi ? s'écria l'abbé. On en parle à Londres ? La chose est donc si répandue ? »

Baird imaginait l'idée que l'abbé devait se faire de Londres : une ville à peine plus grande que Mégara, où les citoyens passaient leurs journées à bavarder, assis sur le pas de leurs portes ; de temps en temps un berger passait avec sa chèvre, et vendait son lait directement de la mamelle au consommateur. Avec, parfois, un lord en chapeau haut de forme dans son automobile.

« Ainsi on parle de moi à Londres ? répéta l'abbé, d'une voix où se mêlaient l'inquiétude et la fierté. Et que dit-on ?

– Ces fusils sont nécessaires pour les révolutions. »

L'abbé se mit à rire et se cacha le visage dans sa manche.

« Avez-vous faim ? » demanda-t-il.

Et sans attendre la réponse il frappa dans ses mains et appela :

« Calypso ! »

Une petite fille parut au coin de la maison, d'une démarche souple et vive.

« Apporte ce que nous avons à manger. Ton parrain est arrivé. »

Elle embrassa Baird timidement, et leur apporta du pain, des olives noires, des oignons et du vin.

« Resterez-vous longtemps ? demanda l'abbé.

– Je suis à Cefalû, chez Axelos. Je resterai peut-être quelque temps. Je suis si heureux de retrouver la Crète. »

Il allait lui parler de Böcklin et de la visite qu'il avait faite à leur ancien quartier général, mais l'abbé ne lui en laissa pas le temps.

« Tout le monde vient à Cefalû, dit-il. Il paraît que les statues et les choses que nous avons trouvées dans les grottes sont remarquables. Voilà une affaire que je ne comprends pas. »

Il se tut un moment.

« Quoi ? dit Baird.

– Le vieil Axelos, dit l'abbé, a-t-il bien toute sa tête ? Il veut que je dise que je l'ai aidé à *sculpter* ces choses qui sont là-bas. Qu'est-ce que vous pensez de ça ? Il m'a donné cent livres pour le jurer et ne dire à personne que nous avons découvert les statues ensemble. »

Il frappa du pied en hochant la tête.

« Là, voilà que j'ai recommencé. Ce devait être un secret. D'abord j'accepte l'argent, et puis je vends la mèche. »

Il se frappa deux fois le front de son gros poing noueux.

« Ces moines qui ne peuvent pas tenir leur langue... c'est un péché. Que le Créateur nous punisse tous ! »

Il fit promettre à Baird de ne répéter l'histoire à personne. L'abbé parut alors soulagé et dit :

« Mais, après tout, pourquoi ne vous raconterais-je pas tout ? Vous êtes un de mes plus vieux amis. Pourquoi ne vous dirais-je pas aussi que cette paysanne, Katina ?... il l'a épousée, vous savez. C'est moi qui les ai mariés. Mais pourquoi la garde-t-il comme une servante dans sa maison, et ne lui donne-t-il pas ses droits d'épouse ? Non, il y a quelque chose qui ne va pas chez lui. »

Ils marchaient tranquillement en devisant dans

la cour immobile. Baird admira la lampe neuve dans la chapelle, les pots de basilic, et le carré de légumes. Les trois autres moines qui partageaient sa solitude monastique avec l'abbé Jean dormaient.

« Je suis heureux, dit le vieil homme. Très heureux. Je n'ai jamais eu une meilleure vie, et je crois qu'il n'y en a pas. Je ne pense à rien. Je prie un peu et je dors beaucoup. Quant aux fusils dont vous parliez, je vais vous dire de quoi il s'agit, si cela peut rassurer les citoyens de Londres. Personne ne songe à la révolution ici. C'est uniquement du commerce. Je les achète bon marché aux Juifs de Palestine et je les vends avec profit aux Juifs de Tripoli. Nous sommes bien placés ici pour ce genre de transactions et récemment quelques-uns des plus vaillants pêcheurs sont retournés dans leurs villages. Ce n'est pas un grand profit, mais c'est un profit tout de même — et naturellement, cela fait toujours plaisir de gagner de l'argent sur le dos des Juifs. Êtes-vous satisfait ? »

Baird était heureux que le sujet ait été débattu aussi franchement ; cela lui permettait de féliciter l'abbé de son honnêteté, car le vieil homme savait très bien que pour dix livres n'importe quel paysan aurait fourni le renseignement demandé. Ils marchaient en se tenant affectueusement par le bras, et Baird se surprit à admirer de nouveau son visage d'aigle d'où toute grossièreté terrestre semblait avoir été purgée, et à écouter le timbre musical et clair de sa voix. L'abbé était un philosophe dont le jugement se laissait parfois entraîner par sa cupidité.

La fille du vieil homme s'avança, lui tendit un bouquet d'anémones de printemps, et l'embrassa.

« Venez, dit l'abbé, vous resterez au moins avec nous ce soir. Nous avons beaucoup de choses à nous dire. Vous prendrez la petite chambre de Niko. »

Ils gravirent ensemble le long escalier de bois blanc jusqu'à la terrasse. Baird entendit un ronflement sonore derrière une des portes. D'éclatantes libellules voletaient parmi les fleurs. La mer se secoua et retomba dans son engourdissement.

La petite cellule blanche était immaculée. Elle contenait un lit, deux peintures à l'huile de tonalités vives, une table et une chaise. La fenêtre donnait sur la mer.

« Je vous ferai monter une paire de couvertures. Cela vous semblera très primitif après ce à quoi vous êtes accoutumé, mais c'est tout ce que nous avons. »

Baird s'allongea sur le lit.

« Je remercie Dieu d'avoir inventé la Méditerranée, dit-il. Vous baignez-vous toujours à la pointe ? J'aimerais redevenir bronzé comme avant.

– Dormez d'abord », dit le vieil homme en souriant.

La petite fille entra avec une cruche d'eau fraîche et un bol.

« Ah ! Calypso, dit Baird, tu deviens une vraie maîtresse de maison. »

Elle sourit et se retira, mais pas avant que l'abbé ne lui ait tiré ses nattes et ne l'ait appelée son petit loup-garou.

« Dans dix ans, dit-il fièrement, il n'y aura pas de plus jolie fille en Crète.

– Dans dix ans, dit Baird, nous serons en train de nous battre contre les Russes ou les Chinois. »

Le vieil homme s'assit sur une chaise et croisa les jambes. Il regarda Baird un long moment sans parler.

«Il y a encore autre chose, dit-il à la fin avec sa finesse habituelle. Vous avez quelque chose à me demander. Quelque chose que vous êtes venu chercher.

– Oui, dit Baird. Ce n'est pas important.

— Au cœur du rayon de miel se trouve la douceur, dit l'abbé sentencieusement. De quoi s'agit-il ? »

Baird lui raconta son rêve ; il lui parla de la réapparition de Böcklin dans son esprit, de ses visites à Hogarth. Il fut surpris de constater qu'il n'éprouvait aucune difficulté à expliquer au vieil homme la méthode d'Hogarth ; l'abbé Jean écoutait gravement et approuvait de la tête. Il était certainement la première personne de sa connaissance qui ignorât tout de la psychanalyse. Lorsqu'il lui parla de la suggestion d'Hogarth d'aller déterrer Böcklin pour l'inhumer en terre consacrée, l'abbé Jean se frappa lourdement le genou et déclara :

« Cet homme est un sage. Un homme très sage en vérité. De cette façon votre conscience sera en paix et le rêve disparaîtra.

— Mais, en fait, c'est le corps qui a disparu. Disparu par miracle, s'écria Baird tout agité. A moins que vous ne l'ayez enlevé vous-même ? »

L'abbé hocha la tête.

« A moins, poursuivit Baird, que ce sentiment soudain de libération soit une illusion. A moins que je ne rêve de lui de nouveau. Mais j'ai l'impression qu'un miracle s'est produit ; j'ai l'impression qu'il n'a jamais existé. »

L'abbé se pencha en avant et lui tapota le bras d'un geste rassurant.

« Vous comprendrez en temps utile, dit-il. Maintenant je vais vous laisser dormir une heure. Puis nous descendrons à la mer ensemble comme dans le bon vieux temps. »

Baird avait à peine délacé ses chaussures qu'il dormait déjà.

V

DANS LES TÉNÈBRES

ELLE resta assise un moment dans l'obscurité et essaya de réveiller Fearmax, mais au bout d'un moment elle se dit qu'il était certainement mort. Ses vêtements étaient humides et elle crut que c'était du sang. Il avait les mains glacées et crispées. Miss Dombey avait perdu sa petite torche électrique dans la confusion, et ses doigts tâtaient avec terreur le visage osseux de Fearmax, en gémissant et en suppliant.

« Monsieur Fearmax, monsieur Fearmax... »

Elle n'obtint aucune réponse. A la fin elle se leva et s'éloigna lentement dans l'étroit corridor ; l'air sentait le renfermé, et l'idée qu'ils étaient peut-être emmurés dans un tunnel dont ils ne pourraient plus jamais sortir la frappa subitement. Elle poussait de petits gémissements spasmodiques. Les mains tendues en avant comme une somnambule, elle avançait pas à pas. Quand elle eut fait vingt pas de cette façon, elle retrouva ses esprits et se rappela qu'elle avait une boîte d'allumettes dans son manteau. Les doigts tremblants, elle explora ses poches et trouva la petite boîte. La première allumette éclaira brièvement un passage noir et vide, puis s'éteignit. La seconde flamme brilla un peu plus longtemps. Le corridor semblait être devenu plus large, le plafond plus haut. D'étranges reflets frissonnaient encore dans les anfractuosités de la roche ; de la poussière flottait encore dans l'air. Puis la lumière mourut.

L'esprit de Miss Dombey n'était encore qu'un chaos d'images paniques, un déferlement incohérent où le présent et le passé se mêlaient en une sarabande effrénée. Etait-ce le Second Avènement qu'elle avait annoncé avec une telle conviction depuis des années ? Elle vit le visage du Gardien, ses traits pâles et indistincts gravés dans les ténèbres devant elle ; elle vit Mr. Sowerby qui la regardait derrière ses lunettes à monture d'acier au Wigmore Hall. Elle craqua une autre allumette dans ses doigts sans force, puis une autre. Elle qui n'avait eu d'autre préoccupation que la mort du monde et son jugement sommaire était totalement incapable d'abaisser ses pensées à la contemplation de sa mort personnelle. Tout engourdie, claquant des dents, elle continua à avancer, sans savoir où, allumant allumette sur allumette jusqu'à la dernière. Alors elle s'assit sur un rocher et se mit à pleurer. Que dirait Andrew, son frère ? Elle ne l'avait pas vu depuis des années. Il était à Quetta avec son régiment.

Puis lentement elle eut le sentiment que la signification profonde de toute sa vie allait peut-être se dégager de cette épouvantable aventure. Mais laquelle ? Elle revit se dérouler toute sa vie devant elle, les incidents apparaissant et disparaissant devant ses yeux comme des idéogrammes chinois dépourvus de sens. Elle se revoyait à la mission de Hwang-Tu. Son père expliquait le mystère de la Croix à un groupe d'enfants chinois. « Pour établir vos différences d'avec vos âmes », disait-il de sa belle voix grave. Ses vêtements sentaient le cigare, ses cheveux d'argent flottaient dans son cou... Ses doigts se refermèrent distraitement sur la petite fiole de somnifère dans sa poche, et elle se rappela le docteur Andrews lui recommandant, en la regardant sévèrement par-dessus ses lunettes, de ne pas en prendre de trop fortes doses...

Elle entendit le lugubre mugissement du minotaure au-dessus de sa tête. Le son traversa l'air épais, humide, presque comme un objet ayant poids et substance. Elle ouvrit le flacon et vida les comprimés dans sa paume. Quelque chose s'agita vaguement au bout du corridor, une forme d'ombre indistincte dans l'ombre. Elle appela, mais sa voix s'éparpilla en échos vides qui ne rencontrèrent que le silence.

Elle avala les comprimés un par un, en songeant comme elle était devenue experte à les avaler sans eau. C'était la malaria qui lui avait appris cela durant son dernier séjour en Egypte. Ce fut avec une sorte de soulagement qu'elle s'étendit sur le sol de pierre glacé du corridor, enveloppée dans son manteau.

Elle se revoyait petite fille, traversant les rizières en tenant la main de son père. De légers duvets de chardon flottaient dans le ciel au-dessus du fleuve. Un petit vieux était assis à la porte du temple et taillait très délicatement des morceaux dans une pêche ; la broche qu'elle portait était un présent de son père. Elle la perdit un jour dans un pré, au bord de la rivière, près de Horsham. Elle eut beau la chercher partout, elle demeura introuvable. Ce fut comme si un maillon de la chaîne du temps s'était brisé. Cette perte l'avait coupée de son père plus complètement que lorsqu'elle avait appris sa mort en Chine, des années auparavant. Coupée de son enfance, cette période de bonheur et de tendresse qu'elle ne devait plus jamais retrouver après avoir débarqué à Douvres. Elle se rappelait le canal silencieux, les convois de cygnes qui remontaient le courant, toutes voiles dehors, les soucis jaunes qui la regardaient aller et venir pendant qu'elle cherchait, tout en pleurs.

Miss Dombey s'assit un moment et ouvrit les yeux. Elle comprit alors, pour la première fois de sa vie, en toute lucidité, qu'elle allait mourir. La petite pulsation apathique de son cœur, son rythme étrange, anesthésié, lui en communiquèrent la certitude. En un sens, elle n'avait plus peur du labyrinthe, puisque ce n'était pas le labyrinthe qui était l'agent de sa mort. Ah ! mais ce n'était pas non plus la mort en martyre dont elle avait rêvé : c'était quelque chose de petit et d'irrémédiable, et qui trahissait jusqu'à la pauvre logique de sa foi et de ses convictions.

Elle ne voulait pas penser à Dieu ; pourtant, dans la situation où elle se trouvait, n'aurait-elle pas dû avoir recours à Lui ? se disait-elle. « Oh ! Dieu, commença-t-elle donc, en répétant les formules qui s'étendaient tout autour d'elle comme des chemins mille fois parcourus, pourquoi n'ai-je jamais réellement cru en vous ? »

Et malgré l'engourdissement qui la gagnait, elle songea que c'était là un très bon début pour une prière, mais le sentiment que quelque chose manquait, même dans cette confession, n'en persistait pas moins. Père, Fils, Saint-Esprit... qu'est-ce que tout cela signifiait ? Des mots qui tintaient dans son esprit comme des noix de muscade dans une boîte. Par-dessus tout cela cependant elle percevait comme une émanation de son père ; son père lisant dans le grand livre noir ; son père prêchant ; elle, grimpant sur les genoux de son père pour se faire dorloter et caresser la nuque. D'une obscure façon, cette histoire de Second Avènement n'était qu'une conspiration pour faire revenir ce père adoré. Ce fut dans l'ombre de cette immense image bienveillante que Miss Dombey s'endormit à la fin.

Fearmax, pour sa part, s'éveilla avec une grosse bosse sur la tête, et l'impression d'avoir vécu un tremblement de terre. Pendant un long moment il resta immobile, remuant doucement les bras et les pieds pour voir s'il n'avait rien de cassé ; mais, à part cette douleur à la tête qui lui donnait des vertiges, il paraissait s'être tiré intact de l'aventure. Il était tombé sur le côté, de sorte que son corps reposait sur son pardessus, dans les poches duquel il sentit les arêtes du carton contenant son déjeuner. Il resta un long moment à regarder dans le noir, tous les nerfs détendus, se demandant quelle décision prendre. Son dernier souvenir cohérent était celui du guide, à cheval sur le rocher, se précipitant vers lui avec une lenteur vertigineuse. Que s'était-il passé ? Les débris de l'avalanche l'avaient sans doute projeté au loin. Il se mit lentement sur son séant en gémissant, moins de douleur réelle que d'appréhension de la douleur. Sa tête, cependant, palpitait à l'endroit où une pierre l'avait frappé, mais il n'y avait pas de sang. Il avait les pieds trempés et glacés jusqu'aux os. Il saisit son manteau et chercha la boîte d'allumettes qu'il se rappela avoir emportée. Dans la petite flaque jaune émise par la flamme, il aperçut un objet brillant à moins de trois pas de lui. C'était sa torche. Ses doigts s'en saisirent en tremblant, il pressa le bouton et poussa un soupir de soulagement en voyant jaillir le faisceau puissant sans le secours duquel il aurait été plus impuissant qu'un aveugle.

Il le dirigea d'abord vers le passage bloqué derrière lui, examina l'amas de pierres et de boue qui avait été forcé comme un bouchon dans le goulot d'une bouteille. Mais devant lui le corridor se prolongeait à l'infini. Que devait-il faire ? Fearmax sentit un étrange calme descendre en lui, une sensation de détente et de bien-être. C'était comme s'il n'y avait plus rien à désirer, et plus rien à redouter — toute décision appartenant désormais à la destinée. Il n'avait qu'à marcher le plus vite qu'il pourrait, dans l'espoir de trouver une issue. Mais il commença par s'asseoir et mangea un sandwich — car il n'était pas encore bien remis. Il remarqua alors les traces humides de pas qui partaient de la flaque d'eau et il en éprouva un choc ; il n'était donc pas seul. Mais qui l'avait laissé ainsi, sans un mot, pour s'en aller dans le corridor ? Examinant plus attentivement les empreintes, il en conclut qu'elles n'avaient pu être faites que par des chaussures de femme.

Fearmax engloutit alors la fin de son sandwich et s'engagea dans le corridor en s'arrêtant pour appeler de temps en temps. L'idée qu'il n'était pas seul dans le labyrinthe ranimait ses espoirs. Mais il ne tarda pas à se décourager en voyant que les couloirs se multipliaient et se ramifiaient à l'infini. Comment trouver quelqu'un dans ce dédale ? Et peut-être tournait-il en rond...

Il traversa une caverne dont la voûte béante laissait voir un coin de ciel bleu ; la lumière dessinait sur les parois de fantastiques images aux reliefs tourmentés. Fearmax contempla le ciel avec une douloureuse nostalgie. Il leva les bras et cria de toute la force de sa maigre poitrine, jusqu'à ce que les échos se dispersent au-dessus de sa tête comme une volée d'oiseaux épuisés. Dix pieds de corde, et il serait libre. Mais il comprit qu'il lui serait fatal de s'attarder.

Il repartit en pressant le pas. S'il pouvait au moins retrouver la rivière qu'ils avaient traversée sur des pierres, il pourrait peut-être s'y reconnaître ; mais ce n'était qu'une succession de grottes et de tunnels qui ne menaient nulle part. A plusieurs reprises il trébucha sur le sol rugueux, et il se meurtrit les chevilles.

Petit à petit son allure se ralentissait, et le découragement s'insinuait en lui. Il trouva un cigare tout fripé dans sa poche, et la fumée généreuse lui calma les nerfs. Et il se surprit à composer des phrases qui, s'il échappait au labyrinthe, trouveraient place dans le livre qu'il projetait d'écrire. Le thème en était simple, et devait beaucoup à Hogarth : il s'agissait d'un traité sur le psychisme — sa prédisposition à l'épilepsie et à la schizophrénie. Ce serait un guide pour les futurs médiums. « Vivre avec une évidence qui ne peut se concilier avec le corps et les canons de la science quotidienne, telle fut la tâche de tous les esprits indépendants depuis le commencement de l'histoire. C'est également la tâche des individus dont l'expérience doit inévitablement provoquer des émotions ou des pensées qui ne sont ni rationnelles ni banales. Le corps de l'œuvre que nous ont laissée des hommes tels que Blake ou Nostradamus... » Il se cogna la tête contre une saillie et s'arrêta pour pousser un juron. « Par conséquent, lorsque nous employons le terme de folie à leur propos, nous devons le placer dans un contexte différent. » Sa torche faisait surgir des ténèbres une interminable succession de voûtes et de corridors. Le labyrinthe semblait n'avoir pas de fin.

Soudain Fearmax pensa à « Marie de France ». Il songea à elle avec un brusque serrement d'angoisse, et il s'arrêta. Se pouvait-il que les traces de pas qu'il avait vues près de l'endroit où il gisait fussent les siennes ?... Ou bien perdait-il l'esprit en nourrissant une idée aussi fantastique ? Quoi qu'il en soit, il ne pouvait se défaire de cette idée séduisante. Peut-être rencontrerait-il parmi ces corridors la véritable « Marie de France », la partenaire et l'épouse qu'il désirait depuis si longtemps ? Assis sur une pierre, il regardait distraitement la fumée de son cigare s'étirer dans le corridor. Brusquement une idée le frappa. *Où allait la fumée ?* Elle était certainement poussée par un courant d'air. Et un courant d'air devait indiquer la direction d'une issue. Il se mit à rire, de sa voix enrouée. La fumée le conduisait-elle vers la surface ? Ou peut-être quelque part, là-bas, « Marie de France » l'attendait, attendait qu'il la trouve et la reconnaisse...

Fearmax se remit en route, en suivant la fumée de son long cigare, s'arrêtant à intervalles réguliers pour lancer une autre bouffée dans l'air stérile du tunnel : elle flottait paresseusement, mais se dirigeait nettement dans la même direction, vers des tunnels qui paraissaient descendre, le long de galeries de rocs aux voûtes profondes et parfaites, comme taillées par la main de l'homme ; Fearmax suivait la fumée, tout en composant des phrases dans sa tête. « Leur œuvre constitue par conséquent, comme celle du médium, une évidence délibérée d'états de l'être *non communicables* par le langage. »

Etait-il possible qu'elle fût là, qu'elle l'attendît ? Cette idée l'enchantait et le terrifiait en même temps. Que se diraient-ils s'ils se rencontraient ? La fumée le conduisait toujours plus loin. Il traversa ainsi une caverne à la voûte de laquelle pendaient d'innombrables stalactites d'où s'écoulaient inlassablement un concert de gouttelettes, et il pensa avoir découvert la rivière. Mais il éprouva une nouvelle déception. Si cela avait été la rivière, elle l'aurait conduit jusqu'à la mer. Quelle horreur de se trouver coincé dans une faille trop étroite pour son corps — coincé comme une feuille de thé entre deux dents. Il essaya de retrouver une longue citation de Mysers sur laquelle il avait l'intention d'achever son livre. Il s'agissait des matérialisations ; cela lui rappela brusquement les bulles de paraffine qui, en séchant, avaient révélé les petites mains grassouillettes de « Marie de France ». Pourquoi l'avait-elle brusquement abandonné ? Et pourquoi avait-il fait ce voyage jusqu'en Crète pour se perdre dans cet horrible labyrinthe ? Tout cela avait-il un sens caché, et lequel ?

Hogarth aurait commencé par lui demander de s'interroger sur la justification dramatique qu'il pouvait donner d'une telle situation. Il lui avait dit un jour : « C'est notre symbolisme intérieur que nous projetons sur le monde dans nos actes. Nous créons dans le monde jusqu'à ce que le monde nous renvoie les reflets de notre symbolisme intérieur. Tout homme porte en lui une petite machine à fabriquer du mythe qui fonctionne souvent sans qu'il s'en rende compte. On peut donc dire que nous vivons selon une sorte de logique poétique très exigeante – car nous obtenons exactement ce que nous demandons – ni plus ni moins. »

Fearmax se demanda alors s'il avait « demandé » ces ténèbres humides, ces grottes et leur mélancolique bruit de chute d'eau, et le silence insondable qui absorbait tout.

Mais avant qu'il puisse formuler une réponse, il entendit ce rugissement lointain répercuté en échos caverneux qui évoquait en lui l'idée du minotaure. Il s'arrêta, indécis. Cela semblait venir d'assez loin en avant. Sa torche qui éclairait si bien au début avait brusquement pâli – l'humidité avait peut-être altéré la pile. Il prit un corridor où la fumée était attirée et parcourut rapidement une douzaine de pas. Quelle sorte d'animal pouvait bien produire un son pareil ?

Les corridors descendaient légèrement jusqu'à une sorte de rond-point naturel d'où partait un nouvel éventail de galeries. Ici l'air était encore tout vibrant du rugissement du monstre.

« Qu'est-ce que la réalité ? » dit Fearmax à haute voix, et il retrouva là une de ces questions dont la signification l'avait troublé depuis toujours. Ses pieds – ces mêmes pieds qui avaient arpenté combien de centaines de kilomètres de trottoirs à Exeter – que faisaient-ils ici ? A moins que ce lieu dément ne fût qu'une simple extériorisation folle de sa confusion intérieure ; ses pieds foulant lentement les corridors métaphoriques de son subconscient, où seul le rugissement du monstre endormi le mettait sur la voie de sa culpabilité initiale. Tout cela était pure fantaisie. S'il sortait jamais de là, il serait heureux d'en discuter avec Hogarth. L'ouvrage de Rank sur la signification symbolique des labyrinthes, les observations d'Ouspensky sur les corridors de la Grande pyramide... Etait-il possible que ces galeries où il errait aient été creusées par la main de l'homme à des fins occultes ? Que sa venue ici n'ait pas été le fruit du hasard, mais dirigée par quelque obscur dessein, pour qu'il y fasse des observations et tire des conclusions sur des cultes et des sciences oubliés depuis longtemps – ou seulement conservés sous les formes ésotériques de l'alchimie ou du tarot ? C'était là une hypothèse. Ses pieds commençaient à le faire souffrir. Fearmax se mit à parler tout seul sans contrainte : c'était comme si la dernière barrière entre son individu et sa personne s'était dissoute. Il entendait l'écho de ses paroles courir le long des parois et sous les voûtes de pierre. Il souffla un long ruban de fumée et le regarda flotter un moment, indécis, puis trouver le bon corridor, s'y diriger et s'y dissoudre lentement. Il le suivit sans se hâter, prudemment, en continuant à parler tout haut.

« Et si tout cela n'était qu'une initiation ?

« Dans quel but ?

« Un noviciat vers un plus haut degré de connaissance de soi.

« Mon pauvre ami, tu délires. »

Le rugissement du minotaure résonna de nouveau. « Non ! » s'écria-t-il brusquement, saisi par une vague de terreur. Sa lampe avait encore faibli et ne projetait plus qu'un petit cercle de lumière jaunâtre, impuissant à percer les ténèbres du corridor. Fearmax s'assit sur une pierre et tira une autre bouffée de son cigare ; des deux galeries qui se trouvaient en face de lui, l'une était nettement indiquée par la traînée de fumée qui s'y engouffra sans bruit. Quelque part, vaguement, il percevait comme une odeur. Et cependant ce n'était pas vraiment une odeur, car s'il concentrait son attention il ne sentait rien d'autre que l'humidité des grottes et le parfum de son cigare. Quelque part, au-delà des ombres peut-être, « Marie de France » l'attendait. Il se leva et s'avança vers les deux corridors qui lui faisaient face ; la fumée flânait lentement devant lui. Mais c'était dans le second passage, celui que la fumée n'avait pas emprunté, qu'il entendit les vibrations métalliques de la voix du minotaure, comme un grincement de cordes mal accordées, comme un brassement de poussières dans un espace confiné.

Ce ne fut pas un choix délibéré, mais plutôt comme si toute activité avait été suspendue dans son esprit hormis cette curiosité dévorante. Il se détourna de la fumée et pénétra dans l'autre galerie, et c'est alors qu'une étrange chose arriva. Il commença à se dire que tout cela était un rêve, qu'il était simplement perdu dans un de ces rêves qui troublent l'enfance. Il avait peur, oui, mais aussitôt la peur se dissipait, comme dans les nuages d'une injection de morphine. Il était maintenant soutenu par la flamme claire et verticale de cette curiosité toute-puissante : savoir ce qu'était exactement le minotaure. Peut-être n'était-ce qu'un des déguisements de « Marie de France », une de ses voix...

L'odeur, faible encore, semblait se préciser à mesure qu'il avançait dans le corridor ; c'était quelque chose de désagréable et de familier cependant. Ses pieds commençaient à buter contre des objets sur le sol dur ; il les ramassa et les examina à la dernière lueur de sa torche. C'étaient des branches mortes. Elles se brisèrent net entre son pouce et son index. Se dirigeait-il vers le repaire de quelque animal qui apportait sous la terre des branchages pour en garnir sa tanière ?

Il s'arrêta une seconde pour reprendre son souffle, puis se remit en marche, toujours dans la même direction, butant contre des branches, les narines pleines d'une odeur où il reconnaissait maintenant celle de la putréfaction. Qu'est-ce que cela pouvait être ? Il aspira l'air empesté, et soudain sa mémoire lui proposa une hypothèse. Enfant, il avait un jour trouvé un nid de héron en se promenant à travers les marais. L'oiseau était assis sur un amas de branchages pourris, entouré par les restes à moitié décomposés de ses festins, arêtes de poissons et carcasses de mulots. C'était cette même odeur putride qui assaillait maintenant ses narines, mais beaucoup plus prononcée. Quelle sorte d'animal pouvait avoir sa tanière aussi profondément cachée sous la terre et vivre de charogne ? Son imagination ne lui fournissait aucune réponse.

Il s'assit par terre et se prit le visage dans les mains, en réfléchissant follement. Il ne parvenait pas à éliminer complètement cette idée de la présence de « Marie de France » ; obscurément, il ne pouvait trouver le repos de l'esprit sans la promesse de sa venue. Et cependant cette odeur terrifiante de chair pourrie envahissait l'air confiné du corridor, et il tremblait maintenant de tous ses membres, incapable de les contrôler davantage. Sa peur semblait s'étendre de toutes parts autour de lui, emplissant les moindres creux de rocher, débordant de toutes parts. Allait-il connaître à nouveau cet état de transe qui lui était refusé depuis si longtemps ? Allait-il entendre la fenêtre s'ouvrir brusquement dans l'air au-dessus de lui ? Allait-il entendre *parler* celle qui l'avait si longtemps tenté par un mot à demi prononcé ?

Mais tout en se livrant à ces spéculations, il entendait, au bout du corridor, un léger bruit – comme le pas traînant d'une très vieille personne à demi paralysée. Cela lui rappela le frottement inoffensif des pantoufles en tapisserie sur le parquet de la bibliothèque du musée. Puis il y eut une bouffée d'air tiède – comme poussée vers lui par le déplacement d'un grand corps au fond du tunnel. Il appela, et en reprenant son souffle il sentit l'haleine impure, fétide, de la Chose. Elle se mouvait lentement dans sa direction – si lentement que l'angoisse était insupportable. Elle se déplaçait vers lui avec la même lenteur que les gouttes d'eau cristallines se formant à la pointe des stalactites, de la cendre au bout de son cigare, des ongles poussant au bout de ses dix doigts. Mais il ne voyait rien encore, sinon la vague promesse de l'obscurité qui enflait devant lui. Sa torche expirait sur le sol à côté de lui.

Puis, à la fin, l'immensité de l'ombre parut épaissir, mûrir, gonfler vers lui, et il vit s'approcher de lui ce qui lui parut être deux petits yeux injectés de sang. Fearmax se couvrit le visage de ses mains et s'abandonna en esprit à la Chose. Ses lèvres remuèrent, mais aucun son n'en sortit. Il se sentit à la fin saisi dans une bouche humide, d'énormes dimensions, et emporté, à demi inconscient, le long des corridors moites du labyrinthe.

VI

AU MONASTÈRE

LE soleil était encore haut dans le ciel lorsque Baird s'éveilla et se rafraîchit le visage avec l'eau de source que contenait le pot d'étain. L'abbé soignait sa vigne.

« Bravo ! s'écria-t-il. Nous aurons le temps de nous baigner. »

Ils prirent le sentier menant à la pointe schisteuse qui s'avançait comme une proue dans la mer. Le fidèle Marc les accompagnait, portant les serviettes et un panier de fruits. La mer était d'un bleu ineffable ; comme si, se disait Baird, nos corps se changeaient en bleu de Tyr en s'y plongeant. Un dauphin bondissait au soleil à quatre encablures de là, frappant l'eau comme un ballon de football lancé avec violence. Baird se dépouilla de ses vêtements comme on se débarrasse des haillons souillés de ce monde et s'allongea sur les galets tièdes.

« Allez, dit-il ; je sais que vous autres Grecs vous ne trouvez jamais l'eau assez chaude avant le mois d'août. Faites une exception. »

L'abbé invoqua son grand âge et toutes ses

infirmités, puis trempa un doigt circonspect dans l'eau et blêmit.

« Elle est horriblement froide ! Je ne pourrais jamais me baigner là-dedans. »

Mais Baird le tarabusta tant et si bien qu'il finit par ôter ses robes et ses grosses bottes, et rassembler ses cheveux en un chignon serré sur sa nuque. Le frère Marc prit respectueusement le haut chapeau de pope et alla s'asseoir à quelque distance pour les observer. Le vieil homme entra dans l'eau en poussant des grognements furieux. Son grand corps mou était comme du chêne. Baird vit les cicatrices laissées par les balles sur son épaule et sa cuisse – des cicatrices pourpres pareilles à des nœuds dans du vieux bois.

« Voilà, je viens ! »

Et ils se mirent à nager lentement dans le bleu glacé.

« Marc, lave les raisins », cria l'abbé, et le petit homme obéit.

« La contribution de Marc à nos recherches théologiques et morales est admirable, dit le vieillard en sortant de l'eau et en s'ébrouant comme un chien. Il va d'un préjugé à un autre comme un logicien va des prémisses à la conclusion. »

Baird se retourna sur le dos et vit le petit moine qui lavait tendrement les grappes de raisin et les essuyait sur la serviette de son maître.

Ils regagnèrent le jardin du monastère en se tenant tous trois par le bras, et Baird et l'abbé, étendus sur des chaises longues, la mer à leurs pieds, passèrent le reste de l'après-midi à manger et à philosopher. Le frère Marc, assis à distance respectueuse, n'en perdait pas un mot.

« Marc, dit brusquement l'abbé, qu'est-ce que la bonté ? »

Et disant cela, il poussa Baird du coude et lui fit un clin d'œil pour l'inviter à s'amuser des réponses du pauvre Marc. Le frère Marc rejeta d'un coup de tête la mèche qui lui tombait sur le front et leva une main d'où deux doigts avaient été arrachés par une charge d'explosif mal allumée.

« La bonté, dit-il, c'est faire le bien. Faire ce que dit le livre.

– Quel livre ? demanda l'abbé.

– Le bon livre », dit Marc d'un air sombre.

Il savait qu'on était en train de se moquer de lui, et remua ses mâchoires avec un étrange mouvement de mastication.

« Et si tu ne sais pas lire ? insista l'abbé.

– L'abbé Jean sera mon lecteur », répliqua le moine avec le sentiment d'avoir marqué un point.

L'abbé éclata de rire et se frappa le genou.

« Connaissez-vous un homme qui se concentre plus que lui sur la bonté ? demanda-t-il. Il étriperait sa mère si je le lui demandais. Je ne pense pas qu'il soit vraiment Grec – il n'est pas assez disputailleur ; il manque de soleil et de turbulence ; c'est un sombre, comme un Anglais, ou un homme qui souffre de constipation. »

Baird ferma les yeux et étendit les jambes vers la mer. Dans la rigole deux scorpions copulaient comme des ressorts de montre. Des abeilles bourdonnaient autour d'eux et des vagues de chaleur presque palpables semblaient sortir du mur de pierre de la terrasse. L'abbé vit le frère Marc, assis d'un air malheureux sur le bord du parapet en contemplant ses doigts, et il se rappela qu'il était très mal élevé de se moquer de ses compatriotes devant des étrangers.

« Va, frère Marc, lui dit-il. Tu es un saint homme qui réjouirait le cœur de saint Jean-Baptiste s'il était là. »

Le petit homme leva la tête et lui jeta un regard plein de reconnaissance. Son sourire était pareil à celui d'une petite fille ; une véritable transfiguration.

« Idolâtrie, dit l'abbé Jean en hochant la tête. Pure idolâtrie. C'est à désespérer du monde. »

Ils dînèrent sous les platanes, dans la cour, sur la grande table en chêne. Il y avait du vin rouge à profusion, et à la lueur des bougies le visage de l'abbé s'animait aux souvenirs qu'ils évoquaient. A la fin il monta dans sa cellule chercher son petit carnet de comptes, et en expliqua à Baird quelques-uns des mystères. Il tenait à jour le compte de toutes les cargaisons d'armes en provenance de Palestine et revendues à Tripoli.

« Vous voyez, dit-il, il n'y en a pas beaucoup. Et je sers votre cause, mon cher Baird, puisque je soustrais des armes aux territoires anglais pour les envoyer en territoires français ; aux frais des Juifs dans les deux cas. N'est-ce pas merveilleux ? C'est du bon patriotisme, et ça rapporte par-dessus le marché. J'ai acheté une grande ferme dans le Sud pour la dot de Calypso quand elle sera en âge de se marier. Un jour, un Anglais de Londres viendra peut-être l'épouser. »

Ils apprirent la catastrophe après le dîner par un berger qui passait par là. Toute leur gaieté s'éteignit aussitôt. Une caravane de secours était entrée dans le tunnel qui conduisait à « La cité dans le roc » et avait signalé de dangereuses avalanches en plusieurs endroits. L'abbé se montra pessimiste quant aux chances que la petite troupe avait de s'en tirer.

« C'est un endroit terrible, dit-il. Même le coin où nous avions notre quartier général était dangereux. Mais cette grotte qu'a découverte Axelos... »

Il fit un geste très éloquent de la main. Ils demeurèrent un moment sans rien dire, regardant une lune d'un rouge cuivré, magnifique, se lever du côté de l'Afrique. Quelque part dans le lointain on entendait le son grêle d'une flûte, et les sonnailles aigrelettes d'un troupeau de moutons.

« Couchez-vous tôt ce soir, dit le vieil homme. Je suis sûr que le rêve qui vous a troublé a disparu pour toujours. »

Baird sourit et lui souhaita le bonsoir. Dans sa petite cellule il souffla la bougie et s'allongea sur le lit étroit, écoutant un moment le doux froissement de la mer contre la jetée et les bavardages des pêcheurs qui partaient poser leurs nasses à homards. Puis il poussa un soupir et se laissa glisser candidement, joyeusement, dans le sommeil qui s'empara de lui comme une bénédiction.

L'abbé Jean, lui, ne pouvait pas dormir. Il se tournait et se retournait sur sa couchette de bois, et finalement il y renonça. Les puces étaient mauvaises ce soir. Il se promit de demander à Spiro, le novice, de frotter les planches avec de la paraffine et de boucher les fentes. Le bois était pourri et plein de vermine dans tout le monastère. Dans sa propre chambre il y avait plusieurs nœuds sur lesquels il se heurtait toujours le pied dans le noir. Il alluma sa petite veilleuse et prit un livre de sermons du Moyen Age. La lumière brillait faiblement sur son petit rayon de livres, sur ses robes pendues à un clou dans un coin, sur la grande Bible posée sur un lutrin dans l'alcôve – une Bible anglaise. Il se faisait vieux ; il avait atteint cet âge où le corps semble se soumettre à toutes sortes de petits désordres – un cœur qui bat trop fort, ou un poumon qui siffle et dans l'immobilité de la nuit il restait allongé et, comme il disait, « s'écoutait mourir morceau par morceau ». Il se sentait plein d'une vague mélancolie. Il se leva et enfila ses pantoufles brodées, ouvrit le buffet et prit une bouteille de marc dont il se versa un petit verre, en remarquant comme la peau de ses mains était devenue flasque. Il aurait bientôt soixante-dix ans. « Et je suis si peu accompli », se dit-il aussitôt, bien qu'il n'eût pas su préciser dans quel domaine pouvait s'exercer son accomplissement. Avait-il gâché sa vie ? Ces années passées en Asie Mineure, à Athos... avaient-elles porté leurs fruits ? Les exercices de l'Eglise orthodoxe lui avaient-ils permis d'approcher de la sainteté. Une faible odeur d'encens sortait du buffet. Il venait d'une manufacture d'Athènes. Ah ! si seulement il pouvait trouver un peu de cet encens de Damas d'avant-guerre, riche et piquant. Il poussa un soupir et avala son marc.

En allumant une cigarette, il se dit : « Si tu lui avais dit la vérité, serait-il plus heureux? La disparition miraculeuse de Böcklin n'aurait-elle pas plus d'effet que la révélation d'un fait établi ? C'est difficile à dire. »

Son expérience lui soufflait que c'était le miracle qui comptait généralement et, plus la personne était instruite, plus le miracle se révélait opérant. Il inhala profondément la fumée et peigna sa barbe avec ses doigts. Au-dessus de lui, Baird dormait, bercé par les prodigieux ronflements du novice. L'abbé décida d'aller réfléchir à ce problème près de la mer. Il souffla la bougie et quitta la pièce, en refermant doucement la porte derrière lui. Tout était immobile dans la cour. Une belle lune bleutée donnait aux ombres de profondes tonalités d'encre ; la mer poussait un soupir de temps en temps, comme un dormeur qui se retourne dans son sommeil. La nuit était chargée de parfums. Il s'assit sur le parapet, tout près de ses chers pots de basilic, et contempla le bout incandescent de sa cigarette. C'était vraiment absurde, se disait-il, de faire un cas de conscience de ce qui n'était rien de plus qu'un service rendu à un ami. Après tout, il avait aimé Böcklin aussi tendrement que quiconque en un sens. Etait-il nécessaire de rouvrir toute la question de sa mort, et de leur culpabilité ? « C'est comme si j'avais tiré moi-même », se disait-il.

Il jeta sa cigarette et se dirigea d'un pas traînant vers l'appentis où Spiro gardait ses pots de goudron et d'huile de lin et tout son attirail de pêche. Il alluma une lanterne sourde en grommelant, et à sa lueur dénicha un pot de goudron séché. Il le fit fondre sur un petit feu de copeaux, et retraversa la cour en direction de la chapelle.

Il referma soigneusement la porte à clef derrière lui, et posa la lanterne et le pot de goudron sur le sol. L'auréole de cuivre de Saint Demetrius se mit à briller au-dessus de l'autel. Des souris coururent se réfugier sous les bancs de bois pourri. Quelques icônes tentaient vaguement de percer l'obscurité.

Il poussa un profond soupir, car cela coûterait de l'argent pour réparer ce qu'il allait faire. Prenant son pot de goudron fumant, il s'avança vers un coin et s'arrêta devant une petite plaque de grès au-dessus d'une dalle. Il sentait le froid humide percer les semelles de ses pantoufles. Il prit le bâton terminé par une boule de chiffons en guise de pinceau, et se mit à recouvrir une inscription en grec ainsi libellée :

SOUS CETTE DALLE REPOSENT
LES RESTES DE G. BÖCKLIN, VAILLANT
OFFICIER DE L'ARMÉE ALLEMANDE
TUÉ AU COMBAT 1944

Il s'attarda un moment après avoir effacé l'inscription, songeant avec ironie qu'il avait fait cela pour quelqu'un qui ne croyait pas aux miracles.

L'abbé s'endormit presque aussitôt après avoir regagné sa cellule, et il ne s'éveilla que lorsque le frère Marc entra à l'aube sur la pointe des pieds avec un morceau de pain et un verre de lait de chèvre. Il avait très bien dormi, de sorte qu'il n'avait aucune excuse de somnoler lorsque Baird le retrouva le lendemain matin au bord de la jetée, une canne à pêche à la main. Le soleil brillait de tout son éclat. Baird s'approcha sur la pointe des pieds et regarda dans l'eau.

« Votre appât est parti », dit-il en souriant.

L'abbé poussa un vague grognement. Il tenait un livre de la main gauche, et il essayait de lire entre deux petits sommes.

« J'ai horreur de la pêche, dit-il. Je me demande pourquoi je trempe ma ligne. Par discipline, je suppose. »

Puis, tournant la tête, il se mit à rugir :

« Calypso ! Viens me changer mon appât ! »

La petite fille arriva et de ses doigts experts écrasa les coquilles des bernard-l'ermite et accrocha leurs corps mous et frétillants aux hameçons, tandis que l'abbé détournait la tête. Il ne pouvait pas supporter de les voir se tortiller.

« Comme ils bougent, dit la petite fille de sa voix lointaine.

– Ne me dis rien, dit l'abbé. J'ai horreur de faire souffrir. »

Elle l'avertit quand l'opération fut terminée, et il relança sa ligne dans l'eau bleue en levant les yeux au ciel.

Baird s'assit sur le mur et lança distraitement des galets dans la mer, en attendant que son ami attrape quelque chose.

« Dans une demi-heure je dois partir pour Cefalû. Viendrez-vous avec moi ? »

L'abbé lui dit qu'il en avait l'intention.

VII

CAMPION

CAMPION et Virginia Dale furent projetés violemment dans un orifice qui ressemblait un peu au conduit d'une vieille cheminée française. La jeune fille s'était évanouie. Campion l'avait prise à bras-le-corps et avait réussi à s'écarter de quelques mètres à l'intérieur de la brèche, en chancelant, tandis que des pierres et de la terre se déversaient derrière eux par l'ouverture. Il constata qu'ils avaient le visage noir de poussière tandis qu'il gravissait lentement ce qui semblait être une volée de marches irrégulièrement taillées au sommet desquelles brillait une large bande de lumière. La jeune fille était plus lourde qu'il ne l'avait cru ; il la chargea alors sur son épaule, comme un pompier secourant une victime par la fenêtre d'un quatrième étage. Campion ne connut pas l'angoisse de Miss Dombey, car il put voir presque dès le début la blancheur réconfortante de la lumière du jour à l'autre bout du boyau où ils se trouvaient coincés. Il grimpa lentement, puis s'arrêta pour mettre doucement Virginia sur ses pieds et la secouer ; il ne pensait pas qu'elle fût blessée, car elle se trouvait derrière lui ; tout au plus avait-elle pu être frappée par une pierre ; il en avait reçu lui-même une dans l'œil qui l'avait aveuglé pendant un moment. Comme la lumière paraissait magnifique, ruisselant doucement par l'orifice au-dessus de leur tête !

« Virginia, appela-t-il en s'essuyant le front avec le dos de sa main. Virginia ! »

La jeune fille semblait sur le point de revenir à elle. Il lui souffla dans les narines et vit battre ses paupières.

« Vous sentez-vous bien ? » lui dit-il.

Elle se laissa aller de nouveau, mais cela ressemblait plus à un sommeil troublé qu'à un évanouissement cette fois. Campion la traîna quelques mètres plus haut et s'arrêta. A sa gauche il y avait un trou dans le rocher, une brèche guère plus grande qu'une petite glace de salle de bain et épaisse de plusieurs pieds donnant sur une grotte où, à sa grande surprise, il aperçut, comme dans un aquarium, les silhouettes rapetissées de Mr. et de Mrs. Truman ; cette vision ne dura guère plus d'une seconde – comme s'il les voyait par le gros bout d'une longue-vue. Il cria d'une voix enrouée, en engageant sa tête dans l'orifice, mais il n'y eut pas de réponse. La clarté glauque n'éclairait plus qu'un lointain petit tas de pierres, à une cinquantaine de mètres peut-être. A moins que ce ne fût une illusion d'optique. Son œil recommençait à le faire souffrir ; il sentait que quelque chose s'était logé dans la cornée quand il fermait la paupière. Virginia s'agita et se mit à gémir. S'arrêtant de temps en temps pour la secouer, Campion grimpa les vingt derniers pas qui le séparaient de la lumière et s'effondra avec elle sur une corniche, ébloui par le soleil. Il resta un long moment à respirer la merveilleuse odeur des sauges dans l'air pur de la montagne, en écoutant les lointains battements de la mer. Virginia se redressa et ouvrit les yeux. Elle était très pâle et semblait au bord de la nausée. Campion se débarrassa de son manteau ; trop épuisé pour se mettre debout, il se tourna sur le côté pour dégager un bras de sa manche, puis répéta l'opération de l'autre côté. Dieu merci, ils n'avaient pas perdu leurs repas dans l'aventure.

« Virginia, comment vous sentez-vous ? »

La jeune fille le regarda et poussa alors un cri.

« Votre œil, dit-elle. Venez ici. »

Un petit éclat de pierre était fiché dans sa cornée, comme la pointe d'une mine de crayon. Il s'assit et resta immobile pendant qu'elle lui retirait l'écharde entre le pouce et l'index. Ce n'était pas douloureux. Il y voyait tout de même de cet œil. Campion la remercia et s'allongea de nouveau sur le dos.

« Quelle délivrance ! dit-il. Dieu soit loué ! »

Il alluma une cigarette, inhalant profondément la fumée, et la rejetant par les narines. Sa main tremblait encore de l'effort qu'il venait de fournir et de la terreur des derniers instants. Il pensa aux autres, encore enfermés là-bas, et il s'aperçut alors que la jeune fille pleurait. Peut-être la même pensée venait-elle de la visiter. Campion avait horreur de voir pleurer les femmes. Il ferma les yeux. Dans un moment ils pourraient se restaurer puis reprendre le chemin de Cefalû pour donner l'alarme – à moins que l'absence prolongée du guide n'ait déjà éveillé les soupçons. Il s'installa plus confortablement sur le rocher, jouissant de la caresse du vent qui ébouriffait ses cheveux et froissait les pages du petit carnet de croquis qui dépassait de la poche de son pardessus posé en tas à côté de lui. Il tira le petit paquet de pastels ; ils étaient tous en miettes dans leurs gaines de carton.

« Virginia, dit-il, vous sentez-vous mieux ? »

Elle releva ses cheveux qui lui tombaient dans les yeux et renifla.

« Oui », dit-elle d'une voix plus assurée.

Elle venait de penser au cher Graecen si gentil, si plein d'attentions pour elle, dont le corps devait être écrasé en bas sous l'avalanche de rochers. Qui sait quelles déclarations il lui aurait faites s'il en avait eu le temps ; ou même s'il se trouvait là avec elle, à la place de Campion. Elle s'essuya les yeux et se recula jusqu'à ce que ses épaules heurtent la paroi de la corniche.

« Nous allons manger un peu maintenant, dit Campion, la voix encore brisée par la fatigue, puis nous descendrons jusqu'à Cefalû pour leur dire ce qui est arrivé. »

Il ne dit rien de la fugitive vision qu'il avait eue des Truman traversant une galerie de pierres disloquées. A quoi cela aurait-il servi ? Il ne pouvait pas leur venir en aide. En outre, il était soulagé de voir que la jeune fille avait enfin cessé de pleurer.

« Sortez donc les victuailles », lui dit-il, pour lui donner quelque chose à faire et ainsi la distraire de son cauchemar, pendant qu'il irait en reconnaissance.

S'approchant du bord de la corniche, son regard plongea aussitôt sur l'immense visage de la mer à plus de cent mètres au-dessous de lui. Cette corniche où ils avaient débouché n'était qu'une étroite plate-forme formant saillie sur la paroi absolument à pic de la montagne. Le visage crispé, Campion devint très pâle. Ses yeux explorèrent alors frénétiquement la paroi lisse de rocher qui plongeait dans la mer à la recherche d'un éperon ou d'une fissure quelconque. Puis il se hissa sur le bord de leur refuge et essaya de grimper. Il trouva une prise et s'éleva de quelques pieds, mais il vit que la tentative était sans espoir. La paroi était lisse et sans faille à l'exception de quelques lignes de clivage hors d'atteinte, et se dressait d'un seul jet dans le ciel.

Il redescendit et observa la mer, réfléchissant follement aux possibilités qui pouvaient s'offrir à eux. Derrière lui la jeune fille avait retiré les sandwiches écrasés de leurs enveloppes chiffonnées et lui faisait signe de venir manger. Sans dire un mot, il la prit par les épaules et lui montra le spectacle qui s'offrait à eux, puis il s'allongea et resta un long moment à contempler le bleu innocent de la mer à leurs pieds. Elle poussa un petit cri quand elle comprit.

La mer était au moins à cent mètres au-dessous. Pouvaient-ils sauter ? Un émouchet sortit d'un creux en sifflant et plongea, en un beau vol glissant et impeccable, avant de se poser à la surface des eaux. Campion sentait le vent sec de l'île jouer sur son front. Loin, très loin, il devinait plus qu'il n'entendait la musique des arbres et le murmure des oiseaux. Ils ne voyaient de l'île qu'une petite bande de côte déchiquetée. La mer paraissait profonde. Il pouvait voir les petites taches de lumière jaune qui scintillaient au-dessus de la barre de sable. S'ils sautaient, ils devraient éviter la frange de rochers à la base de la montagne. Quelle largeur pouvait-elle avoir ? Campion comprit que tous ses calculs étaient sans espoir. Il ferma les yeux et essaya de se rappeler la hauteur du plongeoir de huit mètres à Villars. Un aviateur lui avait dit un jour que si l'on plongeait d'une certaine hauteur la résistance de l'eau en faisait une surface aussi solide que du ciment. Mais de quelle hauteur ? Il n'arrivait pas à se le rappeler. Ils restèrent allongés côte à côte pendant un long moment, en bougeant à peine. La mer se balançait au-dessous d'eux ; le vent leur apportait son bruissement sauvage par bouffées irrégulières. Campion ouvrit les yeux, précautionneusement, et alluma lentement une autre cigarette. La jeune fille ne disait rien. Campion avait soif, mais ils n'avaient pas emporté d'eau. Si les événements s'étaient déroulés normalement, ils auraient déjeuné près d'une source, sous un olivier... Il fit une grimace et dit :

« Vous devez avoir soif, vous aussi ? »

Virginia s'assit, en repliant ses jambes sous elle. Elle avait le visage rouge comme si elle venait de courir. Campion devina que les larmes n'étaient pas loin.

« Nous serons obligés de sauter », dit-il, et il ouvrit la petite boîte de crayons et se mit à griffonner sur la paroi lisse en tenant son sandwich de la main gauche. Cela le calma un peu. Ils restèrent assis un moment en silence, lui dessinant, elle le regardant tout en mangeant, lentement et proprement, comme un chat. Après avoir dessiné une série de petits bonshommes en chapeau melon, un aigle, un train et l'*Europa,* il s'essuya les doigts et dit, avec un peu de son ancienne truculence acerbe :

« Au fond, c'est aussi bien comme ça. Je ne suis pas sûr d'avoir envie de retourner dans le monde. »

La jeune fille pencha la tête pour réfléchir à cette déclaration avec tout le détachement dont elle était capable.

« Je veux dire si on pouvait vivre comme on voulait, poursuivit Campion, et non à la merci d'un monde idiot qui ne se soucie que de ce qui est éphémère et néglige tout ce qui est essentiel. »

Elle ne répondit pas, mais son silence n'avait rien d'hostile. Il se remit à esquisser un paysage, une maison, quelques oliviers.

« A vingt ans, dit-il doucement, je croyais savoir ce qui n'allait pas. J'étais marxiste. Je croyais qu'une nouvelle répartition des biens allait nous ouvrir les portes du paradis. Ces dernières années m'ont dessillé les yeux. »

Fumiste à vingt ans, pointilleux à vingt et un, thomiste à vingt-cinq ; trappiste en puissance à trente ans. Campion continuait à griffonner tout en parlant, autant pour lui-même que pour Virginia Dale. Et ce faisant, tous les événements de sa vie lui revenaient, pêle-mêle, mais avec une sorte de cohérence nouvelle. La femme qu'il avait rencontrée dans la strada Balbi à Gênes ; la chambre délabrée au-dessus du café avec ses chérubins craquelés au plafond, et le lit à colonnes sous son dais rouge ; un miroir brisé et un porte-savon avec un billet de loterie dessus. S'il n'y avait pas eu l'accident, aurait-il pu, lui Campion, passer le reste de sa vie avec elle entre ces draps sales – empêtré dans ces longs cheveux noirs au parfum pénétrant ? Ou Nanteaux, où il s'était réveillé un beau matin pour voir la Méditerranée briller comme un vitrail bleu pour se dire qu'il n'avait plus envie de rien faire, plus envie d'aller nulle part ? Qu'était-ce donc qui l'avait tiré plus loin, sinon son moi vorace et impatient avec ses craintes et ses idées sans fondement sur l'ordre et le bonheur? Mais supposé qu'il parvienne à sortir de cette impasse, quel genre de vie pourrait-il imaginer qui lui permette de réaliser ce qu'il se croyait encore capable d'accomplir... et qui n'avait eu jusqu'à présent que la forme d'un trou béant dans sa conscience ?

« Ne bougez pas », lui dit-il tout à coup.

Le soleil frappait en biais son visage. Il se mit à esquisser son portrait en traits nerveux.

« Je suppose, dit Virginia, que vous êtes Juif ? »

Campion en fut tout désarçonné. C'était là un fardeau qu'il n'avait jamais réussi à accepter.

« Pourquoi dites-vous cela ? dit-il de l'air le plus dégagé qu'il put.

– Pour rien. Je parlais de vous à Richard pas plus tard qu'hier. Il dit que vous êtes un grand peintre.

– A-t-il dit que j'étais Juif ? demanda-t-il sèchement.

– Non. C'est moi qui lui en ai parlé. Il n'avait jamais pensé à cela. »

Campion déposa son pastel et frotta ses mains sur la pierre.

« Et qu'est-ce qui vous le fait croire ?

– J'ai rencontré beaucoup de Juifs à Londres, dit la jeune fille. Ils avaient la même attitude devant le monde que vous.

– Quelle attitude ? »

La voix monocorde de Virginia commençait à l'exaspérer au plus haut point.

« Ils trouvent tous que le monde n'est pas assez bon pour eux. »

Il eut un sourire sarcastique, reprit son petit bout de crayon et se mit à ombrer les traits anémiques non dépourvus d'une certaine grâce chevaline de la jeune fille. Elle resta assise sagement, gardant la tête tournée pour que le soleil d'après-midi mette en relief sa gorge et ses pommettes.

« Oui, dit Campion, je suis Juif. »

Il écrasa sa cigarette et ajouta :

« Si vous pensez vraiment que les Juifs ont une psychologie commune. »

Virginia étouffa un bâillement.

« Quand allons-nous sauter ? » demanda-t-elle.

Elle semblait avoir retrouvé une partie de son sang-froid. Campion dit rudement :

« Vous pouvez sauter quand vous voudrez. J'essayais de savoir si j'avais réellement envie de revenir dans le monde ou non. »

Elle réfléchit un long moment.

« Vous avez peur, sans doute », dit-elle ; puis elle ajouta vivement : « Je ne parle pas de sauter, mais du monde. Vous ne devriez pas. Un grand artiste devrait avoir un certain contrôle sur le monde. Ne pas se laisser démonter par les petites contrariétés. »

Campion était fasciné par cette petite voix des faubourgs qui le sermonnait avec une si ahurissante tranquillité ; mais il ne put rien trouver à lui répondre. Il continua à dessiner avec une attention soutenue. Ce fut lorsqu'il lui accorda quelques minutes de repos après la pause, et la permission de fumer une cigarette, qu'un petit objet tout crotté émergea du tunnel derrière eux, en geignant doucement.

« Spot, s'écria la jeune fille, comment es-tu monté ici ? »

Le chien de Miss Dombey avait le poil noir de poussière. Il se glissa en gémissant dans les bras de Virginia et enfouit sa tête entre ses genoux.

« Il tremble de tout son corps », dit Virginia avec une tendresse toute maternelle.

Campion observait cette scène attendrissante avec fascination. Les femmes anglaises ne se laissent vraiment fléchir que par leurs chiens et leurs chats, songea-t-il ; il avait toujours été porté à ce genre de généralisations. La jeune fille ne se serait jamais laissée aller à de tels débordements de sympathie dans les bras d'un homme. Ses pensées se tournèrent avec regret vers la belle et généreuse Francesca, avec ses fesses grassouillettes et bien modelées et ses seins comme des figues. Quand elle embrassait, c'était comme si elle voulait imprimer un message brûlant sur ses lèvres ; tout son être souffrait dans ses baisers. Donner et recevoir le baiser était pour elle une ineffable douleur. Campion poussa un soupir et mangea un morceau de pain. Il se sentait mieux.

La jeune fille, de son côté, était heureuse comme une enfant de pouvoir reporter son inquiétude sur une petite chose vivante ; Spot accepta un peu de nourriture et remua la queue. Il devait se croire tiré d'affaire. Aucun d'eux n'osa faire allusion à Miss Dombey, mais tous deux se demandaient si elle était morte ou vivante.

Campion revint se pencher au bord de leur nid d'aigle et regarda la mer, essayant de mesurer la distance de l'œil. C'était sans espoir. Il lança une grosse pierre, et elle lui parut mettre une éternité à atteindre la surface de l'eau, et à s'enfoncer lentement dans le bleu visqueux en soulevant à peine quelques paillettes de lumière. Soudain il eut une idée.

Il se retourna et appela le chien en faisant mine de lui offrir quelque chose entre son pouce et son index. Puis, le prenant dans ses bras, il se leva et s'apprêtait à le lancer en l'air quand la jeune fille se jeta sur lui.

« Que faites-vous ? » lui cria-t-elle en lui saisissant le bras.

Campion se dégagea d'un geste furieux.

« Imbécile », dit-il.

Elle avait été si brusque qu'il avait manqué perdre l'équilibre. Elle protesta avec indignation contre l'idée de se servir de Spot comme cobaye.

« Ne soyez pas stupide », répéta Campion.

Et s'emparant de nouveau du chien qui maintenant se débattait, il s'avança au bord de la corniche. Spot jappait et se débattait comme un diable.

« Tais-toi ! » hurla Campion, et il poussa un cri lorsque le chien le mordit.

Spot fut projeté dans l'espace et pendant une seconde il parut rester suspendu en l'air avant d'amorcer sa lente chute vers la mer : Campion suçait sa main mordue tout en le suivant des yeux. Le petit chien tournoya longtemps avant de se confondre à la fin avec une petite cicatrice blanche aux bords indistincts dans le bleu de la mer. Pendant ce qui lui sembla une éternité, Campion resta les yeux fixés sur cet endroit. Quelque chose parut enfin émerger à la surface qui, après être resté longtemps immobile, commença à tisser lentement un sillage vers la côte. Campion se mit à crier.

La jeune fille restait assise, le dos contre la paroi rocheuse, examinant ses ongles.

« Il s'en est tiré », s'écria Campion, et à ce cri elle se leva et vint se poster à côté de lui.

Spot avait maintenant disparu derrière une pointe rocheuse. Campion se recoucha sur le dos et poussa un soupir.

« Eh bien, dit-il, voilà toujours une indication. »

Virginia exultait tout à coup. Elle battit des mains en s'écriant :

« Quelle chance ! »

Campion, toujours immobile, rejetait doucement la fumée de sa cigarette en réfléchissant. Evidemment, il n'était pas certain qu'un être humain pesant vingt fois plus qu'un animal en réchapperait aussi facilement.

« A quoi pensez-vous ? dit-elle en voyant son visage préoccupé.

– Dans une heure le soleil sera couché. Je pense que nous devrions attendre à demain matin. Même si nous arrivions en bas sains et saufs et que nous puissions regagner la terre, nous nous trouverions à des kilomètres de tout, et nous serions obligés d'errer dans le noir avec nos vêtements trempés.

– Oui », dit-elle lentement, comme si elle n'était pas convaincue.

Ils s'assirent et regardèrent le soleil descendre lourdement dans la mer. Le seul fait d'être assis là ensemble, sans problème et sans angoisse, leur calmait les nerfs. Les mouettes tournoyaient en poussant des cris stridents au-dessous d'eux, devant la grande nappe d'eau mauve. Le vent s'était avancé pour crayonner ses étranges hiéroglyphes sur la moitié sud de la baie. Lentement, très lentement, la grosse goutte dorée touchait l'horizon, et le ménisque bleu du soir courait, fente de rouge nacré, d'un bord à l'autre du ciel. Ils n'avaient pas de lampe, mais Campion avait une boîte d'allumettes dans sa poche, et une provision de cigarettes. Le vent ne soufflait pas de front sur leur balcon de pierre. La nuit était tiède. Ils s'installèrent le plus confortablement qu'ils purent contre la paroi, Campion entourant de ses bras les épaules de Virginia. L'obscurité vint, bleue et dense, et les étoiles allumèrent leurs feux malveillants, scintillants comme les pointes d'innombrables aiguilles.

« Campion, dit-elle d'une voix endormie, je regrette de vous avoir fait de la peine tout à l'heure. »

Campion fit semblant de ne pas comprendre, mais il savait parfaitement de quoi elle parlait.

« Je veux dire quand j'ai dit que vous étiez Juif », insista-t-elle.

Campion fuma un moment en silence.

« Je crois que vous êtes injuste envers moi, dit-il à la fin, de vouloir faire des particularités de mon caractère un signe de race ; si j'appartiens à une race, c'est à la race des artistes ; le côté juif de ma nature importe peu au regard de mon autre héritage racial. »

Et il se mit à lui parler, lentement, sans emphase, de ce qu'était un artiste, de ses besoins particuliers, de ses craintes, de ses ambitions. Ce n'est que lorsqu'il comprit qu'elle s'était endormie qu'il se tut.

Ils dormirent d'un sommeil léger sous son manteau, se réveillant fréquemment, et ils se levèrent aux premières lueurs de l'aube. L'air était frais et ils étaient engourdis. Une lourde rosée s'était déposée sur toutes choses. Ils mangèrent leurs derniers sandwiches et fumèrent les deux dernières cigarettes qui restaient dans le paquet de Campion, attendant que le soleil réchauffe le rocher où ils étaient assis.

« Ainsi vous voulez revoir tout ça ? Golder's Green, la pluie, le métro moite, le dernier bus ? »

La jeune fille se boucha les oreilles et sourit d'un air moqueur.

« Je vous en prie, dit-elle. Ne gâchez pas tout. Ce n'est pas cela que je veux. C'est autre chose, vous ne voyez donc pas ? »

Elle sortit son petit peigne de poche et, installant un bout de miroir sur une saillie de rocher, se refit tant bien que mal une beauté ; après avoir coiffé ses cheveux et lissé ses sourcils avec son doigt, elle dit tranquillement :

« Je suis prête. »

Campion se leva avec un soupir. Ils ôtèrent leurs vêtements à l'exception de leurs chaussures et en firent un paquet. Puis, nus, la main dans la main, ils s'avancèrent tout au bord de la corniche.

« Quand je donnerai le signal », dit Campion.

Sa voix était parfaitement calme. Elle se pencha en avant, assurant ses orteils contre la pierre.

« Attendez », dit-elle tout à coup.

Et elle se pencha vers lui pour l'embrasser sur la bouche. Campion sourit et compta :

« Un, deux... »

Le vent emporta le dernier mot de ses lèvres, et il se sentit tourner et tourner tandis que son corps était précipité le long de l'échelle bleue. Un rugissement rouge semblait emplir l'horizon. Des émouchets, effrayés, jaillirent de leurs trous et les accompagnèrent dans leur chute pendant quelques mètres avant de se mettre en vol plané, en sifflant de curiosité et de terreur. La surface brillante de la mer se retourna, grandit, et vint à leur rencontre.

TROISIÈME PARTIE

LE TOIT DU MONDE

I

TRUMAN tira sa femme en arrière à l'abri de l'avalanche de pierres et de terre, en poussant de violents jurons, épousseta sa robe et la laissa s'agripper à son bras tandis qu'ils regardaient le corridor se remplir de décombres qui l'obstruèrent bientôt complètement. Le tonnerre de l'avalanche se trouva ainsi progressivement assourdi et dilaté – de sorte que ce qu'ils savaient être une chute de rochers derrière les parois ne leur parvenait plus que comme les bruits d'une sorte de bataille d'oreillers célestes. Il était encore tout essoufflé de l'effort qu'il avait fait pour entraîner sa femme à couvert.

« Ecoute », lui dit-elle en tremblant.

Et elle s'assit sur un rocher en tendant l'oreille.

Truman écoutait, d'un air lugubre, et machinalement sa main cherchait le contact rassurant du carton contenant leur déjeuner et de la petite lampe électrique dans sa poche.

Ils se trouvaient dans une galerie où régnait une clarté grisâtre qui provenait d'une caverne voisine. L'orifice bloqué du tunnel où ils s'étaient réfugiés tremblait encore sous l'effet de l'éboulement, dont les échos s'étoilaient dans toutes les directions, se réfléchissaient tout autour d'eux. Truman écoutait attentivement, espérant peut-être que le bruit lui donnerait quelques indications. Il résonnait encore dans sa tête, mais doux et étouffé comme le battement d'un pouls ; comme le tapotement d'un doigt sur l'os frontal.

« Et maintenant ? » demanda sa femme en lui jetant un regard anxieux.

Il poussa un soupir et se tourna vers elle.

« J'ai bien peur qu'ils y aient tous passé. Je n'entends pas le moindre appel. »

Il s'assit à côté d'elle et s'essuya le front. Puis il examina son étui à cigarettes et sa blague à tabac.

« Bon, il y a toujours de quoi en fumer une ou deux. »

Il alluma une cigarette, en tira quelques bouffées, puis la tendit à sa femme. Ils fumèrent en silence, les yeux levés vers les rais de lumière grisâtre qui tombaient par une fente de la voûte, où tourbillonnaient d'innombrables poussières en suspension. Truman réfléchissait fiévreusement tout en fumant, le sourcil froncé, les mâchoires serrées. Sa femme avait tiré un peigne de sa poche et se recoiffait lentement. Elle n'avait pas été longue à retrouver ses esprits.

« A quoi penses-tu ? » lui demanda-t-elle dans un murmure.

L'obscurité imprégnée d'humidité lui faisait penser à une église, et elle n'osait pas élever la voix.

« A quoi penses-tu ? » répéta-t-elle, d'une voix normale.

Truman se disait, obscurément, qu'il devait exister une issue, une brèche, quelque part, dans ces galeries, qui leur permettrait de regagner la lumière du jour. Il la regarda un moment tout en réfléchissant, sans rien dire. Elle continua à se coiffer puis, avec un petit sourire, elle alla se retirer à quelques pas de distance. Il la regarda relever sa robe et s'accroupir.

« Tu as du noir sur le nez », dit-il distraitement.

Il essayait de calculer la distance qu'ils avaient parcourue dans le labyrinthe, mais c'était impossible. Dans l'obscurité, un trajet de quelques minutes vous paraît aussi long qu'un voyage de plusieurs heures. Il semblait inutile de spéculer, de tirer des plans. Tout ce qu'ils pouvaient faire, c'était marcher droit devant eux, jusqu'à l'épuisement. Sa femme revint s'asseoir à côté de lui, en essuyant une toile d'araignée sur sa bouche.

« Tu crois qu'on a des chances, dis ? »

Elle disait cela simplement, histoire de parler, mais Truman se crut obligé de répondre. Il toussa et écrasa sa cigarette sur la pierre froide, puis il pencha la tête et écouta une seconde ; une succession de chocs sourds lui apprit que d'autres éboulements se produisaient dans divers coins du labyrinthe.

« Ecoute-moi, dit-il à la fin d'un air résolu et en se frappant la paume du poing. Nous avons assez de nourriture pour un jour et demi peut-être si nous faisons attention. Nous pourrons faire pendant ce temps une trentaine de kilomètres. Ce labyrinthe ne peut pas avoir plus de trois kilomètres de long, au grand maximum. Je crois qu'avec un peu de chance nous pourrons nous en tirer. »

C'étaient là des paroles de chef et, posant sa main sur son bras, elle le serra affectueusement, en souriant, de plaisir et d'amusement.

« Allons-y, dit-il, tout heureux que ses propres paroles aient transformé une situation désespérée en une possibilité de succès.

– Comme si nous nous promenions... dans le Devonshire. »

La comparaison était d'autant plus heureuse qu'une fois ils s'étaient perdus toute une journée dans les landes au-dessus de Tyre Basin, et cette mésaventure était restée un des meilleurs souvenirs de leur vie. Ils se levèrent et se regardèrent un moment ; elle lui sourit avec tendresse, et épousseta le revers de son veston.

« Allez, en route, dit-il. Et ne nous pressons pas. Nous nous reposerons un quart d'heure toutes les heures. Et nous ne mangerons pas avant trois heures aujourd'hui. D'accord ? »

Si cette façon magistrale de présenter les choses la réconfortait, Elsie ne put cependant résister au plaisir de persifler un brin, pour qu'il sache que son optimisme ne lui faisait pas complètement illusion.

« Il y a une chose, dit-elle gravement, c'est ce vieux minotaure. Tu as oublié ça. »

Truman lui donna une petite tape sur le derrière pendant qu'elle se retournait.

« Eh bien, on avisera quand on le rencontrera », dit-il sans marquer la moindre émotion.

Ils traversèrent la caverne faiblement éclairée en se tenant par la main et entreprirent la longue marche qui, ils l'ignoraient encore, devait les conduire à l'air libre, sur le Toit du Monde. Lentement, ils progressèrent, de galerie en galerie, de caverne en caverne, en faisant des plaisanteries pour se donner du courage et ne pas se laisser envahir par le sentiment croissant d'irréalité qui s'empare de ceux qui errent trop longtemps dans les ténèbres. Mais la régularité de leur marche, tout aveugle qu'elle fût, les soutenait comme s'ils savaient exactement où ils allaient. Leur progression n'était pas aisée, car Truman économisait sa torche le plus possible ; la structure du sol et des parois était très inégale, et les failles et les brusques ruptures de la roche fréquentes. Leur espoir se ranimait parfois lorsqu'ils débouchaient dans une caverne faiblement éclairée où les rayons du soleil, dilués et distillés dans cet air glauque, tournaient en spirales languides, ou se mettaient à danser à leur passage.

Elsie se félicitait d'avoir mis ses espadrilles à fortes semelles de corde et son manteau. Elle parlait beaucoup, d'abord parce qu'elle ne pouvait pas se passer d'entendre le son de sa propre voix, mais aussi pour montrer à son mari qu'elle avait bon moral et qu'il pouvait compter sur elle. Pour sa part, Truman ne se souciait guère de lui répondre, si ce n'est par de vagues grognements. Il concentrait toutes ses énergies sur le trajet lui-même, l'esprit toujours tendu devant eux, prêt à faire face à tous les pièges, aux déceptions possibles, aux dangers et désastres qui pouvaient survenir à chaque pas. Et toutes les fois que le chemin était assez large, il venait à côté de sa femme et lui prenait le bras, recréant ainsi par ce geste, inconsciemment, les milliers de promenades qu'ils avaient faites ensemble, bras dessus bras dessous, dans une douce familiarité, et donnant à l'optimisme et au courage de sa femme la valeur d'une continuité plausible, d'un espoir pour l'avenir. Mais Truman revivait en esprit ces films passionnants de son enfance qui se terminaient toujours par une poursuite dans les égouts de Paris ou sur les toits de Londres. Ils constituaient la seule poésie qu'il eût jamais connue et, tout en marchant, de galeries en cavernes, il ne pouvait s'empêcher d'imaginer qu'il était un héros des « Prisonniers de Zenda » ou des « Travailleurs de la mer » luttant dans les ténèbres pour revoir la lumière du jour. Il n'avait pas peur parce qu'il était convaincu que son heure n'était pas venue – tout comme pendant les bombardements de la dernière guerre. Et cette conviction semblait tendre un voile miséricordieux entre lui et l'atroce réalité du moment. Quelque part, tout près, il y avait des êtres humains comme lui, aux prises avec de petits problèmes, de petites responsabilités. Truman était bien décidé à ne pas lâcher prise sur ce monde qu'il avait encore à peine eu le temps de connaître lui semblait-il. Cette certitude était si forte et si visible que sa femme se sentait obligée de la mettre à l'épreuve par des remarques comme : « J'en ai assez. Si on s'asseyait un moment ? » ou : « Si on mangeait un morceau ? Tu n'as pas envie que je meure de faim, non ? » Mais il n'attachait à ces réserves qu'une importance minime au regard du but qu'il était fermement résolu à atteindre. Et devant sa détermination, sa façon de rentrer le cou dans les épaules, comme un boxeur en face de son adversaire, toute la confiance et la résolution féminine d'Elsie étaient aussitôt ranimées.

Ils allaient, trébuchant et rampant, dans un dédale de grottes et de galeries où régnait cette lumière trompeuse qui lui rappelait, comme elle lui en fit la remarque, l'Aquarium de Brighton ; et elle s'attendait presque à voir flotter autour d'eux, au détour d'un corridor, surgissant d'une obscure grotte, les formes nonchalantes et glauques de quelques monstrueux poissons. Au milieu d'une galerie creusée dans le roc, ils virent ce qu'ils prirent tout d'abord pour un lac miniature dont la surface noire était parfaitement inerte et sans rides. Elle poussa un petit cri de joie et s'avança avec l'intention de se rafraîchir le visage ; mais, au moment où elle se penchait en ôtant son chapeau, son mari la saisit par le bras. Il observait la surface polie, d'où montait une vague odeur aigre, comme du lait brûlé.

« Tu veux te laver avec ça ? dit Truman doucement, plus pour lui-même que pour elle. Tiens, regarde. »

Il ramassa une branche par terre, la trempa dans le liquide et la retira ruisselante d'une matière visqueuse, fumante comme de la cire à cacheter noire.

« Oh ! on dirait du goudron. Comment est-il arrivé là ? » dit Elsie.

Cela donna à son mari l'occasion d'une homélie sur l'irresponsabilité féminine et les maux qu'elle engendre. Il ne la ménagea pas, et elle l'écouta, d'un air apparemment humble, mais souriant au fond d'elle-même de ce prêche si souvent répété. Sa sollicitude la flattait, même si l'opinion qu'il avait de son intelligence était rien moins que flatteuse.

Le tunnel faisait un coude, et ils s'engagèrent dans une galerie qui descendait en pente faible jusqu'à un réseau de grottes dans lesquelles, comme dans un coquillage, ils pouvaient entendre le soupir déformé de la mer.

« On dirait qu'elle est tout près, dit-elle d'un ton mélancolique. Si près... »

Mais le rocher ne présentait qu'une étroite fente, par où leur regard plongea sur une tache d'obscurité qu'animait par instants une légère irisation, comme un frissonnement de paillettes dans la nuit d'une salle de bal.

« La mer, dit-il en se départant brusquement, nostalgiquement, de sa réserve. Si seulement nous pouvions l'atteindre. »

Ils s'assirent là et se reposèrent un moment en fumant une cigarette. De temps en temps il se penchait sur cette étroite vision d'une eau inaccessible qui s'enroulait et se déroulait sur elle-même, et paraissait échafauder un plan pour descendre jusqu'à elle. Sa femme le regardait, en rejetant la fumée de sa cigarette par le nez.

« Je parie, dit-elle, que les autres ont trouvé un chemin par en bas. »

Truman la regarda en silence.

« Dans la mer ? dit-il à la fin avec une ironie polie.

— Pourquoi pas ? »

Elle n'avait pas pensé à la mer en disant cela,

mais puisqu'il lui proposait un terrain de discussion, elle ne voyait pas pourquoi elle ne saisirait pas l'occasion de parler un peu.

« J'imagine bien Campion se faufilant dans un tunnel comme celui-là et débouchant tout droit dans la mer. »

Campion personnifiait pour eux l'astuce et l'ingéniosité. Truman ôta sa cigarette de sa bouche et dit :

« Et ça lui ferait une belle jambe : il ne sait pas nager. »

Il se rappelait une conversation qu'il avait eue avec Campion sur le temps pendant lequel un homme pouvait se maintenir à flot s'il tombait par-dessus bord ; Campion avait alors avoué qu'il ne savait pas nager. Mrs. Truman fit semblant d'être anéantie par cet argument, bien que le ton de supériorité mâle adopté par son mari l'amusât beaucoup. Elle commençait à avoir vraiment faim, mais il ne voulut rien entendre, disant que ce n'était pas l'heure. Les tunnels qu'ils empruntèrent ensuite remontaient en s'éloignant du doux bruissement de la mer se brisant contre les rochers du rivage. Ils quittèrent avec regret ce bruit qui évoquait si bien tous les autres bruits du monde des hommes qu'ils avaient maintenant l'impression d'avoir quitté depuis des siècles. Une vague sensation d'obscurité et d'irréalité s'était emparée d'eux. Ils arrivèrent enfin à un autre carrefour de galeries, et tandis qu'elle s'asseyait sur un bloc de pierre pour se masser les chevilles, son mari entreprit d'examiner systématiquement tous les tunnels en quête d'une indication quelconque qui pourrait les mettre sur la bonne voie. Trois d'entre eux se rétrécissaient au bout de quelques mètres et se révélaient impraticables. Le quatrième paraissait plus intéressant. Il montait en pente raide, et le faisceau jaune de sa torche lui révéla un sol calcaire : il semblait y avoir des traces de terre brune et il se rendit compte alors qu'ils n'avaient foulé jusque-là que du rocher et de la pierraille. Il fit encore quelques pas, et ses yeux tombèrent sur quelques branches qui gisaient à ses pieds. Il les ramassa. Elles étaient sèches et brunes. On aurait dit des brins tombés d'un balai de bruyère. Truman se moucha soigneusement, en ayant pris soin d'éteindre sa torche. Il se sentait saisi d'une vague excitation. Au bout de dix pas le corridor s'étrécissait considérablement ; il s'arrêta et examina la paroi rocheuse avec une très grande attention, et sa patience fut à la fin récompensée. Il poussa alors un grognement d'intérêt et détacha du mur quelques touffes des poils qui s'y étaient collés, mesurant leur distance du sol avec la main, comme un maçon. Sa femme l'attendait, assise sur son rocher. Elle avait trouvé un crayon dans son sac et griffonnait sur la paroi. Truman revint s'asseoir à côté d'elle et étudia la touffe de poils à la lueur qui filtrait par une fente dans la voûte de la caverne. Absorbée par son jeu, Elsie ne leva pas la tête ; elle crayonnait des cœurs percés de flèches, en inscrivant à l'intérieur de chacun, laborieusement, son prénom et celui de son mari.

« Je ferai ça tout le long du chemin, dit-elle, pour le cas où d'autres viendraient par ici. »

Truman sifflotait entre ses dents en examinant distraitement sa découverte ; il s'efforçait d'imaginer toutes les solutions possibles.

« Eh bien, dit-il à la fin, cela ne peut pas être un ours. A moins que les ours aient des poils blancs. Et il est rudement grand. »

Sa femme se retourna pour voir ce qu'il faisait, et à ce moment la voix caverneuse du minotaure retentit, toute proche cette fois. Le rugissement était assourdissant dans cet espace restreint. Il était accompagné d'un bruit de course précipitée, comme un tourbillon de feuilles mortes chassées par le vent. De la poussière se mit à tomber des saillies de pierre. Ils se dressèrent, pétrifiés, tournant la tête à droite et à gauche devant les terrifiants échos multipliés que leur renvoyaient tous les coins et les recoins du monde souterrain.

« Bon Dieu, dit Truman. Le voilà ! »

Ses yeux brillaient, agrandis par l'épouvante, et sa femme voyait qu'il avait du mal à retrouver son sang-froid. Les échos les dépassèrent, résonnant plus loin au fond des tunnels. Il se pencha alors et lui dit vivement :

« Donne-moi le couteau, tu veux ? »

Il était heureux de sentir le manche de son vieux couteau-poignard dans sa main. Otant son manteau, il l'entortilla autour de son bras gauche à la manière d'un belluaire, tout en expliquant :

« Son terrier ne peut pas être bien loin de la sortie, Elsie. Si nous le trouvons, cela nous montrera peut-être le chemin. »

Trop effrayée pour lui répondre, elle se tenait le dos à la paroi glacée et attendait en le regardant faire ses préparatifs.

« Allons-y, dit-il à la fin, en s'arrêtant pour écouter les vagues explosions sonores qui s'enfonçaient derrière eux dans le labyrinthe. En avant. Doucement, hein ? Suis-moi. »

Elle entendit le petit cliquetis de la lame sortant de son fourreau. Il prit sa lampe et en projeta rapidement mais avec circonspection le faisceau le long des parois.

Leurs pieds semblaient faire un vacarme prodigieux parmi les éboulis de pierres. Ils traversèrent sans encombre une douzaine de corridors au plafond bas. Rien ne bougeait autour d'eux dans cet air humide ; le silence n'était troublé que par le bruit de leur progression, léger, superficiel, insignifiant comme un grattement de taupes sous la terre. Truman ménageait sa torche qui présentait des signes de faiblesse, ne l'utilisant que pendant de courts instants, pour voir à plusieurs mètres devant eux. Ils enregistraient ainsi l'image de chaque étape, éteignaient la lumière et parcouraient la distance dans l'obscurité. Sa main étreignait amoureusement le manche de son couteau, confiant dans sa longue lame effilée. Il avait toujours eu la passion des canifs, et ne voyageait jamais sans en avoir un dans sa poche. Celui-ci lui avait été donné par un G.I. pendant la dernière guerre : c'était une belle pièce d'une solidité à toute épreuve, qu'il avait eu l'idée d'emporter avant de quitter l'Angleterre. Et tout en se portant à la rencontre de ce que la réalité avait à lui offrir en fait de chimères – ou d'obstacles plus substantiels – il sentait le chaud courant de sa vie courir à travers son cou de taureau et ses puissantes épaules.

Ils avaient remarqué que le sol qu'ils foulaient n'était plus fait de pierre, mais de terre et de blocaille, et que l'air était chargé d'une humidité froide qui glaçait la sueur de leur front. Ils n'avaient cessé de monter depuis un certain temps, par des corridors à forte pente coupant en diagonale une série d'alvéoles et de galeries. Et l'espoir grandit en eux quand ils virent, çà et là, des racines d'arbre perçant les murs comme des grappes de vers blancs. Truman sentait qu'il respirait mieux à mesure que l'air frais de l'extérieur descendait jusqu'à eux pour ranimer leurs poumons exténués.

Ils parvinrent enfin dans un petit amphithéâtre naturel creusé dans le roc et s'apprêtaient à le traverser pour prendre le corridor qui s'ouvrait en face lorsqu'ils sursautèrent au bruit d'un corps pesant trébuchant dans l'obscurité devant eux. Une bouffée d'haleine douceâtre parut tourbillonner dans la petite cavité de roc et de terre. Truman se recula en éteignant sa torche, et ils s'immobilisèrent en tremblant, la main dans la main, attendant que le minotaure se manifeste ; au bout d'un moment, le silence et leur malaise furent ébranlés par une sorte de grognement baveux qui leur fit irrésistiblement penser à un cheval dans sa stalle. Leurs yeux s'étaient déjà accoutumés à l'obscure pénombre, et ils aperçurent vaguement quelque chose qui bougeait dans le tunnel, derrière une sorte de bat-flanc rocheux, qui n'était pas sans rappeler une étable. Truman fit dix pas en avant, très vite et sans bruit, et se plaqua contre la paroi. Puis, allumant sa torche, il allongea le cou... pour se trouver face à face avec une vache terrorisée. Il demeura ainsi pendant une éternité, le corps tassé contre le mur, tandis que son cœur se contractait en un petit morceau glacé dans sa poitrine ; il laissait le souffle lui revenir lentement dans le corps, tandis que son esprit passait en revue toutes les expressions du vocabulaire anglais capables d'exprimer un peu du soulagement qu'il éprouvait – une petite partie de ce soulagement envahissant et tout-puissant qui l'avait paralysé et privé de voix.

Le voyant immobile, et imaginant que la vue qui s'offrait à lui était peut-être si hideuse qu'il en perdait tous ses moyens, sa femme ramassa une grosse pierre et se précipita à côté de lui... pour se trouver à son tour devant les yeux injectés de sang d'une vache. La pierre lui tomba des mains, et un irrésistible fou rire monta lentement en elle ; et comme elle ouvrait la bouche pour parler, la vache se retourna, en laissant choir un pâté d'excréments dans son effroi, et partit au galop, la queue en l'air, dans le tunnel.

« Vite ! » s'écrièrent-ils ensemble.

Et ils partirent à sa poursuite en poussant des cris et des rires incohérents. Ils traversèrent ainsi, trébuchant et se relevant aussitôt, une série de cavités dont les voûtes étaient formées apparemment par des racines d'arbre et puis, brusquement, absurdement, ils se retrouvèrent à l'air libre.

Riant et pleurant, ils s'assirent en se protégeant les yeux contre l'éclat insoutenable de la lumière, et restèrent ainsi pendant deux bonnes minutes durant lesquelles, à travers leurs doigts écartés, ils apercevaient des formes familières du monde : une colline en pente raide couverte d'oliviers d'un gris-vert sombre. Ils avaient émergé entre les racines d'un énorme platane. De l'eau ruisselait quelque part. Otant progressivement leurs mains de leurs yeux, ils contemplèrent le ciel de l'Egée, s'enivrant de son bleu intense, inaltérable. Les arbres s'agitaient faiblement, comme si la présence de ces êtres humains éveillait leur intérêt. Des abeilles se perchaient délicatement sur les fleurs. Le Toit du Monde se révélait à eux, dans toute sa fraîcheur primitive, comme par un coup de baguette magique. Nul geste, nulle exclamation n'étaient capables de rendre justice à une telle beauté. Elsie Truman ôta ses espadrilles et agita les orteils en s'allongeant dans l'herbe.

« C'est comme si on renaissait », se dit-elle en sentant les larmes lui emplir les yeux et couler lentement sur ses joues.

Son mari s'allongea lui aussi, le front sur le bras ; l'âcre fumée de sa cigarette dont il s'emplit les poumons lui parut plus délicieuse que tout. La vie, qui avait semblé un moment n'avoir rien d'autre à leur offrir que la perspective de mourir de faim dans le labyrinthe, leur faisait don tout à coup non seulement des prodiges du mouvement et des sensations, mais aussi de ces centaines de souvenirs et de projets auxquels ils n'avaient pas songé lorsque leur réalisation leur en paraissait encore lointaine. De temps en temps il remuait les lèvres en silence, mais ce n'était pas une prière qu'il récitait. Il se parlait à lui-même.

« Si on mangeait maintenant, dit-elle.

– Si tu veux », dit-il sans faire un mouvement, en se passant l'index sur le menton pour constater que sa barbe repoussait.

Elle se leva lentement, pesamment, tout engourdie par ce merveilleux sentiment de lassitude convalescente, et déballa les sandwiches tout écrasés, en retirant avec un dégoût amusé les morceaux de papier qui y adhéraient.

« Tiens, mange quelque chose », dit-elle.

Son mari se leva et s'étira tout en prenant le pain qu'elle lui tendait.

« Comme c'est beau », dit-il en mâchant sa première bouchée et en regardant autour de lui pour voir d'où provenait ce joyeux bruit d'eau qui formait comme un accompagnement musical à ses pensées.

« Il fait froid, tu ne trouves pas ? dit-elle en s'asseyant à côté de lui, sentant une petite brise sur ses lèvres et sa gorge. Je me demande où nous sommes ? »

Le paysage qu'ils avaient sous les yeux était d'une incroyable beauté sauvage. Truman regardait tout autour de lui, entre deux bouchées, et ne voyait, partout, que les cous et les épaules de montagnes dénudées dressées dans la lumière de l'après-midi. Leurs cimes, couronnées de neige, captaient et se renvoyaient mutuellement les rayons de la lumière – milliers d'éclairs de diamants contre le crépuscule grisâtre qui montait vers eux du bas des pentes. Mais par contraste avec ces lointaines perspectives décharnées ils se trouvaient sur le rebord d'une cuvette de quelque quatre cents mètres de tour dans laquelle des fruits, des arbres, des fleurs, semblaient pousser à profusion. Ils percevaient faiblement la fraîche odeur de végétation pourrie qui flotte dans l'air à la limite des neiges éternelles, mais la petite dépression ne pouvait s'enorgueillir que d'un seul bosquet de sapins sur son bord le plus éloigné. Et il était clair que l'arrière-plan des montagnes ne se rattachait par rien à ce petit territoire distinct, qui paraissait suspendu dans l'espace.

« Ces montagnes sont rudement loin, murmura Truman d'une voix étonnée. Et nous ne devons pas être très haut. Je me demande où peut bien être la mer ? »

Ils continuèrent à manger lentement, en y prenant tout leur plaisir, parlant à peine ; quand ils eurent fini, Truman enterra soigneusement leurs reliefs sous le platane.

« Je ne voudrais pas, dit lentement Truman en regardant toujours autour de lui, je ne voudrais pas être trop optimiste, Elsie. On peut aussi bien mourir de faim sur une montagne que dans une grotte, tu sais. Je ne vois pas de route, pas de maison... »

Elle fit tomber les miettes de sa robe et dit :

« Il y a sûrement une ferme par là. D'ailleurs, regarde. »

Ses yeux s'étaient posés sur un rocher dont la surface paraissait lisse et polie – comme par de la résine.

« Quoi ? » dit son mari.

Elle se leva et se dirigea vers le rocher.

« C'est un graisseur », dit-elle en retrouvant la vieille expression du Derbyshire, avec les souvenirs de vacances qu'elle avait passées à la campagne durant son enfance. Ça veut dire qu'il y a des moutons ou des chèvres. »

Ils descendirent dans la petite vallée, la main dans la main, en regardant autour d'eux avec curiosité. Le paysage ressemblait au parc de quelque grande maison – fruit du travail et d'intentions délibérés plutôt que l'œuvre spontanée de la nature. Un ruisseau bondissait sur des galets. Des oiseaux chantaient. Un noyer balançait ses branches fourchues dans le vent. Plus bas, derrière le dernier escarpement de rocher, des bouffées de couleurs moussaient sur le fond gris des collines, des pêchers en fleur. Chaudes, verdoyantes, naturelles, les prairies semblaient avoir été soigneusement tondues, à l'ombre des montagnes brûlées de soleil. Petit à petit ils furent remplis d'un sentiment d'émerveillement et d'incrédulité en comparant la richesse de l'amphithéâtre où ils se trouvaient aux masses de pierres lugubres qui se dressaient de toutes parts dans le ciel. Ils foulaient une herbe souple, et pourtant leurs yeux ne rencontraient de toutes parts autour d'eux que les formidables crêtes de montagnes ensevelies sous la neige.

« Je ne comprends pas, dit-il lentement. C'est bizarre. Il fait si doux. »

Sa femme marchait à côté de lui en silence, en respirant le bon air pur avec délices. Les montagnes lui paraissaient plus grandioses et belles que menaçantes. Elle se sentait pleine de ce délire qui vient à tous ceux qui marchent sur les montagnes de Grèce et sentent l'odeur du thym se mêler à l'air pur et froid. D'immenses nuages ourlés de perles étaient en suspens dans un coin du ciel, comme des baldaquins de soie, immobiles après tant de manœuvres accomplies pour se former, paraissant jouir de la perfection de leur état. De temps en temps l'un d'eux jetait une tache d'ombre sur le flanc de la montagne.

« C'est magnifique, dit-elle, ignorant les questions qu'il retournait dans son esprit. Tout simplement magnifique. »

Un arbre s'agenouillait au-dessus d'un bassin où l'eau de la montagne venait se figer – un arbre couvert de cerises blanches. Des petits oiseaux frétillaient dans ses branches.

« Et tu disais qu'on mourrait de faim ? lui dit-elle d'un air moqueur, en attirant les branches chargées de fruits mûrs.

– Attends », dit-il.

Et mettant ses deux bras autour de ses cuisses, il la souleva vers les bouquets les plus fournis. Immobile, la tête contre ses cuisses, il entendait distraitement les paroles d'une vieille chanson lui trotter dans la tête : « Si tu étais la seule femme au monde. » Elle le ramenait si loin dans le passé qu'il ne pouvait plus se rappeler les incidents et les lieux qui s'y associaient. Sa femme se tortillait en essayant d'attraper les cerises les plus hautes.

« Tiens bon », dit-il.

Et comme elle se penchait pour le faire taire en lui glissant une cerise fraîche entre les lèvres :

« Où te crois-tu donc ? Au jardin de l'Eden ? »

Ils s'assirent l'un à côté de l'autre au bord du bassin et plongèrent leurs pieds dans l'eau glacée, en mangeant des cerises et en fumant à tour de rôle une de leurs dernières cigarettes. Les ombres des sapins s'allongeaient.

« Tu sais, dit-il, on ne devrait pas s'attarder ici plus longtemps. Il vaudrait mieux voir où nous sommes avant de flâner. »

Elle se leva et épousseta sa robe. Elle avait encore les pieds glacés par l'eau du torrent, et elle se mit à sautiller pour les réchauffer.

« Eh bien, dit-elle, après le minotaure, je suis prête à tout. »

Il était en train de replier son imperméable une fois de plus, et cette idée parut le frapper.

« Tu ne penses tout de même pas que c'était *ça* ? dit-il d'un air incrédule.

— Quoi d'autre alors ? »

Truman hocha la tête et réfléchit un moment à ce problème, comme s'il ne voulait pas admettre qu'il avait pour ainsi dire domestiqué le minotaure ; domestiqué leurs terreurs sous la forme d'une vache dont les mugissements pouvaient être renvoyés et amplifiés dans les entrailles de la terre.

« Je ne sais pas », dit-il à la fin.

Et il se leva pour la rejoindre.

« Je pense qu'on devrait grimper sur ces arbres pour voir ce qu'il y a de l'autre côté de la pente, dit-il. Nous sommes peut-être sur la colline au-dessus de ce village – comment s'appelle-t-il donc ? Cefalû ? Oui, c'est ça, Cefalû. »

Ils traversèrent plusieurs lits de torrents à sec et plongèrent dans un épais bosquet de myrtes. Puis, derrière une croupe, ils aperçurent quelques moutons en train de paître.

« Tu vois, dit-elle, je te l'avais bien dit. Il doit y avoir une ferme non loin de là. »

Mais le terrain ne présentait aucune trace de sentiers ou de cultures à l'exception des arbres et des bois qui n'avaient rien de sauvage.

Ils gravirent le tertre couronné par le petit bois de pins et, parvenus au sommet, ils virent enfin, au-dessous d'eux, un étranger. Assis au bord du ruisseau, à l'endroit où il devenait tout à coup profond et trouble, en se ménageant de petits bassins et des marécages dans le terrain calcaire, le personnage pêchait, le dos appuyé contre le tronc d'un olivier. La tête recouverte d'un mouchoir, il semblait dormir.

« Enfin, dit Truman en poussant un soupir. Nos ennuis sont finis. »

Et mettant les mains en porte-voix, il se mit à crier : « Ohé, là-bas ! » et ils se mirent à descendre vers la silhouette solitaire.

« Tu ferais mieux de répéter ça en grec, dit sa femme d'un ton ironique. Il n'a pas l'air d'entendre. »

En effet, l'étranger leur présentait toujours le dos et ne bougeait pas. Ce n'est que lorsque Truman cria pour la seconde fois qu'il bougea, et ils virent alors que c'était une femme. Elle se leva, laissa tomber sa gaule et les regarda d'un air indécis, ne sachant si elle devait prendre la fuite ou les attendre. Truman et sa femme descendirent joyeusement la pente, en se tenant par le bras et, remarquant son attitude, se crurent obligés de justifier leur présence dans la vallée en criant :

« Nous sommes perdus ! »

Mais la femme paraissait toujours sur le point de s'enfuir. Elle portait des pantalons bruns et un vieux tricot de laine rapiécé. Une écharpe était nouée sous son menton. Comme ils approchaient, Elsie dit à mi-voix :

« Elle n'a pas l'air aimable. Elle ne comprend pas. Elle ne ressemble même pas à une Grecque, tu ne trouves pas ? »

Ce n'est que lorsqu'ils furent près d'elle qu'ils virent que c'était une vieille femme au visage de petit garçon avec des cheveux d'argent coupés court. Deux yeux noirs plantés dans une figure ridée les regardaient venir avec méfiance et une certaine crainte, une main derrière elle touchant le tronc de l'olivier comme pour se rassurer à ce contact. Elsie, en la voyant, pensa à un enfant tenant timidement la jupe de sa mère. Elle poussa son mari du coude.

« Vas-y, parle-lui. »

Truman était si embarrassé qu'il en était comique. Il conclut, d'après le silence de la vieille femme, qu'elle ne comprenait pas l'anglais, et lui ne savait pas un mot de grec. Cependant, il se planta devant elle et ouvrit la bouche en répétant lentement, distinctement :

« Anglais. Nous, Anglais. Ingleses », en montrant sa femme, puis en se désignant lui-même du doigt.

La femme sourit alors pour la première fois — un sourire de soulagement mêlé de plaisir.

« Dieu soit loué, dit-elle d'une voix rauque, mais qui possédait en même temps une certaine distinction naturelle qui leur fit aussitôt penser à Graecen. Dieu soit loué. Je croyais que vous étiez envoyés par Evan... que vous veniez me chercher. »

Et brusquement elle se détendit et se mit à rire, en se penchant en avant et en se frappant les cuisses.

« Alors, vous parlez anglais ? dit Truman, un peu vexé de s'être abaissé à parler petit nègre.

— Eh bien, en fait je suis Américaine. Je m'appelle Adams, Ruth Adams. »

Et disant cela, la femme plia sa ligne, passa le bras dans l'anse de son panier d'osier et longea le torrent pendant une vingtaine de pas avant de le franchir sur une rangée de pierres.

« Voilà des années que je n'ai pas vu d'étrangers, dit-elle de sa petite voix rauque, mais avec la même note d'autorité et de maîtrise de soi qui lui donnait une sonorité musicale et agréable. Il faut me pardonner. Quand on ne voit personne, on oublie la politesse. »

Elle traversa le torrent et vint à leur rencontre. Elsie Truman vit qu'elle portait en guise de chaussures plusieurs paires de bas kaki bizarrement rembourrés sous la plante des pieds. De près, elle paraissait encore plus âgée, mais son visage, bien que profondément marqué de rides, avait des contours d'une douceur presque enfantine. Ils se présentèrent, et elle leur tendit timidement la main. Ses poignets étaient fins et joliment dessinés, mais elle avait les ongles cassés et mal soignés, et sa paume était aussi dure que celle d'un laboureur.

« Vous venez sans doute de là-haut, du labyrinthe ? »

Ce mot rappela à Truman les questions urgentes que ce merveilleux paysage lui avait complètement fait oublier depuis quelques minutes.

« Oui, dit-il vivement, et il y en a plusieurs autres en bas. Il faudrait leur venir en aide le plus vite possible. »

L'étrangère se retourna et marcha lentement à côté d'eux, en disant :

« Vous devez être fatigués. Venez avec moi, et nous verrons si je peux vous faire quelque chose à manger. »

Elsie marcha à côté d'elle avec l'impression que quelque chose n'allait pas ; la femme ne paraissait pas avoir entendu ce que son mari lui disait à propos des autres.

« Il n'y a, dit-elle avec application, une correction presque académique, songeant qu'elle s'adressait à une Américaine, il n'y a pas moins de quatre ou cinq personnes perdues dans ces grottes. »

L'étrangère lui jeta un bref regard, puis sourit tristement en disant :

« Je suis désolée. J'ai entendu votre mari. Mais il n'y a rien que nous puissions faire, voyez-vous. Il n'y a pas d'autre chemin que par là-haut, à travers le labyrinthe.

– Pas d'autre chemin ! »

Truman fit un faux pas en lâchant cette exclamation, se rattrapa et s'arrêta pour lui faire face.

« Qu'avez-vous dit ?

– Il n'y a pas d'autre chemin », répéta la femme en enfonçant ses mains dans ses poches, après avoir soigneusement déposé le panier à terre pour ne pas déplacer les trois poissons qu'ils voyaient frétiller sous un lit de feuilles de figuier.

Elle fit un vague geste vers l'horizon, décrivant ainsi tout le cercle du paysage.

« Nous sommes cernés de toutes parts. »

Puis, voyant l'incrédulité et la consternation se peindre sur leurs visages, elle ajouta, d'une voix sincère mais avec une faible note d'assurance qui en faisait presque un ordre :

« Il faut me croire, je vous en prie. Il faut me croire.

– Pas d'autre chemin ? répéta Truman d'un ton irrité, comme si ces mots avaient été une insulte personnelle, un défi à l'énergie et à la détermination qu'il avait déployées pour sortir du labyrinthe.

– C'est la vérité, dit-elle avec entêtement.

– Et là-bas, qu'est-ce qu'il y a, demanda-t-il en désignant vaguement les montagnes qui se dressaient devant eux, et prenaient des tonalités roses et grises dans le soleil déclinant.

– Des précipices, dit-elle. Partout, tout autour. Je sais que vous avez de la peine à le croire. Moi non plus je n'arrivais pas à le croire au début. Nous avons si souvent essayé de trouver un chemin pour redescendre. »

Elle reprit son panier et se mit en route.

« Suivez-moi, je vous montrerai la maison. »

Les Truman échangèrent un regard. Une fois de plus, ce sentiment d'irréalité, cette impression d'être pris au piège s'empara d'eux.

« Tu crois qu'elle a bien toute sa tête ? » demanda sa femme en faisant le geste de visser son index contre sa tempe.

Il ne répondit rien.

« En tout cas, il y a une maison, dit-il. Viens. »

Ils la suivirent, comme des personnages de rêve, et la rejoignirent au moment où elle atteignait le fond du pré. Derrière le pied de la colline, ils découvrirent les premières traces de culture : une petite vigne dans un creux, abritée du nord par un mur bas de pierres sèches.

« Oui, dit la femme, nous apportons nos plus tendres soins à cette vigne. Le vin est quelconque, mais c'est parce que nous ne savons pas le faire. »

Truman s'approcha d'elle et dit :

« Qui est « nous », Mistress Adams ? »

Elle tourna vers lui son visage d'enfant et sourit d'un air d'excuse.

« Nous », *c'était* mon frère et moi. Mais je suis

seule maintenant. Je n'ai pas parlé anglais depuis... »

Elle se retourna brusquement et repartit sans rien ajouter.

Plusieurs haies de cactus poussés au hasard apparurent bientôt en bordure d'un vague sentier. Et à leur grande surprise, quand ils eurent traversé un bosquet d'oliviers et d'yeuses, ils aperçurent une petite maison, faite de pierres grossièrement assemblées, au milieu d'un enclos d'où montait un paisible bourdonnement d'abeilles.

« C'est ici ? dit Mrs. Truman, dont le sourire indiquait clairement son soulagement devant une habitation humaine. Et vous avez des abeilles, ajouta-t-elle.

– Oui. Pour le miel. Malheureusement le pain n'est plus très bon depuis que Godfrey est parti. C'est dur de moudre une farine assez fine, vous savez, et je me fais vieille. »

Elle hochait la tête et souriait tout en parlant.

Mais Truman se refusait encore à croire les paroles de la vieille femme. Parvenu devant la maison, il examina soigneusement la construction d'un œil de professionnel. Elle était faite de blocs de rochers grossièrement taillés et posés les uns sur les autres. Ses angles étaient vifs et les joints étaient vides de tout mortier visible. La véranda était soutenue par de jeunes arbres, et faite de vieilles planches grises provenant d'anciennes caisses de munitions. On pouvait encore lire sur certaines les numéros de séries et les désignations de contenu. La vieille femme les précéda.

« Nous avons mis six ans à bâtir cette maison. Et, naturellement, Godfrey a beaucoup travaillé pour l'aménager. Il avait le génie de l'invention, et il ne ménageait pas sa peine. Avant, nous vivions là-haut, dans une grotte. Mais elle est très solide, et regardez comme il a joliment arrangé l'intérieur. »

Elle ouvrit une lourde porte et les fit entrer dans une longue pièce basse, dont le sol était couvert de planches de pin et de cyprès brutes. Les murs étaient enduits d'une sorte de boue séchée d'un gris inégal sur lesquels étaient dessinées de grandes caricatures au charbon.

« N'est-ce pas que c'est joli ? »

Elle se dirigea vers l'âtre de pierre où rougeoyaient des braises sur lesquelles elle plaça quelques bûches. A côté du foyer il y avait un bidon de pétrole terni rempli d'eau chaude.

« Soyez les bienvenus, dit-elle en se tournant vers eux avec une expression si heureuse qu'ils comprirent que leur gêne pouvait paraître impolie. Je ne pensais pas que j'aurais un jour le plaisir de montrer le travail de Godfrey à des étrangers. Godfrey est mon frère. »

Elle tendit le doigt vers un des visages esquissés sur le mur, un beau visage énergique à l'abondante chevelure indisciplinée, et elle sourit de nouveau.

Truman écarquilla les yeux d'admiration. La pièce ne comportait pas de sièges, mais simplement quelques coussins épars, bourrés d'herbe sèche, recouverts d'une étoffe qu'il reconnut au bout d'un moment pour de la soie de parachute. Deux tables de bois blanc, dont les pieds étaient constitués par des bûches grossièrement taillées. Trois couvertures indiennes jetaient leur note de couleur vive à la lueur du feu qui montait joyeusement dans la cheminée. L'intérieur était propre et nu — et donnait cependant l'impression d'être entièrement et parfaitement habité.

« Avant de vous laver, dit la femme doucement, vous prendrez bien une tasse de thé — pas du vrai thé, mais presque aussi bon. Du thé crétois

– du *salepi* – vous en avez probablement entendu parler. Je reviens tout de suite. »

Et elle les laissa, abasourdis, au milieu de la chambre ; ils l'entendirent s'affairer dans la pièce voisine. Elsie Truman s'assit sur un des coussins et tendit ses pieds devant le feu.

« Eh bien, dit-elle, qu'est-ce que tu dis de ça ? »

Truman ne savait que dire de ça. Il réservait son jugement. La femme revint, l'air un peu inquiet. Voyant Elsie Truman assise devant le feu, son visage s'éclaira.

« C'est très bien, dit-elle. Je suis si heureuse. »

On aurait dit qu'elle craignait de les voir se dissiper dès qu'elle aurait le dos tourné, comme des fantômes nés de son imagination. Elle leur tendit des bols émaillés et versa l'eau bouillante dans un pot en métal.

« Des orchidées des marais, expliqua-t-elle. C'est encore une invention de Godfrey. J'espère que vous l'aimerez. »

Puis elle s'excusa de n'avoir pas de sucre.

« Je ne peux trouver ni sucre ni sel sur cette montagne », dit-elle en s'asseyant et en ôtant ses paires successives de bas et en présentant à la fin devant le feu deux petits pieds délicats.

« Il y a un carré de betteraves à sucre là-haut, mais je ne sais pas comment l'extraire et c'est fatigant de les mâcher. Mais vous pourrez peut-être me donner des conseils ? »

Truman avoua son incompétence en la matière, d'un air préoccupé. Il était encore persuadé qu'il leur était possible de redescendre à Cefalû, et il ne goûtait guère les manières possessives de l'étrangère qui paraissait les associer à ses pro pres activités.

« Parlez-nous de Godfrey, dit-il, soudain plein d'espoir, car elle avait bien dit que Godfrey n'était plus avec elle.

– Godfrey..., dit-elle en buvant quelques gorgées de thé. Après le départ des deux autres, Evan et John, Godfrey est resté avec moi. Il était mon unique frère. C'était lui qui était le plus proche de moi dans la résignation, du moins je le croyais. Il était heureux quand il fabriquait des choses pour rendre la vie plus acceptable. Sa maison, sa véranda, son évier – vous ne l'avez pas encore vu. Presque tout ce qui était bon venait de Godfrey. Mais à mesure que les années passaient il devenait bizarre, car il y avait de moins en moins à faire. Il avait besoin d'activité. Il déclara que cet endroit était un paradis ; mais il n'était pas le genre d'homme à se satisfaire de la vie de paradis. Il était amoureux des montagnes ; il avait été un alpiniste célèbre de son temps. Etre bloqué ici, entouré de montagnes qu'il ne pouvait pas escalader, c'en était trop pour lui. Il essaya de redescendre dans le monde, mais il a glissé. Il a fait une chute de plus de deux cents mètres. Je vous montrerai le petit fanion au bout de son piolet. On peut le voir de là-haut – nous l'appelions la Pointe du Bouquetin parce que John, mon mari, y vit un jour un bouquetin. Il flotte quand il y a du vent, et cela donne la curieuse impression qu'il est toujours vivant, comme s'il appelait au secours. Il est tombé entre deux grosses plaques de granit. C'était entièrement sa faute. Il y avait beaucoup de vent ce jour-là. J'étais assise et je le regardais quand c'est arrivé. Il doit y avoir des années de cela maintenant. Je suis terriblement seule depuis qu'il est parti, et je suis bien désemparée. Godfrey n'était jamais à court d'inventions. Mais maintenant que vous êtes ici c'est différent. Vos amis trouveront peut-être le chemin jusqu'ici, eux aussi. Plus on est nombreux, plus on s'amuse. Ça me fait penser : il faudra que je vous monte des couvertures de la réserve, les nuits sont encore fraîches. »

Elle s'interrompit brusquement, en voyant le

malaise et l'incrédulité se peindre sur le visage de Truman.

« Je vois que vous ne me croyez pas.

— Eh bien, dit Truman, convenez que c'est une étrange histoire. »

Elle déposa son bol et se leva en disant :

« Nous avons encore une heure de jour. Venez faire le tour du plateau avec moi, et vous verrez par vous-même qu'il n'y a pas d'issue. Je suis désolée. Je comprends ce que vous ressentez. Mais cela ne sert à rien. »

Elsie Truman s'installa comme un chat devant les flammes claires de la cheminée et vida son bol de *salepi.*

« Je ne peux pas y croire, dit-elle d'une voix désarmante d'innocence. Non, ce n'est pas possible.

— Je suis ici depuis 1926, dit la femme tranquillement. C'est écrit là sur ce mur ; quand nous avons bâti la maison nous avons mis notre calendrier. Nous sommes maintenant en...

— Mil neuf cent cinquante, dit Truman.

— Cela fait vingt-quatre ans.

— Cela fait longtemps.

— Je suis venue en Crète avec mon mari qui avait entrepris des fouilles à... à Castro. Il est, il était archéologue, et Evan, un étudiant, était son assistant. Godfrey vint nous rejoindre pour ses vacances. Nous étions au village de Cefalû — vous devez le connaître. Un jour, Godfrey imagina de dresser la carte du labyrinthe. Il était persuadé que cela ne présentait aucun danger. Nous nous étions avancés assez loin lorsqu'un des tunnels s'effondra, nous coupant la route et nous empêchant de suivre le fil que nous déroulions à mesure que nous avancions. Heureusement nous avions emporté de la nourriture. Nous avons mis une semaine pour arriver jusqu'ici. »

Les Truman écoutaient, dans une immobilité totale.

« Mais où est votre mari ? demanda Truman à la fin. Et l'autre homme ? »

La femme porta les mains à sa figure et se frotta lentement les joues.

« Ils sont repartis », dit-elle d'un air absent, et d'une voix maintenant neutre et incolore.

Et elle remit ses bas grossiers et replaça les coussinets qui lui servaient de semelles.

« Repartis où ? demanda Truman d'une voix sèche. Dans le labyrinthe ?

— Oui, dit-elle. Voyez-vous, mon mari n'en pouvait plus de rester bloqué ici. Il détestait cet endroit. Il avait d'affreuses disputes avec Evan. Il n'y avait que Godfrey pour rétablir la paix. Je ne sais pas ce qui serait arrivé s'il n'avait pas été avec nous. Je crois qu'Evan... non, c'est un mensonge ; je sais qu'Evan était amoureux de moi. Un jour ils décidèrent de tenter l'aventure, de retourner dans le labyrinthe et d'essayer de trouver une autre issue. Je n'ai jamais su s'ils ont réussi. C'était il y a des années de cela. »

Elle se leva et montra une date sur le mur et, de l'autre main, ouvrit la porte.

« Venez voir par vous-même », dit-elle.

Une demi-heure de marche suffisait amplement à leur prouver qu'ils étaient encerclés. C'était à peine croyable, mais c'était la vérité. De tous les points de l'horizon la colline tombait à pic sur des vallées verdoyantes mais désertes, plusieurs centaines de mètres au-dessous. Il n'était même plus possible de dire de quel côté se trouvait Cefalû. Vaguement, dans le lointain, Truman distinguait des arbres, des orangers. Le soleil déclinait rapidement maintenant, et les sommets des montagnes environnantes scintillaient comme des pierres précieuses en fusion. Nulle brèche dans cette ceinture de montagnes par où ils auraient pu voir un hameau, ou la mer. Le paysage aurait pu faire partie d'un cratère à la surface de la lune.

La vieille femme marchait à côté d'eux, sans rien dire, attendant qu'ils se pénètrent de l'évidence. Elle les conduisit vers le ruisseau à truites, à travers les prés où les cinq moutons et la vache les contemplaient passivement. Elle leur expliqua que les bêtes étaient venues par le labyrinthe à des époques différentes.

« Et ce sont bien les seules créatures qui n'aient jamais désiré repartir. »

Elsie Truman sentit ses yeux se remplir de larmes – des larmes de lassitude et d'émerveillement.

« Ne repartons pas, dit-elle à la fin. Je suis si fatiguée. »

En regagnant la petite maison, ils éprouvèrent déjà une impression de familiarité et de bonheur – comme s'ils rentraient chez eux. Et ils cessèrent de se préoccuper du sort des autres membres de l'expédition maintenant qu'ils comprenaient qu'ils ne pouvaient rien faire pour eux. Ils aidèrent la vieille femme à préparer encore un peu de thé et à attiser le feu jusqu'à ce que ses flammes projettent leurs ombres sur le mur où les visages des trois hommes qui en avaient eu assez de cet Eden les regardaient, indifférents, pensifs – figés dans l'impénétrabilité d'une pose disparue.

« Le passé, le présent... qu'est-ce que cela signifie ? dit la vieille femme à la fin, en approchant un coussin du feu. Mais j'aimerais pourtant que vous me racontiez ce qui se passe dans le monde. Dites-moi ce qui est arrivé depuis tout ce temps. »

Avec bien des hésitations, les Truman commencèrent à répondre à ses questions. Oui, il y avait eu une guerre.

« Je le pensais, s'écria-t-elle ; je pensais qu'il y en avait eu une autre. »

Elle se leva et s'appuya contre le mur, en ajoutant :

« Savez-vous qu'un jour une série de paquets se sont mis à tomber du ciel, attachés à des parachutes. De gros paquets d'équipements, de médicaments, des vêtements, des choses que je n'avais encore jamais vues. Vous me raconterez ce que c'est. Il y a une cinquantaine de carabines dans la clairière ; Godfrey les a toutes entassées là-bas. Il se demandait si on ne pourrait pas fabriquer un système de canalisation avec tous ces canons de fusil. Godfrey a fait une jolie baignoire en pierre, mais il n'avait pas trouvé le moyen d'avoir l'eau chaude.

— Avec un vieux Primus et un peu de tuyau, dit Truman, je pourrais vous arranger ça. »

La conversation devint animée. À une époque, durant la campagne de Crète, une masse d'équipements allemands était tombée par erreur sur le plateau. Ils convinrent d'aller le lendemain matin ensemble les examiner à la lumière des connaissances spécialisées de Truman.

« Et il y avait des vêtements, dit-elle, vous aurez des tas de vêtements chauds. Des pantalons et des tuniques de laine. De jolies choses. Il y en a qui paraissent anglaises. »

La conversation se prolongea pendant le dîner, composé de soupe, de truites, de fromage blanc fabriqué selon le procédé grec, et d'un verre de lait de chèvre bouillant où flottaient de grands yeux de beurre. Le tout était excellent, malgré le manque de sel. Tout en mangeant, ils voyaient les grands sommets des montagnes s'embraser aux reflets de la lune, comme de grands décors de théâtre. Une extraordinaire immobilité s'installait entre chacune de leurs phrases. Elsie Truman la sentait s'infiltrer dans les paroles qu'elle prononçait, les dissoudre, les réduire à des bruits sans importance en face de cette énorme tranquillité pesante. Elle était saisie par quelque chose comme de la peur ; mais quelque chose de moins précis, de moins immédiatement compréhensible, car qu'y avait-il à craindre ici, à part l'angoisse de se sentir coupé du reste du monde ?

« Godfrey, Evan, John et moi, dit la vieille femme, nous sommes arrivés ici dans un état d'épuisement total. »

Elle regardait le feu tout en parlant, en évoquant les scènes oubliées.

« Mais nous avons réussi à nous faire une vie acceptable ici à partir des quelques éléments que le destin nous avait laissés. Un miroir ardent, quelques couvertures, une petite scie, une hache, un fusil de chasse, etc. Pendant des mois vous savez, il n'y avait que les feux qui nous permettaient de survivre. Nous avons dressé le premier mur nord de la maison pendant un hiver particulièrement froid. Nous travaillions comme des mules sous la direction de Godfrey. Il prenait en main toutes les opérations avec un grand naturel. Il manque encore un tas de choses essentielles, comme vous pouvez le voir ; des vitres pour les fenêtres, par exemple. Ces écrans de soie grise sont jolis, mais très rudimentaires, et ils n'empêchent pas le vent de passer à travers. Cela donne un air un peu chinois à la pièce, vous ne trouvez pas ? Surtout quand on aperçoit vaguement les montagnes se profiler derrière. Ce fut bien calme après leur départ, et pourtant tout a changé pour le mieux. Quelque chose a changé au fond de moi aussi, mais je ne saurais pas très bien l'exprimer. C'est peut-être de vivre seule, à moins que ce ne soit de l'imagination de ma part ; mais Godfrey disait que nous avions cessé d'être en conflit avec les forces de la nature, que nous étions devenus leurs alliés. Il avait étudié la philosophie et disait que toute la civilisation occidentale que nous connaissions était basée sur la volonté, et que cela conduisait toujours à l'action et à la destruction. Il prétendait au contraire qu'il y avait quelque chose au fond de nous que nous pouvions développer : il appelait cela l'élément de paix, qui peut changer complètement notre vie. Cela paraît absurde, non ? »

Cela paraissait absurde. (Sapristi, se dit Truman, en étouffant un bâillement, je ne suis pas venu si loin, je ne me suis pas battu, d'abord avec la vie, ensuite avec ce sacré labyrinthe, pour écouter des sornettes sur un plateau en Crète d'où il n'y a aucune possibilité de s'évader !) Sa femme toutefois paraissait intéressée. Ses joues devenaient roses comme toutes les fois que sa curiosité était mise en éveil, et elle se pencha en avant en disant :

« Continuez. »

L'étrangère s'assit devant le feu, croisa les jambes et regarda devant elle en tendant une petite main devant les flammes de temps en temps pour se réchauffer.

« Godfrey disait qu'on pouvait même avoir une action physique sur le monde qui nous entoure. Mais voici une chose amusante. Je commençais à remarquer depuis qu'il était parti que la hache ne s'usait pas. Vous n'imaginez pas à quel point elle était importante pour nous au début de la construction de notre maison ; nous prenions grand soin d'elle quand nous nous en servions. Même alors, il fallait l'affûter très souvent. C'est Godfrey qui s'en chargeait. Mais depuis qu'il est parti, elle est restée aiguisée et brillante comme avant et vous pouvez voir que j'ai taillé beaucoup de choses avec. Tenez, passez votre doigt sur le fil. Elle coupe, n'est-ce pas ? »

Elle fit un sourire à Elsie Truman et ajouta :

« Non, ne prenez pas cet air. Je ne suis pas folle. »

Mrs. Truman se récria. Elle en aurait volontiers entendu davantage, mais l'étrangère se leva brusquement et dit qu'elle allait leur faire de la lumière pour les conduire à leur chambre. Prenant dans un coin une torche faite de roseaux trempés dans de la résine, elle les emmena dans une petite pièce où se trouvaient deux lits. La fenêtre était barrée par des planches, mais les murs étaient enduits du même mortier de boue séchée que dans la grande pièce. Il faisait très froid. Elsie Truman se mit à pleurer. Son mari ne tenta pas de la consoler. Il s'allongea à côté d'elle en regardant au plafond et en répétant d'une voix troublée :

« Tu diras ce que tu voudras, nous voilà dans de beaux draps. Y a pas de doute. »

Et la fatigue triomphant enfin de sa perplexité, il sombra dans le sommeil, les mains dans le creux de ses aisselles pour se tenir chaud. Sa femme resta un long moment à écouter le silence qui semblait émaner du cœur de quelque énorme coquillage, à peine interrompu de temps en temps par de faibles bruits, comme un grattement de souris, ou de petits glaçons écrasés sous des pieds minuscules. Elle sentait la présence de ces sommets couverts de glace derrière la fenêtre, dressant leur nudité sous la lune, enfouis dans leurs propres préoccupations de neige. C'était comme si elle avait perdu son chemin dans un rêve ; pourtant, sous le sentiment croissant de sa terreur gisait la vague impression que c'était peut-être seulement parce que ce monde lui était inconnu qu'il lui paraissait inamical.

Au milieu de la nuit, pour satisfaire les exigences de la nature, elle se dirigea à tâtons vers la grande salle où le feu couvait encore dans la cheminée. La lune était haute dans le ciel et ses reflets éblouissants jouaient sur les écrans de soie qui voilaient les fenêtres. Une faible brise les agitait de temps en temps. Elle allait ouvrir la porte d'entrée lorsqu'elle vit, à sa grande surprise, la silhouette de la femme projetée par le clair de lune sur le premier écran ; elle était assise sur un tabouret à trois pieds, devant le panorama de montagnes, le corps enveloppé dans une couverture. Sa tête était penchée, comme si elle écoutait quelque bruit, et cependant toute son attitude était celle du repos.

« N'ayez pas peur, dit-elle. Sortez si vous voulez. »

Elsie se sentit comme une enfant prise en faute.

« J'en ai pour une seconde », dit-elle en soulevant le loquet et en s'avançant sur le porche.

L'étrangère ne se retourna pas et n'ajouta rien. Son visage était empreint d'une telle sérénité qu'elle semblait prier. Elsie fit rapidement ce qu'elle avait à faire, car la nuit était froide et elle n'était pas d'humeur à traîner dans cet air glacé. En revenant vers la véranda elle s'entendit appeler.

« Elsie. »

La vieille femme ne se retourna pas, mais continua à regarder en l'air, les yeux fixés sur les neiges inaccessibles.

« Oui, dit Mrs. Truman.

– Je suppose, dit l'étrangère, que vous me croirez folle si je vous dis que *je ne dors jamais.* »

Elle insistait sur ces mots avec un plaisir évident.

« Je passe toutes mes nuits ici, et je me sens parfaitement reposée. Venez, asseyez-vous un moment et je vous dirai quelque chose.

– Il fait froid, protesta Elsie Truman.

– Rien qu'un moment. »

Elle obéit, s'installant comme elle put au bord de la véranda.

« Tenez, dit l'étrangère, les yeux fixés sur la grande chaîne de montagnes enneigées dont les crevasses déchiquetées scintillaient noires et malfaisantes au clair de lune ; prenez mon pouls. Il est normal, n'est-ce pas ? Sentez comme mes mains et mes pieds sont chauds. Si vous étiez docteur, vous admireriez l'état de mes artères. »

Elle continua à parler d'une voix lointaine, comme si elle utilisait ailleurs la plus grande partie de ses facultés.

« Le sommeil, dit-elle indistinctement, a été inventé pour les gens fatigués. Les gens sont fatigués parce que leur corps et leur esprit sont en mauvais état, de même que les athlètes ont des crampes si leurs muscles ne travaillent pas harmonieusement. »

Elsie Truman souffla dans ses mains avec impatience. Elle avait suivi autrefois un cours de biologie à l'Ecole polytechnique de Leeds, et elle n'avait jamais rien entendu de semblable.

« Nous n'avons pas plus besoin de dormir que de mourir », dit lentement la vieille femme.

Puis elle ajouta, d'une voix plus insistante :

« J'aimerais vous dire ce qui m'est arrivé. Quand Godfrey fut parti, entre l'heure du thé et le dîner — sans prévenir, sans prémonition — j'éprouvai une très étrange sensation, presque désagréable, mais que je reconnaissais au fond de moi comme utile d'une certaine façon. Comment expliquer cela ? Dans une nuit noire vous essayez de trouver le trou de la serrure. Vous n'y arrivez pas. C'est ainsi que sont nos vies habituellement. Puis votre clef finit par pénétrer dans le trou et vous pouvez enfin rentrer chez vous. Une demi-seconde de soulagement et de puissance. Et cette expérience que j'ai faite n'a rien d'extraordinaire. Elle est le fait de facultés ordinaires grâce au repos intérieur. Je n'avais jamais été assez calme avant. Je suis devenue aussi immobile qu'une aiguille. Elsie vous m'écoutez ?

— Oui. »

Elle écoutait en effet avec une grande attention tout à coup. Cela était encore obscur et confus dans son esprit, mais les paroles de l'étrangère éveillaient en elle quelque chose de familier, lui rappelaient le jour où Campion lui avait révélé l'existence d'une beauté qui n'avait rien à voir avec les traits de son visage.

« Je me souviens de ce qu'était la vie avant, poursuivit la vieille dame tranquillement. J'étais en dehors de tout en un sens. Maintenant je participe à toutes choses. Je me sens reliée à tout d'une nouvelle façon. Autrefois, je vivais selon des préceptes de morale — car la morale est une tentative de créer un lien avec les autres. Maintenant je n'éprouve pas le besoin d'une religion ou d'une foi au vieux sens du mot. Dans mon esprit, à l'intérieur (non pas comme quelque chose que je pense ou que je crois, mais comme quelque chose que je *suis*), à l'intérieur il n'y a plus ni défense ni choix. Je renferme les choses. C'est la signification scientifique du mot « amour ». Tout cela ne vous paraît-il pas absurde ? Comprenez-vous un seul mot de ce que je vous dis ? »

En fait un sentiment étrangement inquiétant de familiarité commençait à se faire jour dans l'esprit d'Elsie Truman. C'était comme si la conversation avait délimité des blocs d'expérience gisant au fond d'elle et restés jusque-là sans contours. C'était comme si une partie d'elle-même avait été une maison sans locataire, avec tous ses énormes meubles recouverts par les housses des préjugés, vagues et sans formes.

« Je ne sais pas, dit-elle, craignant de se rendre ridicule. Je me sens mal à l'aise et un peu folle.

— Cela n'a d'importance que pour vous-même,

et pour personne d'autre. Je crois que je voulais vous expliquer comment il se fait que je ne dors jamais. Et aussi pourquoi je ne mourrai que le jour où je le désirerai vraiment... le jour où j'aurai vraiment exploré ce monde à fond. Le jour où je me serai entièrement utilisée et pour ainsi dire vidée de ce monde dans l'autre. »

Elsie regardait fixement un coin écorné dans la maçonnerie et dit :

« J'aimerais en savoir plus là-dessus. J'ai l'impression de comprendre ce que vous voulez dire, mais je ne peux pas m'exprimer. Comment le trouvez-vous... l'avez-vous trouvé ? Je veux dire... ce sentiment ? »

La femme se tut un long moment, arquant les sourcils comme si elle essayait de situer au fond d'elle-même les sources du courant. A la fin elle ferma les yeux et dit :

« Je ne sais pas. Ce n'est pas quelque chose de positif. C'est plutôt une affaire de négation — faire assez d'immobilité à l'intérieur pour y être réceptif. On ne peut pas le chercher, mais, si l'on s'y prépare, cela vient et s'installe en vous comme un paon de nuit. En fait, ce n'est pas « cherchez et vous trouverez », comme dit la Bible, mais « préparez, et vous serez trouvés ». Oh ! je ne crois pas que je puisse dire cela plus clairement.

— Il y avait un homme sur le bateau, dit lentement Elsie Truman. Un peintre. Lui aussi, au fait, s'est perdu dans le labyrinthe. Il a peint mon portrait, et il a dit un tas de choses qui ressemblaient un peu à celles-là. Je croyais que j'étais amoureuse de lui. Je suis allée dans sa cabine une nuit et nous avons couché ensemble. Après il était furieux parce qu'il disait que c'était une trahison de cette chose. Je croyais que c'était des bêtises, mais il maintenait que ce n'était pas l'amour que je cherchais, mais cette autre chose qu'il possédait. Et qu'en faisant l'amour avec moi, il ne la montrait que d'une manière inférieure. Il y avait un peu de vrai là-dedans, car je me suis bientôt aperçue que je ne l'aimais pas. Mais il avait une étrange sorte de vie en lui, et c'était cela qui m'attirait ; il disait que je m'étais dupée moi-même en croyant que c'était de l'amour, et qu'il m'avait dupée en me laissant croire que c'était cela. Quoi qu'il en soit, c'était très troublant et je me sentais malheureuse. »

La femme ne dit rien. Elsie Truman eut tout à coup l'impression d'avoir commis une faute de goût.

« J'avais simplement l'impression, articula-t-elle péniblement, qu'il parlait des mêmes choses que vous.

– Oui, dit l'étrangère. C'est évident.

– Il était furieux contre moi et contre lui.

– C'était stupide de sa part en un sens.

– C'est ce que j'ai pensé.

– Mais il avait raison d'un autre côté. »

Elsie Truman se leva et effaça quelques plis de sa robe.

« Eh bien, de quel côté faut-il être ? demanda-t-elle d'un ton bourru. Après tout, on est en vie, et la vie est pleine de gens et de choses et de situations. Il n'y a pas place pour tout, vous savez.

– Peut-être pas. »

Elle ne détourna pas son regard des montagnes. « Peut-être pas », répéta-t-elle doucement. Mais en regardant ce visage lisse et enfantin avec ses rides et son expression de calme profond, Mrs. Truman éprouva un sentiment de panique et d'insuffisance ; toutes les imperfections de l'homme urbain qui se manifestent dans la forme des ongles, des vêtements, des dents, semblaient l'accabler, tandis qu'elle se levait dans l'ombre de la véranda pour regagner sa chambre. Et en se glissant dans son lit une étrange sensation de colère et de joie s'empara d'elle.

« Il faudrait exactement une heure à un hélicoptère pour venir nous tirer de là », se répéta-t-elle d'un air de triomphe, quoiqu'elle eût été bien incapable de dire d'où aurait pu venir l'hélicoptère en question. Elle resta un long moment éveillée cependant, en pensant à la petite silhouette silencieuse dehors, qui contemplait les montagnes sous la lune.

En un sens, ils ne se rendirent vraiment à l'évidence qu'après avoir vécu plusieurs semaines sur le plateau. C'était comme si le choc avait été différé. Ils portaient encore en eux, pour ainsi dire, le goût qu'avait leur vie autrefois, et qui constituait leur seul terme de référence à cette existence élégiaque au milieu des fougères et des arbres fruitiers, sur le petit plateau que Godfrey avait appelé l'Eden, et que Truman, lui, appelait « Le toit de ce foutu monde ». Il fallut un certain temps à Elsie Truman pour sentir, avec un plaisir mêlé de panique, qu'il n'y avait en fait aucune solution de continuité entre tout ce qu'elle avait laissé et ce qu'elle venait d'hériter. Comme le passé semblait loin !

Souvenirs d'une maison fumante et d'un jardin en Angleterre, vacances à Clacton, promenades en bus ou en hélicoptère sur les grandes artères humides de la capitale. Même la lourde tenue de campagne à la coupe barbare et familière (elle avait conduit des camions pendant la dernière guerre, et elle avait l'habitude des uniformes) lui paraissait maintenant un nouveau costume, une nouvelle définition de sa personnalité en termes de... quoi au juste ? Elle ne savait pas. Quelque chose qui avait vaguement trait à la maturité, à la croissance, au développement intérieur. Parfois, en aidant à soulever les cadres de bois grossiers des ruches, ou à choisir les salades dans l'herbe près de la rivière, ou des champignons comestibles sous le bois de pins, elle s'arrêtait un moment et essayait de préciser cette impression tout en essuyant son visage brun de son bras où les petits poils dorés témoignaient de la chaleur de l'été qui était sur eux. C'était comme si sa nature, les éléments les plus profonds de sa nature, se redistribuaient à la manière d'un kaléidoscope selon une nouvelle ordonnance.

Pendant ce temps, tout autour d'eux, le paysage aérien se précisait en formes plus nettes ; souples caresses des cyprès et des pins, parasols gris-vert des oliviers... Dans la vie plus réduite de la maison, les choses aussi prenaient forme selon un plan déterminé. Trois personnes mangent plus qu'une. Le plaisir que prenait Truman à dépenser sa force et son adresse sur la grossière petite meule à olives était quelque chose de nouveau pour lui ; comme si l'ardeur au travail provenait de nouveaux centres, engendrait de nouvelles sensations. Autrefois, le bonheur avait été quelque chose de positif. C'était devenu maintenant quelque chose de négatif, mais avec une nouvelle lucidité et, en définitive, c'était beaucoup plus satisfaisant. Cela lui permettait de se mieux comprendre. Et pourtant son travail ne lui valait pour tout salaire que l'huile d'olive de la maigre récolte de l'année précédente.

Ruth Adams était visiblement heureuse de les avoir avec elle, pour adoucir sa solitude.

« Je suis si heureuse, dit-elle, de savoir que lorsque je mourrai, vous hériterez de tout. De penser que la maison continuera à être entretenue, et que les choses continueront. Ne faites pas cette tête. J'ai l'impression que vous ne repartirez pas. Cette inquiétude et cette irritation que vous ressentez encore vous passeront. Evan et John étaient différents. Ils appartenaient au monde à la manière des faibles, ils ne pouvaient rien apprendre ; ou peut-être devrais-je dire qu'ils avaient tout à apprendre. Ils sont repartis dans le labyrinthe pour tenter de rejoindre le monde. Ils voulaient que je vienne avec eux, mais c'était déjà trop tard. Je me demande souvent s'ils ont réussi. Cela me semble peu probable. Et pourtant de temps en temps des gens et des choses arrivent de l'autre côté. Un jour un âne est arrivé avec un chargement de matériel géologique. Et maintenant vous. Mais vous êtes exactement faits pour cet endroit. »

Ils étaient assis tous trois devant le feu après le déjeuner.

« La plupart des gens, poursuivit-elle en revenant à son sujet favori, mais montrant par son sourire qu'elle était prête à tout moment à l'abandonner pour d'autres plus intéressants pour eux, la plupart des gens ont un caractère qui ressemble à un paquet mal ficelé. Et les contours de la bonne personnalité, ou de la personnalité équilibrée, sont aussi simples et géométriques qu'un problème d'Euclide. Je me demande pourquoi le monde sort de sa route pour s'empoisonner – pour prolonger le désordre. Certes, il est facile de juger et de condamner quand on est en dehors du monde comme nous le sommes ici ; mais des choses comme le plaisir et le travail devraient être dithyrambiques. Et non des narcotiques destinés à prolonger la confusion dans l'esprit de l'homme. Vous me parliez, Mrs. Truman, de la notion de l'Etat en tant que concept, et de la conscience sociale en train de se développer dans le monde... tout cela n'est qu'un détour, un long détour inutile à travers les agréments matériels vers un bonheur qui continuera à échapper aux hommes aussi longtemps qu'ils continueront à s'échapper les uns aux autres. Regardez ces visages. »

Elle tendit le doigt vers les portraits au charbon de ses compagnons disparus auxquels les reflets du feu semblaient communiquer la vie.

« Le visage de Godfrey est le seul qui garde quelques traces d'un noble animal humain. Son désespoir et sa souffrance avaient de la beauté. Il n'avait littéralement rien d'autre à faire que de tomber vers sa mort – et en un sens il a voulu son faux pas, comme il avait voulu son pressoir à olives et sa baignoire. Il n'appartenait ni au monde extérieur où il s'imaginait qu'il préférait vivre, ni même à ce petit paradis. Mais pour ce qui est des autres, John, mon mari, et Evan... (Elle fit un vague geste dans leur direction de sa petite main.) Regardez leurs traits. Ils devaient être déchus de leur rang et repartir à un niveau de développement plus bas. Comme au jeu de l'oie. Un accident les a amenés ici, et ils ont déployé toutes leurs énergies pour repartir. Naturellement, en un sens, ils appartenaient au monde extérieur. Je suis heureuse qu'ils soient partis. Je pense qu'il doit y avoir un monde spécial pour eux et les gens de leur espèce – cela doit ressembler à une de ces auberges en faux style Tudor que l'on rencontre sur l'autoroute de l'Ouest. Mais Godfrey, lui, est toujours avec moi en un sens. Il m'a appris à me connaître ; j'ai appris de lui que la mort n'existe qu'en imagination. De sorte que j'ai à peine éprouvé de la tristesse lorsque son mécontentement l'a entraîné de l'autre côté – comme s'il avait passé de l'autre côté du miroir. J'étais triste pour une autre raison. Sa conversation à l'heure du thé me manquait ; son fanion flotte toujours sur le rocher – mais je vous l'ai montré. Ah ! mais vous allez penser que je radote encore. »

Très souvent cela ressemblait à du radotage pur et simple ; mais avec le temps les limitations du langage semblèrent tomber à leur tour, de sorte que leur signification réelle semblait rendre les harmoniques et les distinctions plus clairs à chacun qu'il n'avait semblé possible. C'était comme s'ils s'initiaient à un vocabulaire entièrement nouveau.

Un jour qu'ils pataugeaient pieds nus dans le petit bassin où l'eau glacée du torrent à truites s'enroulait autour de leurs chevilles et babillait dans les cressons qu'ils cueillaient, Elsie Truman demanda curieusement :

« Ruth, n'y a-t-il rien qui vous manque de votre ancienne vie ?

– Tout. Si on m'emmenait demain de force – si Evan venait me chercher, je partirais sans un regret. Mais c'est parce que maintenant je sais vraiment comment vivre n'importe où. Je crois que je suis devenue une personne, et pas un nuage. Peut-être mon influence serait-elle utile, bénéfique. Mais vous voulez savoir si je regrette quelque chose ; alors je vous dis que je ne regrette rien – pas même le déjeuner, qui ne sera jamais prêt si nous ne nous dépêchons pas... »

« C'est curieux, dit-elle une autre fois, que nous vivions à la merci des deux accidents qui pourraient entièrement modifier notre vie. Si nous brisions un jour le miroir ardent par exemple, qu'adviendrait-il de nous ? Si un de ces hélicoptères dont vous parlez, Mrs. Truman, venait se poser sur notre pré, nous devrions choisir entre partir ou rester. Les deux accidents peuvent se produire. La mort ou la vie ? La vie ou la mort ?

– Pensez à tous les autres, dit Truman. Villes, mines de manganèse, gouvernements, clubs. L'Inde, la Chine, la Russie – on se demande ce que tout cela signifie. Le coton, le fer, l'acier... où tout cela mène-t-il ?

– Tout cela fait partie d'un système non coordonné, où l'homme, en tant que personne, cherche ce que je crois avoir trouvé. Mais seuls des morceaux d'or et des bribes de connaissance retiennent son attention par leur éclat et l'empêchent de regarder plus au fond de lui-même. Oui, spectacle déconcertant d'une espèce menant une vie dévastatrice. Et cependant toutes les activités ramènent aux problèmes métaphysiques essentiels du moi... Les guerres des usines, des diplomates, des concepts – tous désespérément entraînés dans les contraires qu'ils engendrent.

– Pourriez-vous leur apprendre à être différents ? »

Truman parlait comme s'il n'avait jamais rien souhaité d'autre que de changer l'humanité.

« Je n'essaierais pas ; pas plus que je n'essaie de vous changer.

– Que feriez-vous alors ?

– Rien. Je paierais mon loyer comme tout le monde. »

Truman grogna d'un air déçu. Il avait espéré quelque chose de plus simple : une formule, une maxime.

« Je parie, dit-il, que vous trouveriez une petite colline couverte d'ajoncs, d'oliviers et de bruyère. Et que vous vous bâtiriez une maison et élèveriez des abeilles. Et une chèvre.

– Oui, dit sa femme. Et vous attendriez que nous arrivions avec une nouvelle méthode pour avoir de l'eau chaude sur la baignoire et pour traire la vache. Je parie que vous reviendriez tout de même ici. Cet endroit vous convient.

– Il vous convient aussi, mais vous ne vous en rendez pas encore compte.

– Eh bien, dit Truman, je n'ai jamais eu l'habitude de me plaindre. Et la vie est remarquablement saine, si la nourriture laisse à désirer. »

Il sortit lentement de la maison et traversa la prairie en sifflant.

« Je n'ai plus la moindre idée de ce que tout peut être, se dit-il gravement entre les dents. Je ne sais plus où j'en suis, voilà tout. Je suis complètement dans le cirage. »

Il se sentait cependant remarquablement lucide dans cet air bleu.

« Dans le cirage », répétait-il de temps en temps tout en trayant la chèvre, puis en faisant quelques pas.

Il s'arrêta au bord du précipice et regarda les montagnes qui scintillaient dans le lointain, de l'autre côté de l'immense plaine bleuâtre.

« Il viendra bien des gens un de ces jours pour tailler ces arbres fruitiers, songeait-il. Comment pourrait-on attirer leur attention ? »

Il mit soigneusement cette pensée de côté, comme s'il s'agissait d'une chose fragile. Dans la cuisine, Elsie avait déjà allumé le feu de bois. Elle s'apprêtait à faire rôtir des pigeons pour le déjeuner.

« J'ai faim, dit Truman d'un ton bourru. Voilà tout ce que je ressens. Faim. Garde ta philosophie, ma fille, pour après le repas. »

Sa femme sentit ses mains, respirant l'odeur légèrement moisie des oiseaux morts.

« Va-t'en, dit-elle. Ça ne sera pas prêt avant des heures. »

Il resta un moment indécis, en la regardant aller et venir.

« Es-tu heureuse ? » dit-il enfin avec méfiance, en se tenant sur un pied et en croisant les bras sur sa poitrine. Elle le regarda en souriant.

« Je ne cesse pas d'y réfléchir, dit-elle.

– Je veux dire vraiment satisfaite ? poursuivit-il.

– Je ne sais pas, dit-elle lentement. Et toi ?

– Je ne sais pas où j'en suis, répondit-il en explorant une dent avec le bout de sa langue. Je suis complètement dans le cirage. Je me sens léger comme une plume. Je ne sais plus du tout où j'en suis. »

Cela le soulageait de se confesser ainsi ; et en

même temps cela l'irritait de n'être pas capable de mieux définir ses sentiments.

Il la laissa pour aller se promener le long du torrent, les mains enfoncées dans les poches de son battledress. Il avait l'intention d'emporter ce sentiment de confusion avec lui et d'essayer d'y voir clair, mais sa main se referma sur son cher couteau, et bientôt il se mit à tailler une branche de noyer tout en sifflant entre ses dents. Il se disait que ce devait être cela le bonheur. Il leva les yeux et regarda la vallée. Au-dessous d'eux il vit des oiseaux qui décrivaient leurs courts vols elliptiques, affairés à des activités dont le but ne différait guère des siennes, mais en plus mystérieux, plus beau. Un sentiment presque ennuyeux de la nature énigmatique du monde s'empara de lui. Il aurait bien fumé s'il avait eu encore des cigarettes. Au lieu de cela il partit, en sifflant toujours, réparer le parapet du petit bassin à truites dans lequel le torrent se déversait. Il travaillait lentement, comme un castor. Il voyait le soleil tacheter d'or les galets lisses au fond de l'eau transparente ; cela lui rappela les taches de rousseur sur le nez de sa femme. Elle était devenue hâlée et plus belle depuis que son visage et ses bras nus étaient toujours exposés au soleil. Il avait changé lui aussi ; il portait maintenant toute sa barbe ; il regarda son image dans l'eau courante avec une curiosité pleine d'indulgence. La lumière qui jouait dans l'eau donnait un éclat particulier au regard de son reflet.

« Ça paraît drôle, se dit-il, pour un type ordinaire comme toi. Très drôle. »

La saison avançait vers l'automne et la vendange de la petite vigne ; vers l'hiver et ses terribles vents venus du pays tartare. Le travail exigé par la saison leur donnait une fonction plus parfaitement définie. Cependant le temps du calendrier n'avait plus aucun sens pour eux. Ils moissonnèrent l'orge et le blé sauvages ; ils remplirent des paniers de figues et récoltèrent le miel. Jour après jour la grande cheminée devait être garnie de bois pour se protéger du froid. Il y avait des travaux à faire. Ruth Adams, plus aimable, moins communicative maintenant, partageait ces tâches avec eux, travaillant en savourant tranquillement un temps qu'elle n'avait jusque-là jamais su correctement vivre avec d'autres.

Le petit verger leur donnait des fruits. La vieille femme leur apprit à faire du vin avec des fleurs. Du petit creux marécageux sous les falaises – où le torrent se tordait brusquement sur lui-même avant de se précipiter par une fente du rocher – ils cueillaient les bulbes d'orchidées pour leur thé ; ou, plus près de la maison, de la camomille, de la sauge et de la verveine. Comme s'il ne leur manquait presque rien – quoique leur vin et leur pain fussent encore d'une qualité très grossière.

L'automne amena les premières pluies – millions d'aiguilles bondissant sur les rochers et les précipices autour d'eux. Ils continuèrent à travailler avec un acharnement de paysans pour que les pluies ne gâchent pas leur récolte d'orge, et pour ne pas se montrer inférieurs à la vieille femme dans les tâches vitales de l'existence. Ils apprenaient. Les mains d'Elsie Truman étaient devenues dures et calleuses, mais son visage et sa silhouette avaient rajeuni. Elle était plus sereine, plus vivante.

« Tu as l'air d'une gitane, lui disait son mari quand elle était couchée dans le lit à côté de lui. Son corps était plus ferme et plus rond.

– Je me sens comme si j'attendais un enfant. Tu crois que c'est encore possible à mon âge ? »

Elle n'ajouta rien sur sa propre conviction que l'enfant, s'il venait, serait celui de Campion. Cela pouvait attendre le jour où, grâce à la compréhension et à la paix intérieure, grâce à la connaissance des choses de soi, de telles petites offenses à des lois définies pourraient être pardonnées. L'enfant aussi, en un sens, appartenait encore à l'ancien univers de relations équivoques et n'avait pas encore sa place dans cette paisible maison.

Truman mit tendrement son bras autour de ses épaules et posa son visage barbu à côté du sien sur l'oreiller. Leur amour aussi avait subi une métamorphose, car il la considérait maintenant avec une sorte d'admiration et de surprise. Elle avait changé ; elle était moins accessible, plus retirée en elle-même – et en conséquence infiniment plus désirable que la compagne obscure dont il avait facilité la traversée du labyrinthe par ses plaisanteries et son courage.

« Une sauvage », dit-il encore d'une voix ensommeillée, en songeant à son maintien aisé et naturel, à sa chaleur ; comme si la passion elle-même était le dernier point de communication entre eux. Comme si pour tout le reste elle se possédait elle-même, excluant petit à petit son mari de son univers au profit de quelque chose de plus riche, de plus profond, de plus intime.

Pendant des jours entiers maintenant le monde n'était plus pour eux qu'un océan de nuages qui consentaient parfois à se déchirer comme du linge mouillé pour leur laisser entrevoir des lambeaux de gris, de vert, de bleu, selon l'inclinaison du soleil qui brillait par les fentes. Ils allaient tous les après-midi jusqu'au bord du précipice et s'asseyaient pour voir apparaître le paysage dans les imprévisibles trouées ; ils regardaient le vent déchirer un coin du voile et leur découvrir le ciel, toujours jeune.

Ils entendirent toute une nuit passer les cigognes au-dessus de leur tête, filant vers l'Egypte, le cou et les ailes tendus vers la chaleur. Les torrents étaient engorgés et les cris des oiseaux se mêlaient aux notes claires de l'eau sur la pierre, le bois, la mousse et le lichen.

Il n'y avait rien à dire au sens le plus profond et le plus vital ; aucun résumé à faire, aucun jugement à porter sur ce qui avait commencé à s'avancer à travers eux, le temps à l'état pur, comme l'eau s'écoule sans bruit à travers les doigts qu'on laisse traîner dans le courant. Même la neige, quand elle vint, parut faire partie de l'ordre et de la manière du petit univers qui les entourait. Ses douces congères s'amoncelaient contre les murs de leur maison, étincelant en milliers de perles au soleil. Elle atteignit la hauteur de l'étable que Truman avait bâtie pour la vache et les moutons. Ces animaux avaient trouvé, eux aussi, leur chemin à travers le labyrinthe. Pour eux aussi, bonheur était un mot qui ne signifiait plus rien.

Les aubes venaient maintenant avec une immensité et une terreur qui les déconcertaient : les premiers jaillissements de couleurs brutes vers l'est s'étendaient aux montagnes couvertes de neige autour d'eux, comme du sang qui sourd irrésistiblement dans le creux d'une blessure. A mesure que la saison s'approfondissait ils pouvaient entendre le rugissement des avalanches où les plus hautes neiges fondaient sur la face désolée de la pierre. Le vent grattait les cordes des pins par accès. Ils auraient pu se croire au Tibet.

Quand le printemps revint, ils reprirent l'habitude d'aller, par les beaux soirs, à la Pointe du Bouquetin et de s'asseoir là sur un amas de pierres moussues qui ressemblaient presque aux restes de quelque ancienne forteresse. Au-dessous d'eux le fanion de Godfrey voletait toujours dans la brise. Au-delà, les vallées s'incurvaient jusqu'au pied de la montagne, avec de grandes étendues de paix bleue. Il leur semblait à ces moments-là qu'ils avaient atteint l'apogée de la connaissance humaine. Le paysage lumineux et paisible faisait écho à leur pensée. S'il n'y avait pas de chemin pour revenir en arrière, il n'y en avait pas non plus en avant, la découverte d'eux-mêmes était en soi assez totale pour les empêcher de désirer, d'espérer, de lutter.

« Je sens, dit Truman en se débattant contre les insuffisances de son vocabulaire, je me sens O.K. avec l'univers. »

Et sa femme, allongée les mains derrière la tête, souriait de satisfaction et de bonheur en mâchonnant un brin d'herbe. Elle avait compris que le Toit du Monde n'existait pas vraiment, si ce n'est dans leurs imaginations.

II

A CEFALÛ

TOUTE la nuit les avalanches de rochers continuèrent dans le labyrinthe. Graecen les entendait à travers ses rêves – comme à travers quelque épais rideau – et s'imaginait qu'elles en faisaient partie. Mais un peu avant l'aube il s'éveilla et se rendit compte qu'il n'en était rien, et il frissonna, en tirant le drap sur sa tête pour se rendormir. Quand il s'éveilla de nouveau, il faisait grand jour. Le soleil brillait à travers les arbres ; en se soulevant sur un coude, il pouvait voir, derrière les pelouses vertes de Cefalû, l'émail scintillant de la mer et la rangée de petits bateaux peints amarrés à la jetée. Il semblait entièrement remis du choc qu'il avait reçu la veille – ce qui était irritant en un sens, car il avait projeté de passer la journée au lit à se reposer. Mais on se sentait si merveilleusement bien dans cette atmosphère bleue, ce matin grec qui semblait contenir tant d'excitantes prémonitions, comme des poèmes près d'éclore, des poèmes qui hésitent au bout de la langue. Quelque part, invisible, un oiseau chantait.

« Quand les oiseaux, comme des flèches sur les

flots de la Grèce enchantée, glissent, et les barques, tels des blancs cygnes sur la pelouse... »

Non, ça n'allait pas. Il alluma une cigarette. Le tintement des tasses à thé lui fit allonger le cou pour regarder à travers le feuillage de la tonnelle. Axelos, en pyjama, était attablé et attaquait son petit déjeuner. Il décapitait un œuf à la coque.

« Silène, appela Graecen. Quelles nouvelles ? »

Axelos leva vers lui son visage basané.

« Bonjour, Dickie. Comment vous sentez-vous ? »

Comment il se sentait ? Graecen avait à moitié espéré avoir une excuse pour se sentir malade... enfin, souffrant. Il avait projeté de se reposer toute la journée. Un peu d'inquiétude à son chevet. Ses repas sur un plateau. Des visiteurs...

« Mon cœur *semble* très bien », admit-il prudemment, comme à regret.

Dans un spasme de panique il avait parlé à Axelos de son état, et avait été surpris de rencontrer de la gentillesse et de la sollicitude alors qu'il s'était vaguement attendu à de l'ironie et de l'incrédulité, comme de la part d'Hogarth.

« Ne vous levez pas si vous ne vous sentez pas tout à fait remis, dit Axelos. Je vous ferai monter votre petit déjeuner. »

Pendant un instant Graecen fut tenté d'accepter.

« Non, je vais très bien », dit-il à la fin.

Il faisait vraiment trop beau pour gâcher cette journée.

« Je descends. »

Quelques minutes plus tard, il était assis sur la terrasse, devant la pelouse encore tout humide de rosée, et se sentait plus affamé qu'il n'était peut-être raisonnable de la part d'un homme dans son état.

« Quelles nouvelles des autres ? »

Axelos finit son troisième œuf et s'essuya la bouche.

« Aucune, hélas ! Je crains qu'ils n'aient pas beaucoup de chances de s'en tirer, vous savez. Et les avalanches continuent. La Cité a disparu pour toujours, j'en ai peur, à moins que le Musée ne prenne en charge le percement de nouvelles galeries. J'y suis retourné ce matin et Baird n'est pas revenu. Il a passé la nuit au monastère. Savez-vous pourquoi il vient ? ajouta-t-il avec une nuance d'inquiétude. Que cherche-t-il ? »

Graecen n'en savait rien. Il mangea son œuf en silence, en songeant à Campion.

« Pauvre Campion, dit-il. J'écrirai quelque chose sur lui pour le *Times*. Un grand artiste, vous savez ; mais un homme d'une grossièreté... Anticonformiste, fatigant, pompeux... non, pas pompeux, affecté. Mais quel peintre ! »

Il se demandait si tous les grands artistes, dont il fuyait à regret la compagnie, étaient révoltants sur le plan des relations humaines. Dostoïevski écrivant sur l'humilité chrétienne tout en traitant avec dédain ses domestiques, Lawrence disant des choses sur vous quand vous aviez le dos tourné — même quand on essayait de faire publier ses textes... C'était très étrange.

« Enfin, ce n'était pas un gentleman », ajouta-t-il à regret, sans aucun snobisme, mais en employant le mot dans son sens précis.

Ce n'était pas tant sa naissance qu'il lui reprochait, que le mauvais usage qu'il avait fait de sa nature ; il était abject, et c'était néanmoins un grand esprit ; il fallait faire quelque chose pour honorer sa mémoire. Il avait troublé et enrichi — oui, c'était assez bon — troublé et enrichi le monde ; le monde s'était enrichi par son passage.

« Monsieur, puis-je me permettre d'attirer l'attention de vos lecteurs sur un être dont la présence a troublé et enrichi le monde, durant son trop bref passage en cette vie ? Je songe à... » Voilà un très bon début. Graecen ouvrit son œuf d'un air magistral, heureux de sentir les ferments de la composition s'éveiller de nouveau en lui.

« Vous savez, Dickie, dit Axelos, j'ai l'impression que votre cœur est parfait. J'avais un ami à qui on a dit la même chose un jour. Le médecin avait tout simplement interverti deux fiches de consultation. Vous devriez consulter un autre médecin.

– Oh ! croyez-vous vraiment ? » dit Graecen en rougissant.

C'était un fétu de paille, mais il s'y raccrocha. Oui, ce n'était peut-être pas impossible.

Il savait parfaitement que cela n'était pas possible du tout ; mais il se raccrocha à cette idée comme à une bouée. Il écrirait à ces brutes de Londres et leur demanderait de vérifier leur diagnostic.

« C'est très possible, répéta-t-il en crevant le cœur doré de son œuf.

– Ah ! autre chose, dit Axelos, je crois que j'ai découvert le minotaure. Vous voyez ce gamin qui monte le sentier avec le gendarme ? Il a un secret, j'en suis sûr. »

Le gendarme du village traversait la pelouse en traînant un jeune pêcheur par le bras. C'était un vieil homme corpulent, moustachu, rougeaud, qui faisait penser à un adjudant en retraite.

« Voilà le garçon », dit-il en se mettant au garde-à-vous et en faisant le salut militaire.

Le garçon, nu-pieds, vêtu de haillons, avait une quinzaine d'années. Il paraissait terrorisé et ses lèvres tremblèrent lorsque Axelos s'adressa à lui de sa formidable voix de gros propriétaire.

« Ton nom ?

– Pierre, fils de Karamanos.

– On t'a trouvé en train de souffler dans une

corne de bélier dans un des tunnels du labyrinthe ?
– Oui.
– Pourquoi ?
– Parce que ça fait « boum-boum ».
– Et pourquoi veux-tu faire « boum-boum » dans le labyrinthe ?
– Je suis pauvre, monsieur.
– On te paie pour ça ? Qui ?
– Oh ! monsieur. »

L'enfant éclata en sanglots et tomba à genoux sur l'herbe en répétant, entre deux reniflements :

« Je ne dois pas dire qui. Je ne dois pas dire qui.
– Lève-toi, coquin, dit le gendarme, toujours au garde-à-vous. Lève-toi, loup-garou, merde de porc. Debout. »

Il lança un coup de pied furtif dans le derrière du garçon, et se figea de nouveau.

Axelos choisit une pêche dans la coupe posée devant lui et la mangea posément. Les sanglots de l'enfant diminuaient de volume.

« Emmène-le, dit-il doucement au gendarme, et coupe-lui les jambes au niveau des chevilles. Cela le fera peut-être parler. »

Le garçon poussa un hurlement. Axelos s'approcha lourdement de lui et le releva de sa grosse main poilue.

« Parle », cria-t-il d'une voix si puissante que les tasses sursautèrent sur leurs soucoupes et que Graecen faillit tomber de sa chaise. Le garçon parla.

« Mr. Jannadis, dit-il.
– L'agence de tourisme ?
– Oui.
– Tu peux t'en aller. Attends. »

Katina était apparue sur la terrasse, attirée par le bruit.

« Katina, dit tranquillement Axelos, donne cent

drachmes à ce garçon et dis-lui de ne plus recommencer. »

Il se rassit et congédia le gendarme.

« Là, dit-il. Vous comprenez ? Une blague pour touristes. Que peut-on faire ? »

Graecen se rappela les terribles rugissements de la bête dans l'obscurité du labyrinthe.

« Nous vivons dans un monde rationnel, dit-il tristement. Je suppose que tout a une explication rationnelle.

– Enfin, presque tout », dit la voix de Baird derrière eux.

Il gravit les marches de la terrasse et serra les mains de Graecen et d'Axelos.

« Cela fait longtemps, dit ce dernier. Très longtemps. Je suis heureux de vous revoir.

– A propos, dit Baird, j'ai de bonnes nouvelles. Virginia est saine et sauve. Elle a réussi à trouver une issue et elle a sauté dans la mer. »

Graecen vira au vert. Axelos se leva.

« Elle s'est cassé une jambe, dit Baird, mais à part cela elle va bien ; elle est au monastère, en bonnes mains. L'abbé lui a mis la jambe dans une gouttière. Je crains qu'elle ne soit immobilisée pour un certain temps. »

Axelos s'agitait sur sa chaise, indécis.

« Il lui faut un docteur. J'irai à La Canée. Il faudra avertir sa famille. Avez-vous son adresse ? »

Baird avait oublié de la prendre.

« Cela ne fait rien, dit Axelos. J'essaierai de joindre ce journaliste par téléphone. »

Il rentra vivement dans la maison.

« Une femme qui tombe du ciel, dit Baird, en allumant une cigarette. Nous venions juste de partir, l'abbé et moi, lorsque le jeune novice fou fit un bond et dit qu'il venait de voir une femme tomber du ciel. Comme il a parfois des visions, la plupart des moines pensèrent qu'il s'agissait d'une visitation de la Vierge Marie. L'abbé se retourna et allait leur reprocher vertement leur nature superstitieuse, lorsque, par Dieu, nous vîmes un bras pointer dans la mer. « Une femme », s'écria l'abbé et, se conduisant comme un homme qui n'a pas vu de femme depuis des années, il se jeta à l'eau, suivi par tous les moines qui savaient nager, pendant que les autres allaient chercher un bateau. C'était un tableau admirable, Graecen. Si vous les aviez vus avec leurs soutanes trempées et leurs chapeaux de pope, nageant et poussant des cris ! Je croyais qu'elle allait rendre l'âme quand nous l'avons hissée dans le bateau. Mais nous lui avons donné du thé et l'avons enveloppée dans des couvertures chaudes, puis, comme je vous l'ai dit, l'abbé lui a mis la jambe dans une gouttière. Apparemment, elle était avec Campion.

– Campion ! s'écria Graecen.

– Oui. Je ne lui ai pas demandé de détails, car elle était bien faible et toute bouleversée. Elle disait qu'elle ne savait plus s'il avait sauté avec elle ou non. Ils sont repartis à sa recherche avec le bateau. Mais, jusqu'à présent, ils n'ont rien trouvé.

– Campion, répéta Graecen. Eh bien, que pensez-vous de cette histoire ? J'espère qu'ils le retrouveront. »

Ils firent ensemble quelques pas sur la pelouse et s'assirent au soleil sous le platane. Ils entendaient Axelos qui téléphonait dans la maison : « Allô ! Allô ! La Canée ? Allô ?... »

« On dirait que le téléphone ne marche pas, dit Graecen.

– Dites, dit Baird tout à coup. J'ai découvert une chose curieuse sur Axelos. Y a-t-il une paysanne appelée Katina ?

– Oui, dit Graecen. C'est la servante.

– C'est sa femme.

— C'est absurde, dit Graecen. Comment aurait-il pu faire une chose pareille ?

— C'est l'abbé en personne qui les a mariés. Et autre chose encore. Cette histoire de la Cité dans le roc.

— A propos, elle a disparu, vous savez. Emportée par l'avalanche.

— L'abbé dit que tout est parfaitement authentique. Ils l'ont découverte un jour qu'ils poursuivaient un contrebandier. Et Axelos lui aurait donné de l'argent pour qu'il dise que ce sont eux qui ont fabriqué la chose de toutes pièces, taillé les statues de leurs propres mains et tout. Que pensez-vous de cela ? »

Graecen pensait qu'il avait été bien près d'offrir le mariage à Virginia. Son crâne le picotait à l'idée qu'il l'avait échappé belle. Il devrait partir avant qu'il ne fasse une sottise de ce genre.

« Hein ? dit-il, sentant que Baird le regardait.

— Que pensez-vous de *ça*, répéta Baird.

— J'ai su que c'était authentique dès que je l'ai vu, dit Graecen avec dignité. Je ne comprends pas pourquoi il veut faire croire le contraire.

— Demandons-le-lui », dit Baird.

Mais Graecen se leva et fit les cent pas sur la pelouse.

« Vous savez, dit-il, son tact naturel se révoltant à l'idée de se mêler des secrets des autres. Je crois qu'il est préférable de n'en rien faire. C'est un de mes très bons amis, et je ne voudrais pas l'embarrasser ni le froisser. D'ailleurs, tout a disparu maintenant. N'y pensons plus. »

Axelos sortait de la maison.

« Cela ne répond pas, dit-il en s'asseyant à côté d'eux. Quel pays ! »

— Quel pays ! » fit en écho Graecen, les yeux fixés sur la mer qui respirait à leurs pieds et les petites maisons d'un blanc éblouissant sur le cap.

Ils restèrent ainsi immobiles tous les trois, se

laissant pénétrer par le soleil. Des oiseaux chantaient dans les platanes. L'été avait commencé.

« Je regrette seulement le minotaure, dit Graecen d'une voix engourdie, comme Katina s'approchait d'eux dans une robe éclatante avec une fiasque de vin et des verres. Vous auriez pu m'épargner cela, Silène, à mon âge. »

Mais Axelos se contenta de remplir les verres d'un vin noir et sucré en poussant un soupir.

NOTE DE L'AUTEUR

LES événements de cette histoire comme les personnages sont entièrement fictifs et ne se rapportent à aucune expérience personnelle. Mon ami Mr. Milto Axelos, d'Alexandrie, m'a aimablement permis d'utiliser son nom pour l'Axelos du livre, mais il est évident qu'il n'existe aucune ressemblance entre Milto et le morbide Juan de ces pages. Même l'îlc de Crète peut être assurée que je n'ai obéi à aucun motif satirique en la choisissant pour théâtre de cette action. Seul le passage suivant, tiré de « Les Iles de la mer Egée » du Rév. Henry Fanshawe Tozer, M.A., F.R.G.S., Oxford University Press, 1875, m'a suggéré l'histoire :

« Nous avions l'intention de retraverser l'île à partir du versant est du Mont Ida jusqu'à la ville de Megalocastron, ou Candie, sur la côte septentrionale ; mais auparavant nous décidâmes de faire un détour pour visiter un lieu connu de tous les districts environnants sous le nom de « Labyrinthe » (Ο Λαβυρινθοσ). Notre hôte, le capitaine Georges, consentit à nous servir de guide. Nous

nous mîmes donc en route le lendemain matin en sa compagnie et, après avoir traversé à gué la rivière au pied de l'Acropole de Gortyna, nous entreprîmes l'ascension de la montagne en direction du nord-ouest ; après une demi-heure de marche, nous atteignîmes l'endroit qui porte ce nom. On y pénètre par une ouverture de petite dimension taillée dans le flanc de la montagne composée de roches calcaires et argileuses disposées en couches horizontales ; dès l'entrée, rayonnaient dans diverses directions des salles et des passages au plafond presque plat. A première vue l'ensemble faisait penser à une excavation artificielle, mais il est plus probable qu'elle soit entièrement naturelle, encore que certains pensent qu'il s'agit d'anciennes carrières. Chacun de nous se munit d'un flambeau, et nous descendîmes par un passage étroit bordé de pierres soigneusement entassées ; la hauteur de la voûte variait de quatre à seize pieds. A quelque distance de là, nous trouvâmes une pierre dressée, œuvre d'une moderne Ariane, manifestement destinée à servir de point de repère, car à certains intervalles d'autres passages se branchaient sur le corridor principal, et celui qui serait entré sans lumière se fût irrémédiablement perdu. Le capitaine Georges nous raconta comment pendant trois ans, durant la dernière guerre (1867-1869), les habitants chrétiens des villages voisins, au nombre de cinq cents, parmi lesquels il se trouvait, avaient vécu là, comme l'avaient fait leurs prédécesseurs pendant la précédente insurrection, pour échapper aux Turcs, qui avaient brûlé leurs maisons et emmené leurs troupeaux et tous leurs autres biens sur lesquels ils avaient pu faire main basse. Il nous montra les emplacements où les pierres avaient été entassées de façon à former des chambres, dont chacune était occupée par une famille. Quand je demandais, en plaisantant, où se trouvait le réfectoire, il me répondait que plus loin, beaucoup plus loin à l'intérieur, se trouvait une salle immense capable de contenir cinq cents personnes, qu'ils avaient baptisée la salle des Cinq-Cents, et où ils se retrouvaient de temps en temps pour danser, chanter et s'amuser ensemble. Ils avaient apporté une provision de pain et de l'huile pour s'éclairer et ils disposaient de l'eau d'une rivière qui coulait tout au fond de la caverne, et qui devait être la seule, car nous ne vîmes nulle part ni stalactites ni aucune trace d'infiltration d'eau. Après avoir marché dans toutes les directions pendant une demi-heure, au cours de laquelle nous ne visitâmes pas le dixième de ses ramifications, nous revînmes à l'air libre.

« Nonobstant son nom moderne, et l'opinion de quelques érudits, il n'y a aucune raison de supposer que c'était le Labyrinthe de Crète originel. Celui-ci était très probablement une conception mythique, de même que les légendes qui s'y rattachent, encore que, comme de nombreuses légendes grecques, elles peuvent être liées à certains traits géographiques, une caverne par exemple ; mais tous les auteurs grecs situent l'histoire à Cnossos, et sur les pièces de monnaie de cette ville figure une représentation stylisée du Labyrinthe.

« Poursuivant notre ascension, nous traversâmes un plateau, dont le sol est entièrement miné par le Labyrinthe, et à un certain endroit le capitaine Georges nous désigna l'emplacement du réfectoire situé à plusieurs dizaines de mètres sous la surface. Plus haut, nous découvrîmes un vaste panorama des montagnes de Crète couvertes de neige : les Montagnes Dictéennes, l'Ida, le Kedros et les Montagnes Blanches. »

TABLE

PREMIÈRE PARTIE

L'ARGUMENT

DEUXIÈME PARTIE

LE LABYRINTHE

TROISIÈME PARTIE

LE TOIT DU MONDE

« Composition réalisée en ordinateur par IOTA »

IMPRIMÉ EN FRANCE PAR BRODARD ET TAUPIN
7, bd Romain-Rolland - Montrouge - Usine de La Flèche.
LIBRAIRIE GÉNÉRALE FRANÇAISE - 14, rue de l'Ancienne-Comédie - Paris.

ISBN : 2 - 253 - 03336 - 7 42/3037/1